你长大了就会懂

**TU COMPRENDRAS QUAND
TU SERAS PLUS GRANDE**

[法] 维尔吉妮·格里马尔蒂 (Virginie Grimaldi) ◎著

王萍 ◎译

湖南文艺出版社
HUNAN LITERATURE AND ART PUBLISHING HOUSE

博集天卷
CS-BOOKY

TU COMPRENDRAS QUAND TU SERAS PLUS GRANDE by Virginie Grimaldi
© Librairie Arthème Fayard 2016
CURRENT TRANSLATION RIGHTS ARRANGED
THROUGH DIVAS INTERNATIONAL, PARIS 巴黎迪法国际版权代理

著作权合同登记号：图字 18-2019-321

图书在版编目（CIP）数据

你长大了就会懂 /（法）维尔吉妮·格里马尔蒂
（Virginie Grimaldi）著；王萍译 . -- 长沙：湖南文
艺出版社，2021.4
　　ISBN 978-7-5726-0079-1

　　Ⅰ. ①你… Ⅱ. ①维… ②王… Ⅲ. ①长篇小说－法
国－现代 Ⅳ. ① I565.45

中国版本图书馆 CIP 数据核字（2021）第 027991 号

上架建议：畅销·小说

NI ZHANGDA LE JIU HUI DONG
你长大了就会懂

著　　者：	[法] 维尔吉妮·格里马尔蒂（Virginie Grimaldi）
译　　者：	王　萍
出 版 人：	曾赛丰
责任编辑：	刘雪琳
监　　制：	邢越超
策划编辑：	刘　筝
特约编辑：	李美怡
版权支持：	辛　艳　张雪珂
营销支持：	文刀刀
封面设计：	资　源
封面插图：	昙　辛
版式设计：	李　洁
出　　版：	湖南文艺出版社
	（长沙市雨花区东二环一段 508 号　邮编：410014）
网　　址：	www.hnwy.net
印　　刷：	北京天宇万达印刷有限公司
经　　销：	新华书店
开　　本：	880mm×1200mm　1/32
字　　数：	264 千字
印　　张：	11
版　　次：	2021 年 4 月第 1 版
印　　次：	2021 年 4 月第 1 次印刷
书　　号：	ISBN 978-7-5726-0079-1
定　　价：	49.80 元

若有质量问题，请致电质量监督电话：010-59096394
团购电话：010-59320018

楔　子

　　那是一个再寻常不过的周六夜晚。虽然那个夜晚并非必须被镌刻在我的记忆之中，我却记住了每一个细节。仿佛，这就是伤心时刻的固有特性。这些时刻会深入骨髓，并在接下来的日子里不停地重新出现，犹如我们在反复审视一部电影中的某一幕。

　　我枕着马克的肚子，我们看着《权力的游戏》①第三季第九集，我们吃了寿司外卖，电风扇呼呼地转着，我们感觉十分惬意。如果我是一只猫，那我肯定会发出呼噜声。

　　手机铃声响起时，我叹了口气。谁在这个时候打扰我？

　　当我看见屏幕上显示的是"妈妈"时，我抱怨了一下。她明知道这么晚给我打电话会让我担心。

　　我多希望自己没有接电话。我多希望这一切没有发生。

　　虽然那是半年前的事了，可我始终心如刀割。

---

① 美国 HBO（家庭影院频道）制作推出的一部中世纪史诗奇幻题材的电视剧。——译者注（若页下注无特殊说明，均为译者注。）

二月

我们最自豪的不在于从不跌倒，而在于每次跌倒之后都爬起来。

——拉尔夫·沃尔多·爱默生

February

~ 01 ~

二月、周一、下雨，这一组合真 ×× 好！

汽车每前进一步，我内心的怯意便增加一分。汽车驶入了一条小道，悬挂在某棵树上的指示牌显示这是一条直行道，然而即便我现在掉头，或许也不会有人发现。我的眼前出现了一座看起来荒寂已久的停车场，我绕着它转了一圈，然后将车停在了一栋大房子前。

柽柳 挤奶 ① 房

面对这些剥落的铸铁文字，我不禁忧心忡忡。很有可能是招聘启事出现了失误，这里不是一家养老院，而即将与我对话的其实是一群备受压迫的奶牛。然而，说实话，与前方等待我的那份工作相比，这个念头反倒更令我开心。

通往养老院的最后几步，对我而言是如此漫长。

即使再迈出一步，我仍有回头的机会。

即使再迈出两步，我仍能顺利地驾车而归。

---

①"挤奶"一词在法文中写作 traite，"退休"一词在法文中写作 retraite。文中牌匾上 retraite 的前两个字母剥落消失，导致人们可能会误以为是"挤奶"。

即使再迈出三步，我仍能悠然离去而无人知晓。

"请进，大家都等着您呢！"

在我还未走到门前时，一个女人便突然出现在了门框中。她的体形高大、健硕，她的秀发如此弯曲以至被她用来充当笔帽。我在心里默默地寻找着脱身之计、遁形之术，然而，终是一场空。于是，我礼貌性地对其施以微笑，主动地伸出了右手，并跟随她走了进去。自此，未来的八个月我都将在这里度过。

~ 02 ~

她迈着坚定的步伐朝前走，高跟鞋与白瓷砖的碰撞声清晰地回荡在空中，而我努力地与她保持着恰到好处的距离。我与她之间如果只相隔两块瓷砖的话，会显得有点过于亲密，如果是四块的话，则十分安全。

与此同时，我十分希望自己能够就此消失，或隐没形体，或终结于世，或分裂成粒，或折返而去，或人生倒带。对，没错，症结便在于此。请问，我们是否能将人生倒带？我与她，我们早已相约今日见面，但是做出这一决定之前，一切依旧美好如初，我的生活也并未这般凄惨。现在的我犹如恐怖片中的女主人公，承受着上百次的肢体分离，却又必须在一次又一次的身心疼痛后继续坚强生活。我与她，我们早已相约今日见面，但是做出这一决定之前，我的生活并未风云突变、轰然倒塌，我甚至曾认为自己不会应聘这一岗位。

但是现如今，我又待在这里做什么呢？

在一扇白色的门前，我们止住了脚步。她将一把钥匙插入锁眼，而我抬起了头，一块小牌匾映入眼帘。

院长

安娜－马莉·鲁岳

那么，她便是那位与我在电话中沟通过数次的负责人了。门开了，她走了进去，绕过了办公桌，最后端坐在座椅中。

"麻烦把门关上，然后坐吧。"

我听话地完成了这两个动作，而与此同时，她翻开了一份文档，眯着眼睛查阅着。电脑屏幕旁的仙人掌彰显着自己的存在。闹钟的嘀嗒声则无时无刻不在提醒着时间的流逝，然而，我觉得它的节奏似乎慢了一些，又或许只是我的心跳太快。

我深吸了一口气，说道："十分抱歉，我迟到了。比亚里茨[①]入口处在施工，临时设置了一些红绿灯，所以我路上花了不少时间。"

她将铅笔从"发环笔帽"中抽出，然后在一张白纸上写下了零星的文字。

"这次就算了，但是下不为例，毕竟，我们不能让老人久等，您懂吗？"

"是的，我明白了。"

"好吧。今天上午您可以稍事歇息，熟悉一下环境，下午的时候，

[①]比亚里茨位于比斯开湾沿岸，是法国西南部比利牛斯－大西洋省的一个市镇。

我会安排您与您的前任蕾雅·玛侬碰面。蕾雅由于身体原因，不能长时间待在这儿来培训您，但是她会尽量在几小时之内将一切交接完毕。我觉得这样应该也没问题。我之前在电话里和您说过，我们养老院没有多少老人，准确来说，只有二十一位，其中有一对是夫妻，他们住在同一个单间套房里。"

"啊，这里还有单间套房？"

"我们只是这样叫而已。"她起身说道，"每个单间套房中都有一间小卧室，一间客厅，一间小厨房和一间浴室。好了，如果您没有别的问题的话，我一会儿还约了人。您去前台找伊莎贝拉吧，她会带您去您的房间。"

我站了起来，朝着门边的她走过去。

"欢迎您加入柽柳养老院。"她一边将铅笔重新插入"发环笔帽"中，一边微笑着向我说道，"您现在还不了解这里，但是我相信您会爱上这里的。"

她做了个手势，示意让我出去，与此同时，我却在想和与老人和睦相处相比，或许我与奇珍异兽成为好朋友的概率更大。毫无疑问，这个女人头脑不清。

天哪，我到底在这里做什么？

~ 03 ~

伊莎贝拉果然人如其名，她长长的黝黑睫毛坚挺地矗立在那宝石绿的双眸上，她的微笑如此温暖以至蛀虫都不舍得侵蚀她的皓齿。很明显，她尚在襁褓中时便已备受上苍的眷顾。当我向她自我介绍时，她从桌后走了出来，并热情地亲吻我的双颊。

"我们之间直接用'你'来相互称呼，好吗？"她自顾自地说道，根本不在意我如何回复。"因为我们这里都是以'你'相称，当然了，院长和老人们除外。不过，我们依然会对他们直呼其名，这样显得更亲密。你呢？你是叫茉莉亚，对吧？"

"是的。"

"合同期间，你好像都要住在这里。走吧，我带你去你的房间，在宿舍楼里。"

她牵起我的手，然后将我拽住朝大门外走去。停车场的路面上除了早已铺好的石块，还有十来株树及几把长椅，其中一把长椅上坐着一位老妇人，她看起来像在等待一辆久久未至的公交车。她手中握着一根拐杖，肩上斜挎着一个黑色牛皮小包，嘴唇上涂抹的口红颜色与脚上的鹿皮鞋的粉色十分相衬。

"吕西安娜，您还好吗？"当我们从这位老妇人面前经过时，伊莎贝拉上前询问道。听到声音时，这位老妇人开始左右张望，最终她找到了声音的来源，视线也开始透过她那有色镜片聚焦在我们身上，她勉强地扯出一丝微笑，对伊莎贝拉说道："亲爱的，我很好。我在等我儿子接我去逛街。啊，对了，我今天早上终于去了趟厕所。"

"真的吗？那真是太好了！"我身边的这位同事高兴得大叫了起来，"老话说得好，'清晨排便，畅快一天'。"

此时，我的车正停在不远处，相距不过数米。如果我动作敏捷的话，伊莎贝拉不会发现我逃跑了。然而，内心的那股莫名其妙的顺从感令我的双脚依然不由自主地跟着她往前走。

　　宿舍楼是一栋两层高的小楼，离主楼只有数十米远。和主楼一样，宿舍楼也是由石头砌成的，缀以白色的窗户以及精心打造的阳台。

　　"这里有七个单间套房。"伊莎贝拉向我解释道，"四个在一楼，是给常住老人的家人以及尚未做出决定、想先在此体验一番的老人居住；三个在二楼，是给工作人员住的。跟我来，我带你去你的房间。"

　　"二楼的另外两间房已经住满了吗？"上楼的时候我问道。

　　"是的，一间是玛丽娜住，一间是格雷戈住。玛丽娜是助理护士，和男朋友分手之后，她就一直住在这里，她人很有意思，不过，我觉得她有点太自来熟了，当然了，这句话不要告诉别人哟。格雷戈是活动主持人，只有当院里有活动安排的时候，他才来这儿住。不过，他长得那叫一个帅呀，只可惜我们的魅力都不够，我不知道你明不明白我的意思……好了，你的房间到了。"

　　伊莎贝拉将一扇白色的房门打开，然后径直走了进去，以便履行好她的导游义务。不过，她身手着实敏捷。房内有一间浴室和一间卧室：浴室虽有些昏暗，却设施齐全，甚至包括了一些为行动不便者准备的设施；卧室与客厅相连，明亮通透，但装修看着有些赶工的痕迹。此外，房内还有一张芥末绿的天鹅绒长沙发，一张铺有桌布的小圆桌，一个不知何年何月生产的冷餐台，一台二十世纪的电视机，一张靠墙的小床，以及两幅酒红色的天鹅绒遮光窗帘。看着这一切，我的内心没有一丝喜悦之情，反而有股想哭的冲动。

　　伊莎贝拉一边将落地门推开，一边兴奋地大喊道："这里才是最美的风景，赶紧过来看看。"

　　我朝着阳台上的她走去，映入眼帘的是养老院的后院，这块土地绵延数十米，中间有一条蜿蜒曲折的石子小路连接着各个树木、菜园、茂密的灌木丛，以及无处不在的长椅。土地上的青草是如此翠绿，以至给人一种不真实的感觉，而这种景象只能在巴斯克地区寻得些许踪影。这片土地的尽头是一排栅栏，栅栏之外，则是一望无际的大海。

"你难道不觉得很美吗？"伊莎贝拉炫耀着说道。

"是的，的确很美。"我一边回应着她，一边思索着我到底有多么想念大海。

"哈，我早就和你说了吧，这里便是天堂。好了，我走了，你好好收拾一下吧。如果你需要帮忙的话，你知道在哪里可以找到我。"

一直沉浸在自己世界中的我几乎没有听到关门的声音。无可否认，眼前的景象的确令人叹为观止。但是，要将这一临终之地称为天堂，我着实不敢苟同。我无数次问过自己我来这里到底是为了什么，就仿佛我从来不知道答案一样……

事实上，一切的转变都源于某个周六晚上，某个我父亲去世的周六晚上。

~ 04 ~

当我接起电话时，另一端却是一片死寂。如果打电话时对方静默不语，那绝对不是什么好征兆。

"妈？"

"……"

"妈，你还好吧？"

我的双唇直打哆嗦，仿佛它们早已洞悉了一切。

马克将电视剧按了暂停键，我坐了起来，然后把电话挂断。我母亲的电话不可能被窃听，或许只是她不小心按错了。对，肯定就是这样。不过，我仍旧给她回了个电话以便确认一番。她接了起来，我却只听到她的声音淹没在哭声中。

"亲爱的，你爸爸心脏病犯了。"

"他没事吧？"

"……"

"妈，"我大声喊道，"妈，爸爸没事吧？你说话呀……"

"他走了，亲爱的。他走了……"

她继续在那头说着，而我只听到寥寥数词。厨房、烤肉、昏倒、SAMU①、心脏按压、没用、对不起……之后，我们两人默默地流着泪。我攥紧了手中的电话，但内心更希望这是妈妈的臂弯。挂断电话以后，我让我的未婚夫马克按下了播放键，然后将头埋进他的怀里，仿佛一切都未发生。我身体的每一寸肌肤都在拒绝着这一现实。

然而，睡前卸妆时，看到镜子中那双惊恐的眼睛，我才终于接受了这 事实。我父亲去世了。他不在了。他再也不会出现了。他不会再掐着我的脸颊，亲切地唤我"茱茱"了；他不会在我每次迟到之后发牢骚了；他不会再坐在他的绿色扶手椅中看"队报"②了；他不会陪着我走向婚礼神坛了；他不会再在吃饭之前偷吃面包了；门前再也不会出现他的皮鞋了；我再也看不到他头发变白了，我再也听不见他的

①救护车。
②法国的一份知名体育类报纸。

声音了；我再也不能和他一起吐槽妈妈的厨艺了；我再也不能被他的新生胡楂扎得挤眉弄眼了；我再也不能喊"爸爸"了。我人生中最害怕的一件事终于发生了。这一刻终归还是来了。一切都回不到从前了。

眼前镜中的映象开始扭曲变形，一声野兽般的嘶吼从我口中钻出。紧接着，第二声。之后，越来越多。我不停地尖叫着直至呼吸紊乱，跪倒在浴室的地板上。

我的脑海中只有一个想法，那就是回家：我想蜷缩在母亲的怀中，抱紧我的妹妹，重新回到父亲的身边。然而，我在巴黎，他们在比亚里茨。我必须等到明天才能搭上第一趟列车。那一晚，我终于认识到了什么是痛苦。

有那么一瞬间，我的思绪飘向了别处，全然忘记发生了什么。突然，现实又无情地将我电醒。我的父亲死了。仿佛我平静地躺在沙滩上，一股潮水猛然扑打在我身上。接下来的几个月犹如这股潮水的延续。我的父亲、男友和外婆，他们一个接一个地离开了我。我就快要被淹死了。于是，上周看到这则招聘启事之后，我就仿佛看到了救生圈一样。比亚里茨的一家养老院因员工休产假需要临时招聘一名具有专业资质的心理医生，且提供住宿。虽然对我而言，和老人相处跟亲吻一只蜘蛛一样艰难，但这关乎我的生存问题。

一阵冷风吹过，冻得我打了个冷战。我决定最后看一眼新环境，便去取行李。一丝阳光穿过云层直直射入大海。我突然心血来潮，认为这是上天的一个暗示，于是我开始认为自己的选择是对的。然而，这一幻想瞬间被伊莎贝拉从停车场传来的声音打破了。

"波莱特，您又忘了穿纸尿裤。"

~ 05 ~

我到办公室的时候，前任心理医生正将她的私人物品往一个小箱子中放。她朝我走来，伸出了她的右手和"肚子"。

"啊，你肯定就是茉莉亚吧。我是蕾雅，很高兴认识你。"

"没错，我就是茉莉亚。我也很高兴认识你。你需要帮忙吗？"

"我马上就收拾完了。"她一边说一边将书垒成一摞，"安娜－马莉和你解释了我暂时离职的原因吧？"

"她说你要休产假，所以我猜，你怀孕了吧？"

"嗯，刚四个月，不过已经出现宫缩了。我必须尽量减少压力，所以医生给我开了个病假条。你有孩子吗？"

"没有。"

"我和我老公从两年前就开始准备要孩子，所以我可以跟你直说，我不会为了工作让孩子发生一丁点危险。说实话吧，这里也挺累的……你之前在哪儿上班？"

"在巴黎的一家整形医院。"

"这也太棒了吧！那你做过整形手术吗？"

"也就变了个性而已。"

她愣了一会儿，然后勉强地维持着脸上的微笑。

"啊？"

好吧，她居然当真了。我犹豫着要不要向她解释我的阴茎是怎么切除的，不过还是算了，我不希望导致她宫缩。

"我开玩笑的。我可没钱做手术，再说了整形对我也没什么用。我看别人做手术都看吐了，怎么会想自己去做呢？"

"这倒也是，你说的和这里的情况也挺像的。每天和老人打交道，搞得我自己都想早点死。好了，聊得够多了，我们干活吧。"

她带着我参观了一圈办公室。我打开记事本将她说的话一一记下，以免忘记。

"所有入住老人的资料都已经分类归档到这个软件里了。"她一边快速地点击着好几个图标，一边向我解释道，"每天收集的新信息也需要输入到这里，不过话说回来，我们一般很少待在办公室里办公。我们每周至少得和每位老人面谈一次，面谈都是在他们各自的房间里单独进行的，毕竟在熟悉的环境里，他们更容易放下戒心，敞开心扉。你以前和老人打过交道吗？"

"我在老年医学部实习过，不过那都是很久以前的事了。"

"你的实习和这里的情况有点不同，你之后会明白的。这里的老人总觉得我们没太大作用，所以并不会真正和我们交心。反正我每次都只问他们的心情怎么样就走了，大部分情况下，他们的心情都还不错，不过有的时候，就需要给他们开抗抑郁药了。真遇到这种情况的时候，你不要太犹豫，毕竟到他们这个年纪的时候，外人真的是无能为力了。"

哇！这位心理医生，她的心思看着不太敏锐呀！

"真的吗？但是为什么我记得他们恰恰是最需要和别人交谈的那类人……"

"咱们走着瞧吧，如果你将来做得比我好，那就证明我错了，不过对于这一点，我很是怀疑。这群人太难相处了。实话和你说吧，能够提前休产假，我真的开心死了。如果你能坚持到我回来，那绝对是个奇迹。好了，走吧，我要把你介绍给大家，然后赶紧闪人。"

很明显，蕾雅正健步如飞地朝公共生活厅走去。我一路小跑地紧跟在她旁边以免走失。

她内心很焦急，这我完全能理解。如果可以的话，我也希望能够离开这个地方。她的那番消极言论早已将我满腔的热血浇凉了。我之前还心存一丝幻想，认为这家养老院的老人们可能会比较可爱，会改变我对老年生活的看法。不行，我必须清醒一点，因为这一切绝对不会实现。

我不喜欢老人。准确来说，并不是我不喜欢他们，当然了，我也不能说我喜欢他们，而是他们让我感到十分害怕。他们总是和死亡"称兄道弟"，而我更倾向于对此敬而远之。我十分敬畏死亡，以至我经常逃历史课，因为这门课程总逼迫我去研究那些亡者的生平事迹，而这让我感到十分痛苦。另外，不得不承认，历史课其实也没什么意思。这个世界上，所有的老人都长得一模一样，这一点和婴儿及卷毛狗很相似。他们无论是头发（不论真发或假发）、驼背、眼睛、肢体颤抖的样子，还是充满无尽悔恨的嗓音都如出一辙。

"我们到了。"蕾雅向我说道。

眼前是一扇紧闭的双开门。蕾雅将双手覆在门把手上，然后门便被推开了。我将记事本紧紧地抱在胸前，仿佛它能够成为我与老人们之间的一道屏障，之后，我跨步走入大厅中。厅内，二十多张沟壑纵横的老脸面朝大门，围成一个弧形，齐声高呼道：

"茱莉亚，欢迎你!!!"

我选择了一个最为"官方"的笑容，然后将它紧紧地粘在我的脸上。天哪！我到底怎么才能将这些老人一一区分？

~ 06 ~

蕾雅走了。她把办公室钥匙递给我，朝大家说了声"再见"，便迅速地溜走了，她的这一举动无疑加剧了我内心的不安。从此以后，柽柳养老院的心理医生就剩我了。

我的眼神中肯定写满了恐惧，不然的话，一位棕发的高个男人也不会面带微笑地朝我走来，我敢确定他绝对不是这里的住户。

"你好，我是格雷戈，这里的活动主持人。上班第一天不容易吧，嗯？"

"我稍微有点不在状态，不过还好。多谢！"

"你别担心，一切都会好起来的。我猜蕾雅给你描述了一幅恐怖的画面吧，这个女人就是个坚定不移的悲观主义者。跟我来，我会让你对这里改观的。"

他挽住了我的胳膊，然后拽着我朝那群纹丝未动的老人走去。

他将老人们一一介绍给我。我和他们每个人都握了握手，并尝试着去记住他们的名字，但是我很快便放弃了。最终，我只记住了五个人的名字：吕西安娜（她正是今天早上背着黑色单肩包坐在长椅上等儿子的那位夫人）、莱昂（他总是手机不离手，眼睛不离屏）、玛丽琳（她一直都在向别人炫耀自己二〇〇四年所获得的"超级奶奶"战利品——一条围巾）、露易丝（相比他人而言，露易丝和我握手的时间最长）和古斯塔夫（他不停地问我："你好吗？丽兹。"每当我告诉他我叫茱莉亚的时候，他便会哈哈大笑。我花了好一会儿时间才明白他的这个文字游戏）。古斯塔夫在我刚结束握手仪式的时候，便拍着双手起哄着喊道："致辞！致辞！"其他人便立刻附和了起来。格雷戈朝我点了点头，仿佛在告诉我"你别无选择"。我清了清嗓子，双手紧紧抓着记事本以至手指甲都深嵌其中，然后用我那飞机场般的声音说道：

"大家好，我叫茉莉亚，是新来的心理医生。从明天起，我每周都会去各位的房间拜访一次，以便能够了解大家的需求，为大家营造一个更为舒适的环境。当然了，如果你们平时需要找我的话，我随时都在。很高兴能够来到柽柳养老院，和大家在一起，我会尽我最大的努力为大家服务。"

人群中响起了零星的掌声。之后，老人们或拄着拐杖，或坐着轮椅，或撑着步行器，或不借助任何辅助物走了，只剩格雷戈和我。

"下次你说话得大点声，很多老人的听力不好。不过，你刚才做得还不错，就连莱昂也没怎么发牢骚。"

"莱昂？是那个总盯着手机看的人吗？"

"没错，他就是个不折不扣的极客①。他从来都是手机不离手，除非发牢骚或抱怨的时候。这两年来，我一直都试图去发现他身上的闪光点，可惜没找到。我觉得与其花时间去探究莱昂身上到底有没有人情味，还不如多花点时间去研究麦当娜②脸上有没有注射保妥适③。"

我笑了，从来到这里以后第一次笑了。虽然我笑的声音有点大，笑的时间有点长，但是我实在是控制不住自己，仿佛每发出一次笑声便能驱走内心的一分不安。

① 极客是美国俚语"geek"的音译，指对计算机和网络技术有狂热兴趣并投入大量时间钻研的人。
② 麦当娜，美国女歌手。
③ 保妥适，亦称注射用A型肉毒梭菌毒素，能暂时改善65岁及65岁以下成人由皱眉肌或降眉间肌活动引起的中度至重度皱眉纹。

"离宾果游戏①开始还有一些时间，你希望我带你转转吗?"格雷戈提议道。

我自然十分乐意，不仅仅是因为他那能与世界七大奇迹媲美的笑容，还因为我的确对这地方不熟悉。我就像一个刚上学的新生一样，当某个同学提议要牵我的手时，我自然十分高兴。我跟在格雷戈身后，准备将他提供的信息一一记录在本子上，此时，一个颤抖的声音从我身后传来:

"她比之前那个心理医生要漂亮，但看着不怎么友善。"

~ 07 ~

当一阵说话声传来时，正值午夜，我独自一人站在养老院的后院中，吓得我差点没跳起来。

我是一个胆小鬼，我甚至一度有个绰号叫"呜"②，然而不得不承认，这个绰号要比我的本名茱莉亚更适合我。每当有人突然从我身边经过时，我都会吓得跳起来;每当在蓝色滑道③上做犁式制动滑降④时，

---

①宾果是英文中的"bingo"，意思是中了。玩游戏前，每位玩家会被发一张标注不同数字的卡片。卡片通常有五行和五列，共有二十四个数字和一个空格。这二十四个数字都是随机分布的。玩游戏时，一般会有一个叫号的人，随机抽取号码并大声喊出。玩家听到数字后，就要在自己的卡片上找到这个数字并圈中它。第一个在自己的卡片上找到相应数字描出特定图形的人大喊"bingo"，赢得游戏。
②形容哭泣的拟声词。
③法国滑雪的滑道由易到难分别以绿色、蓝色、红色和黑色标注。
④犁式制动滑降是一种滑雪动作，是指将两只雪板后部向外推出，呈内八字状，用两只雪板的内刃卡住雪面向下直线滑行。雪板八字角度的大小，决定阻力的大小和滑行快慢。

我都感觉是在做一项极限运动；每当有狗靠近我时，我都会自动化身为消防报警器。

有一次，大约是在我十五岁那年，我听见母亲在厨房里尖叫起来，便赶忙冲了过去，只见她正试图将蹿出锅底的火苗扑灭。当时，我脑海里浮现的画面是我自己沉着冷静地拿起一块抹布，然后用水打湿，盖在锅上。然而，这一切仅仅存在于我的脑海中，因为实际上，我差点就准备在逃走之前说一句："妈妈，永别了！"

还有一次，我将车停在马克的办公楼前，然后坐在车里等他时，一个男人不停地敲车窗户，并一直指着自己 T 恤上的小猫图案，当时天已经黑了，他的举止十分可疑。于是，我将随身携带的催泪喷雾全部（既不是一下，也不是两下，而是全部）喷向了他的眼睛。然而，事实上，他是马克的同事，他只是想善意地提醒我马克可能会迟到。

所以，今晚，当我在养老院的后院中听见一阵说话声时，我害怕到双腿无力、喉咙发紧、心跳加速，就仿佛我的心脏在演奏大卫·库塔①的歌曲一般。

说实话，之前我满脑子都在想如何离开这家养老院。

我的思绪十分混乱，以至实在睡不着。既然如此，为什么不抽根烟呢？不过，烟在车上，所以我必须要下楼去取。刚踏出楼门，我便情不自禁地朝后院走去。月色太过朦胧，以至我根本没发现自己离宿舍楼越来越远。当我听见有人说话时，我才意识到自己已经走到了后院深处，在这样一个地方，即便我大声喊叫，应该也不会有人听见。看来我真的已经是疲倦到不知道自己在做什么了。

①大卫·库塔，法国歌手，DJ，音乐制作人。

时间，早已过了十二点；气温，一看我冻僵的鼻尖也知道，和哈根达斯①的温度一样。因此，几乎不可能再有除我之外的疯子在外面瞎逛了。所以，对于刚才的说话声，唯一能说得通的解释便是，我产生幻听了。于是，我决定重新回到那个简朴的房间里，然后用钥匙从里面反锁，再用柜子将门抵住，最后安安稳稳地睡个好觉。

我一路小跑地朝宿舍楼奔去，正当我准备进入楼中时，一阵脚步声从主楼附近飘了过来。我试图将钥匙插入锁孔中，然而当我害怕得犹如风中树叶一般瑟瑟发抖时，这一机械动作的难度便堪比一场获胜者可享受兰达岛②之旅的比赛。我环顾了一下四周，以便寻找出脚步声的来源。无意间，我看到一个阴影飞快地溜进了菜园，这一发现令我险些翻白眼晕过去。有那么几秒钟，我一动也不动，然而，即便是短短的几秒钟，也足以让我看到一个人的脑袋出现在了矮墙后，它朝我这个方向转了过来，然后便又突然消失在了黑暗中。我被发现了。赶紧，我得赶紧上楼找个地方躲起来。这该死的钥匙很快便能插进锁孔中，我不会死在这里，我不会穿着我的毛绒睡衣、羽绒服和猫头鞋被一个坏蛋掐死在养老院的后院中。

我将钥匙换了个方向，重新往锁孔中插去。我用尽全力将钥匙往里捅，我甚至祈求着门神的出现，然而，一切都是徒劳，钥匙死活都插不进去。我感觉身后的脚步正缓缓地朝我走而来，我的心脏早已从胸腔中跳了出来，跳到了我的喉咙里、眼里、手指里、耳朵里、发丝里，以及鞋上的猫胡须里。

当我们知道自己大限将至时，是不是都会害怕得像振动按摩器

①美国冰激凌品牌。这里指这种冰激凌。
②泰国的一座岛屿，位于普吉岛南面。

一样？

　　凶手离我只有几步之遥，我甚至能感觉到他的手掐着我的脖子。天哪，三十二岁就死了，太丢脸了！尤其是死在这样一个随处都能找到将死之人的地方。就在我即将陷入混沌之前，我的大脑突然一片清明，我明白了，原来我一直在绝望地用力插的这把钥匙是房间钥匙，而不是楼门钥匙。我屏住呼吸，快速地抓起了正确的钥匙，当它成功地插入锁孔中时，我长舒了一口气。我砰的一声将门甩在身后，然后三步并作两步地往楼上跑去。我将自己反锁在房间里，耳朵紧紧地贴在门上。

　　四十分钟以后，我的身边只剩下一片寂静。

　　两小时以后，我的肌肉终于放松了下来，牙齿也不再打战，心跳也恢复了正常。

　　有可能我这个人太容易激动了。

~ 08 ~

　　"您今天觉得怎么样？"

　　露易丝是我上班第一天拜访的第一位病人。她面朝观景窗，坐在一把扶手椅中织着毛衣，而我坐在她的对面。她的双手微微地发颤，那是因为年纪；我的双手也微微地发颤，却是因为紧张。

　　她房间的装饰显得有点过于拥挤，到处都堆放着不相称的家具、小摆件、相框、书籍，以及织物。这些东西看起来都没什么价值，但是在她眼里，每一件应该都承载着特殊的意义。她肯定是精心挑选了一批能够陪伴她走完人生最后一程的物品。

"比之前好。"她一边将手中的"作品"放下，一边回答道，而我开始记笔记，"你知道我刚来这儿不久吧？"

"我在您的档案里看到了。刚来三个月，对吧？"

"嗯，快三个月了。我出事之后，在医院待了五个礼拜，之后医生告诉我，我不能再一个人住了，于是我的子女便给我在这儿找了个床位，貌似这里是这一片最好的养老院了。我也没觉得待在这里特别不好……"

"露易丝，您愿意和我聊聊您之前怎么出的事吗？"

"噢，其实也没什么可说的。我当时在逛街，然后嘭的一声我就摔在地上晕过去了。等我醒来的时候，已经是几天之后了。不过，你知道吗？我醒来后发现自己把之前四十年的事情都忘了。四十年哪，就这么被几秒钟毁了。"

"那您是怎么想的？"

"难以接受。我三十岁那年，我和我老公以及孩子住的那栋房子着火了，火太大，把所有东西都给烧了，全没了。房子没了，家具没了，证件没了，衣服没了……但最让我伤心的是，回忆没了：我孩子的童年照，画的画，写的诗，从夏令营寄来的信，我父母的照片，我的结婚照……"

她顿了顿，眼神望向窗外。

"这些东西没了以后，我们的记忆就不能再弄丢了。"她继续说道，"毕竟人的记忆没有副本。噢！你瞧瞧我，我都没给你倒点喝的。你喝咖啡、茶，还是热巧克力？我女儿送了我一台高端的机器，只要把材料放进去，就能自动做好一杯热腾腾的饮料。"

您这儿就没有威士忌吗？

"我要一杯热巧克力，谢谢！那我们接着聊您的记忆？"

"放心，我记得。"她一边朝厨房走去，一边回答道，"我的短时记忆还是很好的，这一点让我觉得很庆幸。我刚才之所以和你聊那场大火，是想告诉你我的感受。失去那些回忆已经让我觉得很痛苦了。可是，什么都比不上别人告诉我我失去了之前四十年记忆的那一刻。你知道吗？四十年前，我的孩子都还不到二十，我老公还活着。我自己也很年轻，我的孙子孙女还没出生呢……那会儿也没有手机，没有这么多电视频道，更别提网络和鼻环了。"

之前看露易丝的档案时，我还特别羡慕她能够遗忘一部分人生。如果我能忘却之前半年发生的所有事，我愿意付出一定的代价。但是，当我看着她强忍泪水时，我脑海中的这一想法彻底消失了。

"谢谢！"我接过她递来的杯子说道，"那您最后是如何接受这一局面的？"

"呃，其实很简单。"她耸了耸肩说道，仿佛事情真如她所说的那么简单，"当他们告诉我我的记忆再也恢复不了的时候，我有两个选择：要么我不接受这一事实，然后在余生里痛苦地活下去；要么我接受这一事实，然后安详地度过最后的日子。不过，我这个人一向幸福感很强。"

"您这个观点挺好的。"

"其实，我的运气还是不错的。我今年都八十四岁了，还能听到鸟儿的轻鸣声，戴上老花镜也能看见字，我的牙也还没掉光。很多人到我这个年纪都比不上我呢。再说了，我的过往其实也并没有真正地消失，只是我不记得了而已。但是，我的孩子，我的孙子，我的亲朋好友，他们记得。那四十年活生生地存在过。"

她站了起来，从冷餐台上拿起一个相框，照片上的她被一群各个年龄段的人簇拥着，脸上洋溢着幸福的笑容。

"你看，"她把相框递给我说道，"这些都是我的孩子和孙子。这张照片是十五年前照的，上面还差一个孙子和两个重孙，因为那会儿他们还没出生呢。我们只照过几张像这样的全家福，这是其中一张。我有四个孩子、十个孙子和两个重孙，从我醒来以后，我一直能感觉到他们都很爱我。所以你应该相信我没有任何理由去选择痛苦。你呢？你家人多吗？"

我点了点头，然后迅速转移话题。

"如果让您给这里的舒适满意度从一到十打分，您会打几分？"

露易丝稍微思索了一会儿，回答道：

"九分吧。扣去的那一分是因为起床问题。每天早上，我都需要足足十分钟才能从床上起来。我感觉自己就像一张对折了四次的纸，伸展的时候稍微不小心就会受伤。"

我将这些信息一一记录在笔记本上，以便回到办公室之后将其录入系统中。与此同时，露易丝静静地盯着我看，突然，她问道：

"你呢？如果让你给这里的舒适满意度从一到十打分，你会打几分？"

~ 09 ~

今天的午餐是香肠配土豆泥。这几个大字显眼地写在白板上，仿佛有什么地方值得炫耀似的。时间刚到十一点半，但是老人们已经开始动手吃主菜了，可能他们觉得这么做能够让一天的时间过得更快。

餐厅里摆放着五张圆桌，每张圆桌之间的距离都足够大，以便轮椅和步行器能够畅通无阻地穿梭其中。昨天，格雷戈告诉我说，养老院的每位员工都必须轮流充当后勤，他的原话是"柽柳的理念就是一人多用"。不过，只要不让我伺候老人们洗漱就行。

今天是伊莎贝拉和另一位金发碧眼的矮个子女同事当值，只见她们周旋在老人中间，甚至还要给其中几位喂饭。格雷戈远远地冲我挥了挥手，于是我便朝他那桌走了过去，想必那应该就是员工桌了。我在一个空位前落座，格雷戈将众人一一介绍给我。我认出了院长安娜－马莉，不过此时的她正忙于切香肠，根本没时间和我打招呼。此外，院里所有的全职工作人员也都在，有协调医生让－保罗、助理护士萨拉、体疗医生劳拉、护士穆萨和行政助理斯蒂芬妮。

"至于前台接待员伊莎贝拉和助理护士玛丽娜，你都已经见过了。"格雷戈指着伊莎贝拉和玛丽娜的时候，她们正在说服一位老太太，企图让她相信土豆泥是纯手工制作的。

我的屁股刚蹭到椅面时，大家便开始用一堆问题对我进行狂轰滥炸，仿佛他们是多年未见过生人的监狱犯人一样。

"我是从巴黎来的，但是我是在这儿出生的……不，不，我没有孩子……也没有宠物……以前在一家整形医院工作过……只做过变性手术……没错，我开玩笑的……我还没结婚……巴黎……我不爱运动……因为我喜欢这份工作……没有啦，我不是因为院长在这儿才这么说的……三十二岁……"

如果不是一个男人的说话声打断了我们，我想我几乎要忍不住问他们是否想看看我刚做的阴道涂片①。

①阴道涂片是生殖细胞学检查的部分内容，主要目的是了解卵巢或胎盘功能。

"要么小偷自己站出来，要么我就怀疑在场的每一个人。"一位正试图将身板挺直的老人大声喊道。

"莱昂，您又怎么了？"玛丽娜翻了个白眼说道。

"我就去了趟厕所，假牙就不见了。之前还在餐巾上呢，现在不知道跑哪儿去了。"

"可是您为什么要把假牙取下来呢？"伊莎贝拉问道。

"我吃土豆泥的时候，喜欢不戴假牙。我还有权利做自己想做的事吧。"

莱昂身边的老人们继续默默地吃着午餐。于是，他生气地喊道：

"我告诉你们，如果我一分钟之内找不回我的假牙，我就把你们都告上法庭。你们这是在虐待我，我不会善罢甘休的。"

"莱昂，你可真够烦人的。"二〇〇四年年度超级奶奶说道，"我们受够了你的无理取闹，你明明知道你的假牙在哪儿。"

"又来了……"护士穆萨笑着说道。

"这种事经常发生吗？"我疑惑地问道。

"嗯，经常。他绝对是故意的……他总喜欢把事情拖下去，不过他知道怎么收场。"

由于十分好奇这出闹剧会如何发展，我便目不转睛地盯着那里看。只见邻桌的老顽童——古斯塔夫将椅子往后挪了挪，然后撑着他的步行器缓缓地朝莱昂走去。刚一靠近莱昂，古斯塔夫便把自己的手放在莱昂的肩膀上，然后笑着对他说：

"老伙计，我们就不能开开玩笑吗？"

"你居然把这当成玩笑？"莱昂回应道，"赶紧把我的假牙还给我，要不然……"

"要不然怎样？难道你要咬我？"

各张圆桌瞬间爆发出笑声。露易丝用餐巾捂住自己的嘴以免笑出声。

"我可以等……"莱昂继续说道。

"好吧，行了。你把你的假牙拿去吧。"古斯塔夫将嘴咧开，笑着说道。

"哪儿呢？"

"你没看到吗？"古斯塔夫继续将嘴咧开，笑着说道。

"当然没有。"

古斯塔夫将自己的脸朝莱昂凑了上去，然后将嘴唇张开，往两边咧去。伊莎贝拉无奈地摇了摇头。

"天哪！古斯塔夫，你不会这么做的吧！你居然把莱昂的假牙给戴了？"

这位老人开始为自己的阴谋得逞而笑了起来，之后，其他大部分老人，以及工作人员也跟着笑了起来。当然了，还有我。莱昂那窘迫的表情和古斯塔夫那炫耀的表情（虽然那副假牙明显要比他的颌骨大很多）瞬间将我内心的阴霾冲淡了不少。

"茱莉亚，明天是白熊日，你要和我们一起吗？"格雷戈一边给自己倒了杯喝的，一边问道。

"白熊日？那是什么？"

"就是一些老人无论春夏秋冬，都会在每个月组织一次海泳。"

这群疯子！

"可是我必须游吗？"

"当然了，如果你参加的话，你就得游。"

所有同事的目光都转向了我。这群虐待狂是在考验我。如果我拒绝的话，他们会认为我是个胆小鬼，更糟糕的是，他们可能还会认为我是个清高的人，不愿和他们为伍。可是如果我接受的话，我很有可能会冻成一根冰棍。真是太难选了。

"我很乐意参加。"

我不知道到底是谁说的这句话，但貌似是我的声音，并且是从我的嘴里钻出去的。虽然我的身体不愿意，但我的尊严不允许我拒绝。

~ *10* ~

他们本来可以挑个阳光明媚的时间，至少那时候温度会高一些。可是他们并没有。现在是早晨九点，气温特别低，特别低，低到我浑身的汗毛都竖了起来。一群疯子正准备去大西洋里游泳，当然了，这其中也包括我。

自从我来到比亚里茨以后，我一有空便会问自己放弃一切来养老院工作是否值得。然而，今天早上，当我光着脚丫踩在刺骨的冰沙上，穿着裹得最为严密的泳衣抵御着寒风，咬紧牙关也阻止不了嘴里发出沙锤①般的"演奏声"时，我便不再困惑。从这一刻起，我十分确信我当时肯定是神志不清。一把螺旋钻钻进了我脑中，我失灵了，跌下去了，失去控制了，谵妄了，牙根露出来了。

①一种演奏乐器。

"都准备好了吗？"

格雷戈朝海边走去，另外七个几近模糊的身影也紧随其后。在离海水还有几米的时候，古斯塔夫松开了他的步行器，超级奶奶取下了围巾，露易丝收了收腹，伊莎贝拉和皮埃尔依然紧紧地牵着对方的手，朱尔斯穿着他的波点三角泳裤一路朝前小跑，阿莱特伸开了双臂，而我一边朝他们走去，一边祈求着能够出现一些突发状况以阻挡我们迈向冰冷海水的脚步。飓风、暴风雨、大白鲨、螃蟹、僵尸……不管是什么，只要能够让我脱身就好。我很清楚自己的身体状况，它承受不了一丁点外界的冲击。我几乎一直都洗热水澡，我的身体根本不明白即将发生什么，它会罢工的。

"好了，大家站成一排。"格雷戈这个刽子手继续说道，"茱莉亚，既然这是你第一次参加，那我给你讲讲比赛规则吧。一会儿我会数到三，然后大家一起往前冲，跳到水里。最后一名要接受惩罚。你准备好了吗？"

没有，等等。我觉得我把一样东西——我的脑子落在房间里了，我得回去取。

预备。

1……

我要把我的书和首饰都留给我母亲。

2……

我要把我的化妆品和瑞恩·高斯林①的 DVD 都留给我妹妹。

3……

永别了！

① 瑞恩·高斯林，加拿大歌手、演员兼导演，曾出演《恋恋笔记本》《爱乐之城》等。

我的耳边一片寂静，我的眼前一片空白。我拼命往前跑，仿佛这关乎我的性命。我低叫了几声，有可能是喊了一两次妈妈。海水是如此冰冷，以至我感觉它正在"灼烧"我的身体，我会被溶解得只剩下牙齿，海边嬉戏的儿童会误以为是贝壳而将它们捡了去，然后做成项链。完了，我最后居然成了一条项链。我的墓碑上肯定会刻上一句"项链之墓"。多么凄美的一个结局呀！

当我意识清醒的时候，我发现海水只淹到了我的胸部，我整个人依然完好无损。好吧，鉴于我的下半身已经毫无知觉，所以我也不确定自己到底是不是完好无损。我很好奇其他人的状况，当然了，肯定不会是什么美好的画面。由于我的腿已经完全冻僵了，所以我只能慢慢地、缓缓地依托头部的力量将自己转过去。我花了好几秒钟才看到他们的身影，但是我不认为我们之间的距离有这么远。

我实在是不敢相信自己的眼睛。

这八个阴险小人居然齐齐地站在沙滩上看着我，而且还是站在干沙那一处，显然他们已经笑得下巴都要掉了。

~ 11 ~

"您今天过得怎么样？"

暴躁狂莱昂房间里的摆设和他本人一样喜感：一张铺着灰色鸭绒被的四四方方大床、一套灰色皮质沙发，以及一幅灰色窗帘。此外，空气中还弥漫着一股樟脑丸的味道。房间里唯一的装饰是两台电脑（一台台式电脑和一台笔记本电脑)、一台触屏平板电脑及两个电子相框(电子相框中播放着他和一些人的合影,这些人看着都要比他小10岁左右)。

"你知道了又能怎样?"他连眼睛都没抬一下,依然盯着手机屏幕看。

说实话,我的确不能怎样。(这个抱怨鬼在这里住得到底舒不舒服明显比不上我现在喉咙的疼痛感要紧。我的嗓子之所以这么疼,无疑是因为昨天游泳的缘故。那帮人当时对自己的恶作剧还十分得意,不过当我冲着他们打喷嚏时,他们明显收敛了不少。)但是,我不会这么回答。

"您不要这样想。我很关心您在这儿住得舒不舒服。"

"当然了,毕竟你拿着工资就是干这个的。没有谁会无条件地去关心别人。这方面我还是很有经验的。可能其他人会陷进你的甜言蜜语中,但是我够聪明,绝对会是那条漏网之鱼。"

"为什么您觉得我希望您掉进我的渔网中?"

"很明显嘛!医生小姐,你要知道我这一辈子都在和世界各地的大人物打交道。我创办了一家公司,并且带领这家公司走向了辉煌,创造了巨大的营业额,这个营业额数字是你想象不到的,而这一切都得归功于我的脑灰质①。另外,你千万不要觉得我没看到你是怎么来这儿的,你是穿着你那乡下村妇的木鞋来的。"

我觉得我是时候打个喷嚏了。

"那家公司是做什么业务的?"我试图引出一个新话题。

他没回答。我认真地打量着他那梳得一丝不苟、犹如乌鸦的颜色

---

① 灰质是大脑信息处理的中心,能对外界的各种刺激做出反应。

般的黑头发以及那两片丰腴的嘴唇和那张过于光滑的脸庞（这张脸如此光滑，以至让人不禁怀疑主人的人品）。很明显，他的脸肯定动过手术，只可惜，没有哪种手术可以将他的尖酸刻薄除去。真该给他注射一针友善剂。

"莱昂，我来这儿只是想帮您。您不一定非要回答我的问题，我只是觉得这样做可能会对您有点帮助，毕竟一个人在养老院生活并不容易……"

"你在想什么呢？"他唾弃地说道，但依旧没有抬头看我，"我和其他人来这儿的原因可不一样。他们是因为不能再一个人生活了，所以被家人送过来的；可我是心甘情愿来的。我的钱全都在自己手里，没有谁可以强迫我做不想做的事。我现在最不想做的就是听某个人在我旁边一直找借口，想给我开抗抑郁药。"

"好吧，莱昂，我……"

"该死的，你不要再叫我的名字了。好像我们没有那么熟吧。"

看来我没有必要再和他聊下去了，他的性格和他的额头一样坚硬。我默默地站了起来，将椅子重新摆好，然后朝门口走去。正当我准备将门关上时，莱昂终于抬起了头，勉强地冲我笑了笑：

"话说你昨天游泳游得开心吗？"

~ 12 ~

我要死了。我感觉我的喉咙已经变成了一个火盆，正在将我从里往外地灼烧。我感觉《人体大奇航》①里的某些动画人物正在我的喉头开篝火晚会；另一些则在我的支气管里射飞镖。

　　我来这儿才三天，却已经和死神擦肩而过三次。很明显，上天在暗示我。当然了，这些都是后话，当务之急就是怎么才能把我喉咙里的火熄灭。现在是晚上九点，天已经黑了，药店也关门了，并且我不认为嚼草莓哒哒糖②就可以缓解我喉咙的不适感。和此前每一次一样，我这次依然觉得自己病得比任何一次都严重。为了打消自己的疑虑，我做了一件我甚至不会建议别人去做的事——上网查询。我打开了电脑，在浏览器里输入了：

　　嗓子疼

　　嗓子很疼

　　咽喉癌症状

　　嗓子疼会不会致人死亡？

　　怎么报复那群逼自己在大冷天跳冰水的人？

　　我觉得我得了疑心病

　　查了之后，我觉得自己马上就会在痛苦中死去，但是我振作了起来，决定不能就此屈服。可能同层的邻居会有润喉糖、蜂蜜、消炎药或者其他可以缓解咽喉痛的东西。我先去敲了敲对面邻居的门，我依稀记得这里住的是格雷戈。敲了三声之后，我放弃了，原来他不在。第三扇门里住的是玛丽娜，或许我可以借此机会和她熟悉熟悉。我的拳头还没来得及敲，她便已经把门打开了。她穿着一件睡裙，头上裹着一条毛巾。

①一部法国的动画。这部剧寓教于乐，主要面对儿童。剧中角色为人体的细胞等，展现了人体的奥秘。
②法国人最爱的糖果之一。

"你好呀，茱莉亚。终于见到你了，真棒！我之前一直希望可以有个女邻居聊聊天，谈谈心。来，进来吧！"

"谢谢，不过我只是来看看你这儿有没有一些可以缓解喉咙痛的东西，比如，糖浆、润喉糖之类的。"

"啊，有，我这儿有一些。进来吧，我去给你找。"

玛丽娜房间的格局和我的一模一样，只是所有东西的摆放位置和我的是反方向而已。不过，从布置方面来看，我们俩又截然不同。她的沙发上和床上都铺着一块花花绿绿的布，墙上挂满了照片，照片有别人也有她，别人要么咧嘴大笑，要么扮鬼脸逗趣，要么亲吻秀甜蜜，而她总是一张鸭嘴自拍脸[①]。另外，她的桌上堆满了《人物》[②]，空气中则弥漫着一股呛人的气味。

"坐吧。"她在厨房冲我喊道，"我一会儿就好。对了，你在这儿待得开心吗？"

"我还不知道……不过，说实话，比我预想的要糟一些。"

"我真是不懂你。你说你来养老院工作干吗？你之前不是在一家'脸面'粉刷医院上班吗？那儿的情况和这儿可完全不一样……"

我笑了笑。

"哎，不过我在这儿倒是挺开心的。"她继续大声冲我喊道，以免她的说话声被洗杯子的声音淹没，"我十八岁的时候就来这儿了，最开始的时候，我以为自己不会待太长时间，可是一待就是五年。这儿的老爷爷、老奶奶们，人都不错。同事也不错。"

"他们一直都喜欢开玩笑吗？你应该知道他们捉弄我了吧？"

①鸭嘴自拍脸：duck face，指噘嘴自拍的夸张表情。
②一家美国杂志，主要介绍美国名人的有趣故事，由时代华纳公司出版。

"噢，这是院里的传统。我是八月来这儿的，如果让我下海游泳的话可能太便宜我了，所以他们换了一种方法。他们开了一节烘焙课，然后抽签的时候抽中了我，让我去尝蛋糕。当时抽中我的时候，所有人都装出一副失落的表情，搞得我以为自己运气真的很好一样。你能想象到我当时嘴里含着把汤勺的得意表情吧。呃……不过吃完蛋糕之后，我接下来两天都吃不下任何东西，因为他们在蛋糕里塞满了哈里萨辣酱①……所以，听完之后，你是不是觉得好受一些了？"她一边将一个冒着热气的马克杯递给我，一边说道。

"这是什么？"

"格罗格酒②。不过，我这儿没有朗姆酒，所以就换成了龙舌兰酒。我觉得这两种东西没什么区别。我给自己也调了一杯，陪你一起喝。"

我的双手紧紧握着马克杯，嗯，闻着真香。我几乎可以确定龙舌兰酒的效果了，但是或许依然只有蜂蜜和柠檬才能减轻我的痛感。

在喝了四杯格罗格酒并且聊了两小时之后，我基本了解了玛丽娜的情况。

她十七岁那年的夏天，她的父母强行带着她来到了比亚里茨度假，但是她的本意是和朋友一起待在斯特拉斯堡③。为此，她觉得很难过。于是，她每天下午都待在沙滩上低头看杂志。第五天下午的时候，她终于把头抬起来了，并且发现其中一个海滨浴场的监视员满足了她对假期的所有幻想。

"你真应该看看他的腹肌……幸好当时我的泳衣早就湿透了。"

①一种突尼斯辣椒酱。
②用朗姆酒或威士忌酒兑水做成。
③法国东北部的一座城市。

从那一刻起，她便不停地想尽办法吸引对方的注意。她只在他所坐的瞭望塔前游泳，并且每次下水都犹如芭蕾舞演员登台表演那般优雅。只要对方看她一眼，她便会紧张得连呼吸都停止了。她一次又一次地试图朝远方游去，企盼着能够听到一声警告的哨响声，然而她的体力并不帮忙。终于，在被一条海鲈鱼蜇了一下之后，她"投入"了他的怀抱。事实上，她当时正准备在他面前展示一种新的弓形身姿而已，但是她脚底的沙子下面正好藏了一条鱼。于是，她大叫了起来，整个人因为疼痛而弯下了腰。正当她痛哭流涕地把睫毛膏弄花了的时候，他朝她走了过来。他笑了笑，然后俯下身在她耳边说道："我怎么可能抵挡得了你这么卖力的演技。"

"这个笨蛋，他居然不信我。我当时真的痛得要死，他居然以为我是装的，以为我那样做是为了勾引他。"

一年之后，玛丽娜离开了斯特拉斯堡。她搬进了监视员纪尧姆的单间公寓，然后在柽柳找了份工作。两年之后，他们买了一套三室一厅的房子和一只猫。四年之后，他们订婚了。五年之后，在婚礼前三周，他爱上了一个被海蜇蜇了一下的德国女游客。

"这个男人估计就喜欢动物的毒液吧。"她怒吼道，"祝他下回碰到毒蛇。"

"你说得没错。"我礼貌性地点了点头，"他就该被黑寡妇 ① 吃掉。"

她大笑了起来，然后又突然停了下来，紧接着她严肃地看着我，用一种看待醉鬼的眼神看着我。

"你呢？"她问道，"你的那个他是做什么的？"

① 一种毒蜘蛛。

"谁？"

"你心里肯定藏着个人。要是没有的话，你就不会带着你的行李箱，开着你那辆塞满纸壳箱的车来到这儿。"

我不知道到底是因为格罗格酒，还是因为玛丽娜的亲和力，又或许是因为那股冲入我脑中的呛鼻气味，再不然就是因为发热的缘故，总之，在我意识到自己在做什么的时候，我已经对她和盘托出了。

~ 13 ~

我和马克是在不二价超市①的甜食区相遇的。那一年，我25岁，和我的外婆一起住在巴黎，因为她当时需要做一个视网膜手术。我主要负责照顾她，她则主要负责陪我玩。那是我第一次去首都，她带着我逛遍了所有的必去景点，比如，埃菲尔铁塔、苍蝇船②、蒙马特高地③、香榭丽舍大街……我们在民族广场地铁站④租了一套单间公寓，房间里面有一张大床，晚上的时候，我们会躺在床上，我读书给她听，她则进行点评。在这种温馨的时刻，我们什么都不喜欢干，只喜欢吃糖。

这也就是为什么我那天会去不二价。我在货架上找一款巧克力小熊糖的时候，一个身穿皮夹克的金发高个男人站在了我面前。我稍微

① 不二价（Monoprix）超市，法国最大的连锁超市。
② 专指塞纳河上的平底游览船，可供游客近距离欣赏塞纳河沿岸的风光。
③ 巴黎市北的一个一百多米高的小山丘，既是巴黎市内的地理制高点，也是巴黎的娱乐饮酒中心。
④ 法语写作 Nation，是法国巴黎地铁的一个大型车站，位于巴黎十一区。

等了几秒钟，觉得他应该会意识到他挡我路了，然而他并没有。

"嘿，我没怎么妨碍到你吧？"我问道。

"没有，你没怎么妨碍我。不过，你说话声不要这么大。"他模仿我的音量说道。

"你没注意到我正在看货架吗？"

"看到了，当然看到了。"

我深吸了一口气。

"那你是遇到什么麻烦了吗？"我说道。

"没错。我的麻烦就是我从十五分钟以前就开始跟着你，我想向你搭讪，但是我不知道该怎么做。"

"哇！"我开玩笑地说，"那恭喜你，你成功了，我们现在正在说话呀。我的拳头离你的下巴也只有两指远了。你应该觉得高兴吧。"

他笑了，我耸了耸肩。他朝我伸出了手，然后自报了家门。我低声抱怨了一句，但他用那无人能抵挡的深情眼神看着我，我想我就是在那一刻沉沦的。

毕业之后，我回到巴黎找他。我们等这一刻等了如此之久，以至那几个月中只要有任何一分钟不能在一起，我们便会觉得很可惜。我们一起洗澡，用同一个盘子吃饭，穿同一件 T 恤，读同一本书，抽同一根烟，我们甚至同样都渴望能够一直做爱，仿佛要把我们未相遇的时光都弥补回来。我们唯一不能一起去的两个地方就是办公室和厕所。然而几个月之后，家里厕所的门就一直都开着。

我很幸福。每当我听到闺密在谈论她们和男友的关系时，或者谈论她们的理想型时，我便窃喜不已。我终于找到了我生命中的那个他。虽然他也有一些缺点，比如，他明知道自己消化不了洋葱，却依旧大吃特吃；他刮胸毛；他喜欢看社会陋闻；如果我不主动的话，他可以一天不说话；他总是把机场读成机舱……但和他的优点比起来，这些都不算什么。我一直都希望他能陪在我身边，他也一样。我们是人生赢家，并且，我们会相伴终老，对此，我们从未怀疑过。

两年前，我和他之间出现了第一次危机。当时我得了流感，所以有那么一周时间我将自己裹得严严实实的。如果不是需要上厕所的话，我绝对不会从床上爬起来。我身体的每个部位都觉得很难受，我的呼吸声和说话声听起来就像一头得了哮喘的野猪。我那一周几乎没怎么见过马克，他一直在忙着上班、开会、看父母、看牙。只要能抓到一丁点机会，他便会外出。在家的时候，他则会躲在房间里。直到我的体温恢复正常之后，他的生活作息也才回到了此前的轨迹。我曾经也想过他或许和其他人一样，当我一切都好的时候，他会出现在我面前，但当我需要他的时候，他便会选择懦弱地逃走。然而即便如此，只要他对我稍加关心一下，我的这些疑虑便会消失得无影无踪。

我父亲去世的那晚，马克一直陪着我，直到深夜。当他发现我哭得差不多，并且也到了他睡觉的时间时，他便说：

"我明天要早起，我还要和意大利人开会，你记得吧？"

接下来的那段日子里，他一直在开会，以至没陪我回比亚里茨，没出席我父亲的葬礼，并且只要我的诉苦时间超过了他的预期安排，他便会直接挂断电话。

十天之后，我回到了巴黎，我趁他不在家的时候把自己的东西收走了，这样的话，便不会再占用他的时间。我在客厅的茶几上留了张字条，以最为简明扼要的方式向他解释了我离开的原因，这样，我们之后就不需要再当面解释了。告别的话很短，大约只有十行，其中貌似还夹杂了一些脏话以及影射他心胸狭窄的话语。

"那他是什么反应？"玛丽娜问道。

"他没有任何反应。不过这样也好，要不然的话我很有可能会动摇，这对我来说太难了。"

"得了吧，茱莉亚！一个在你失去亲人的时候，都不支持你的男人就是个尿货。你做得很对。他就是那种在你得癌症的时候还会跑去和护士乱搞的人。"

"嗯，没错。只能和我同甘，不能和我共苦，这绝对不行。对了，你听我说这些，是不是觉得很无聊，不过，这是什么味道呀？"

玛丽娜粗暴地深吸了一口气。

"什么味道？我什么都没闻到……"

"不知道，就是一股呛鼻的味道，而且有点熏眼睛。闻着像氨水。"

"哦！×的！"

她突然站了起来，摇摇晃晃地冲进了厕所，嘴里不停地说着"×的，×的，×的"，接着我听到了一股水流声。几分钟之后，厕所内传来了一阵抱怨声。

"我要出来了。你发誓，你一会儿不会笑。"

她出来之前，我已经隐约猜到了，所以我不太能保证自己能够信守诺言，但我还是发誓了，两指交叉①地发誓了。

厕所门缓缓地打开了，一只脚出现了，紧接着是一只胳膊。最后，是头。为了信守承诺，我在尽力地忍着，但是，当她走到我面前时，我看到的是一幅惨不忍睹的画面，所有的隐忍在那一刻都消失得无影

---

① 两指交叉发誓指的是中指放在食指上发誓，代表誓言无效。

无踪，我整个人都笑得肚子疼。

"我只是想把刘海儿染成金色……"

她满脸窘迫，湿漉漉的发梢在耳边轻轻"荡漾"，点点绿色散乱地装饰着她的头发。

~ 14 ~

"那个女人，呃，她的脸颊和库奇的一模一样。"

小个子赫洛伊丝今年 40 岁，她正聚精会神地盯着 92 岁的小个子阿莱特看，幸好，阿莱特忘了戴助听器。

"库奇是谁？"我问道。

"呃，是我的狗。它的下嘴唇一直耷拉着，而且它还一直流口水，就和那个老奶奶一样。"

很明显，虽然赫洛伊丝的说话技巧不怎么样，但是她的观察力倒很强。

今天，养老院准备尝试一次新活动——邀请隔壁幼儿园的小朋友来看望老人。这个想法是院长提出来的，她认为这次联谊不仅有助于儿童的教育，同样也有助于老人的身心健康。院长也问过我的意见，我当场就同意了。

老人们的亲友来探望时，几乎很少会带着小孩一起来。可能是害怕小孩过分充沛的精力会对老人造成困扰，又或者是害怕会给小孩留下心理阴影，还有可能是害怕会引发双方对人生的感慨。总之，老人们大部分的时间都是和同龄人在一起。换言之，养老院就是一块老人隔离区。因此，如果能让他们感受几小时的天真无邪、活力四射，以及勃勃生机，那绝对有百利而无一害。

公共生活厅里人头攒动，挤满了一张张喜笑颜开的小脸蛋。对孩子而言，任何一次外出都能给他们带来欢乐。不论是去图书馆、动物园还是养老院，他们都怀着同样的激情。然而，随着时间的推移，这份激情会逐渐干涸，并转化为倦怠。道理很简单：如果我们给孩子石子或木块玩，那么他们会乐疯的；可是如果我们免费让某个大人在塞舌尔群岛①的酒店里住一周的话，他则会问酒水是否免费。然而，今天早上，我因眼前的画面震惊了：貌似老人们都被孩子的笑声感染了。

露易丝在教两个小孩织毛衣，他们都对露易丝灵活的手指感到惊讶；古斯塔夫正尝试着在三双瞪大的眼睛前表演魔术；穆罕默德面前排着好几个准备坐他轮椅的小孩；玛丽琳将她的"二〇〇四年年度超级奶奶"围巾借给了几个小女孩；伊莎贝拉则忙着到处拍照。只有莱昂不在，他之前已经知会过大家他这辈子受够了孩子，不要让孩子去烦他。"如果你们想找我的话，来我房间。"

虽然老人们的表情已经毋庸置疑地展示出了他们对这次活动的满意度，但是我依然穿梭在人群中收集他们的评价。

"真幸福呀！"露易丝冲着我叹了口气，"从我来这儿之后，就没这么开心过。我觉得我又回到了过去，回到了教我女儿织毛衣的那段时光。不过她们比这群孩子还要淘气一点。"

她的眼睛里闪烁着某种光芒。不知不觉中，我将手放到了她的胳

---

① 非洲东部印度洋上的一个群岛。

膊上，对着她笑了笑。对我而言，今天早上同样意义非凡。虽然我来这里快一周了，但也就是前几小时我才决定放弃逃跑的念头。我刚把头仰起，就听见古斯塔夫问我："丽兹，你还好吧？"今天晚上我得上网查查了，毫无疑问，我正在酝酿某件事。

玛丽娜朝我走来，她的嘴角挂着微笑，头上裹着一块丝巾。

"我几年前在幼儿园实习过。你知道吗？老人和小孩是一样的，他们都没有牙齿，没有头发，都得让别人给他们换纸尿裤，都吃各种泥状的东西，说的话都没人能听懂。可即使是这样，大家依然喜欢他们。"

小卢卡斯围着古斯塔夫转了起来，他想弄明白古斯塔夫到底是怎么把那些五颜六色的丝巾从袖子里变出来的。当转到古斯塔夫身后的时候，他突然停了下来，皱了皱眉，然后像挑水果一般用食指戳了戳古斯塔夫的屁股。这景象仿佛就是为了论证玛丽娜刚刚才对我说的那番话。

"你穿了纸尿裤？但是你为什么要穿呢？"

古斯塔夫的脸红了，之后他严肃地看着这个小男孩，说道：

"因为我是被困在大人身体里的婴儿。"

"这不可能。我妈妈跟我说我不是婴儿了，那你就更不是了。"

"小宝贝，你妈妈错了，因为她不知道那个秘密。"

小男孩皱了皱眉，好奇地问道：

"什么秘密？"

"保密。"古斯塔夫一脸神秘地低声说道，"这是世界上最大的一个秘密，是关于生命的秘密。我可以告诉你，但是你必须替我保密。其他人都还没做好心理准备听这个秘密，你做好准备了？"

一听到要揭晓答案，我几乎变得和卢卡斯一样兴奋。可我刚才还在酝酿某件事呢。

"准备好了，我准备好了！"小男孩大叫了起来。

古斯塔夫坐了下来，将小男孩抱到他腿上，不过中间有两次差点失手，害小男孩摔下去。

"小宝贝，你知道的，大家都觉得每个人在每个年纪都不一样，人应该分为小孩、大人和老人，可这些都是错的。"

"不是，这些都是对的。我是小孩，你是老人。"

"这是一般人的想法。可实际上，我们这一辈子都是婴儿。我们只是会穿上不同的衣服把婴儿的样子藏起来，然后扮成其他人，比如，少年、成人、父母。可是当有一天我们老得扮不了的时候，我们就会把这些衣服脱掉，变回我们原来的样子。"

"呸，你的这个秘密真是在胡说。"卢卡斯说着便从古斯塔夫的腿上爬了下来。

"小宝贝，你以后会懂的。你这一辈子想要的东西都是一样的。想要被爱，想要被安慰，想要和家人朋友在一起，想要吃，想要喝，想要玩，想要人照顾你，想要人像爱自己那样爱你。这不就和婴儿没什么两样吗？"

"我更相信你是在开玩笑。"小男孩说完便跑了，留下古斯塔夫一人对着那些纸牌、魔术帽和五颜六色的丝巾。

忽然之间，他看起来很悲伤。这位老人一触及童年话题，便会将自己轻浮的外衣褪去，他的内心远比他的表面要深沉。或许这便是个突破口，我可以利用这一点去深入了解他。

"您刚才的那番话说得真好。"我走近他，说道。

一听到我的声音，古斯塔夫立刻便将他那件玩世不恭的外衣重新披了起来，脸上挂着一个大大的微笑。

"可是把他吓走了。大家不都说小孩不会说谎吗？所以应该还是我原来那副逗趣的样子更惹人爱吧。"

"准确来说，应该是您学着去逗趣的样子。"我眨了下眼，解释道。

"看来我得再好好锻炼锻炼我的听力和理解能力了。"他笑着回答道，"对了，你听过 nombril① 这个笑话吗？"

"Non."

"Bril."

啊！这一刻我真的又想逃跑了。不过令我庆幸的是，至少我没被气病。

~ 15 ~

今天晚上，我负责执行《生活是如此甜蜜》②任务。

解说一：我得陪着一群老人坐在公共生活厅看他们每天必看的《生活是如此甜蜜》。

解说二：我得和一群勉强能听清电视剧声音的人坐在一起，然后忍受半小时的"烧脑"台词。

解说三：如果有其他选择的话，我相信我宁愿拿着一把镊子去给运动衫或单簧管拔毛。

①nombril 一词意为"肚脐"，前三个字母 nom 和 non 同音，non 在法语中表示否定，意为"不、没有"。下文中的 non，是茉莉亚的回答，表示她没听过这个笑话。
② *Plus belle la vie*，是法国的一部电视剧。

观众都已经到场了。大家都面朝电视坐了下来，电视被放置在一张空闲的扶手椅上。事实上，公共生活厅里散乱地摆放着许多前任住客留下的扶手椅。坐轮椅的老人们齐齐地排成了一排，撑步行器的老人们则靠着墙坐。当片头字幕出现的时候，我正准备往一张老旧的酒红色沙发上坐。突然三道目光射向了我，仿佛我动静特别大一样。下回我要把他们的助听器藏起来，看看他们还会不会这样斜视我。

虽然我从来没看过这部电视剧，但是这并不能阻止我给它差评。演员的演技太烂、太假了，剧本看起来就像一个吃了迷幻药的五岁小孩写出来的。如果我早知道"一人多用"指的是要忍受狗血剧，那我入职之前肯定会再考虑考虑的。一般情况下，都是格雷戈负责这一"文化活动"，但是他休假一周。

20 点 21 分：好吧，才三十分钟，我可以忍。我……可……以……忍。

20 点 22 分：太神奇了，他们居然看得目不转睛。即使我脱光了衣服站在步行器上跳舞，估计也没人注意。

20 点 23 分："他说了什么？"阿莱特问道。

"他说'别说话'。"

这个莱昂，还是这么"友善"。

20 点 25 分：奇怪，我一直以为马赛人说话有口音。

20 点 27 分：电视里，一个白人女人被关在地窖里，手和脚都被捆住了。听着她那野兽般的喊叫声，我想她应该不喜欢这个状态。但愿她没有生孩子的镜头要拍。

20 点 31 分：他们继续目不转睛地看着电视：伊丽莎白绞着一块手帕；吕西安娜擦拭着眼睛；穆罕默德紧抓着轮椅的扶手，以至手指都扭曲变形了。

20点33分：电视里，一个叫作梅拉尼的女人依偎在一个金发高个男人的怀里哭泣。如果我没理解错的话，她在旅行的途中对某个男人一见钟情了，但是她又知道他俩是不可能的。金发高个男人问她原因。她回答说："因为卢克是神父。"呃，好吧，好吧，好吧。

坐在我旁边的古斯塔夫突然打破了这份宗教般神圣的宁静。

"你知道梅拉尼姓什么吗？"他问我。

"不知道。"

"泽托富海，"他发出了一阵浑厚的笑声，"梅拉尼·泽托富海。"①

警醒：以后再也不回答古斯塔夫的问题了。

20点35分："他说了什么？"阿莱特问道。

"他说'你闭嘴'。"

如果莱昂父母知道的话，肯定会给他取名"友善"。

20点36分：电视里，那个白人女人终于不哭不喊了（她的声带肯定以死相逼过），因为她刚发现离她两米远的地方有把剪刀。关于这一点，只有两种解释：要么就是那个绑匪太爱她了，要么就是剧本出问题了，编剧的脑子估计不是人脑，而是章鱼脑。

在她挣扎着要去拿剪刀的时候，我仔细观察了一下观众们的反应。不是我太过悲观，只是他们真的很容易突发心梗。

20点38分：电视里，梅拉尼决定向她那个神秘的神父表白。她皱着眉头，拨了对方的电话号码。坐在我旁边第三张轮椅上的超级奶

---

① 梅拉尼·泽托富海是由法语女性名 "Mélanie Zettofrais" 音译而成，和法语中的 "Metsl'anisette au frais"（鲜茴香酒）发音完全相同。Mélanie Zettofrais 是法国文化中的经典笑话之一。

奶紧紧地抓住她那条围巾，就好像一个处女紧紧地抓住身上的内裤不放一样。

20点40分："茉莉亚，你很紧张吗？"露易丝看着我的手指问道。

我的右手正在拔左手上的干癣。

"不是，"我耸了耸肩，回答道，"拔干癣而已。"

20点41分："她说了什么？"阿莱特问道。

"她说所有看这部剧的人都会死，从紫头发的人开始。"莱昂低声埋怨道。

20点43分：电视里，一个叫罗兰的男人正在和一个棕发矮个女人接吻。观众席上发出了一片窸窣声。

"哦不！他背着米尔塔出轨了。"

"可怜的米尔塔！"

"我绝不会原谅他对米尔塔做的一切……"

"这不是真的。不能让罗兰这样。又是同一种套路……"

20点45分：白人女人离剪刀越来越近了。她尽力将自己的胳膊伸长，她呻吟着，用着力，就在指尖触碰到剪刀的那一刻，门突然开了。画面定格在了女人惊恐的脸上，音乐起，字幕出……

开玩笑吧？居然在最扣人心弦的时候结束了？编剧肯定不是一帮五岁小孩，而是一群虐待狂。他们怎么能让观众在不知道这个可怜的白人女人会经历什么事情的情况下结束观看呢？另外，神父在梅拉尼表白之后会做出什么反应？罗兰和米尔塔之间会发生什么？我这么想并不是因为我对这部电视剧感兴趣，我只是在为老人们考虑。留悬念对他们来说太不人道了。

一张又一张的轮椅走了，我是最后一个离开的。在走廊里，我遇见了安娜－马莉，她正准备回家。

"祝您晚上愉快！"她朝我说道。

"谢谢，也祝您晚上愉快！"我回答道。

我环顾了一下四周，以便确认没有其他人能听见我的说话声，然后轻轻地对她说道：

"万一您需要找人陪老人看《生活是如此甜蜜》的话，我想我可以。"

~ 16 ~

走进老顽童古斯塔夫的房间，就像走进一个青少年的房间一样——乱：连环画、喜剧片 DVD、满满的烟灰缸、甜食……所有的东西都堆在一起。只剩下墙上的海报能够证明这个房间的主人的年纪不是十五岁，而是十五的五倍。不过，我不确定粘贴查尔斯·阿森纳沃尔[①]的演唱会海报算不算酷。

古斯塔夫正坐在桌边玩填字游戏。他示意我坐到他对面，而我也听从了。

"从上周开始有什么新鲜事吗？"我问道。

我和他第一次谈话的时候，他就已经回忆了他的过往：他出生在一个大家庭中，兄弟姐妹很多，童年过得并不算幸福，之后，他在一次舞会上遇见了苏珊娜，他们为要孩子尝试了很多年，在他们已经放

①法国歌手、词曲作者、演员、公共活动家和外交家。

弃的时候,女儿弗朗索瓦丝出生了,紧接着是儿子让·克洛德。此外,他还讲述了他阴郁的司泵工生涯,以及他的多次旅行。他插科打诨地用了一小时给我讲他所有的回忆,就仿佛他是个旁观者一样。他在隐藏自己,他有这个权利。但是,今天,我想知道到底哪个是真实的他。

他摇了摇头,仿佛在说:"没有,你可以走了!"如果他认为这样就能摆脱我的话……

"上一次,您和我聊了您的家庭,您就那么希望得到大家的关心吗?"

"你知道这把椅子的故事吗?"他打断我说道。

"古斯塔夫,您……"

"这是把折叠椅①。"他放声大笑,说道。

他的笑点真低呀!

"古斯塔夫,我不是来烦您的。如果您不想聊自己的话,我完全能理解,但我还是希望您能和我说一说。"

他突然止住了笑声,看着我,他的眼中充满了无尽的忧伤。

"亲爱的,你到底想让我和你说些什么?你还年轻,你前面还有很长的一段路要走。你真的希望我告诉你说人生的一切都没有任何意义,人生就是一场你还没开始便已经输了的战争吗?你真的希望我告诉你说如果失去了自己的挚爱,再美好的回忆也会变得痛苦吗?你真的希望我告诉你说我很幸运,身边有那么多珍贵的人吗?我曾经有个片刻都不能分离的妻子,有个一有机会便会给我写诗的女儿,有个一听我讲笑话便会哈哈大笑的儿子,还有兄弟姐妹和很多朋友,可是现在呢?现在只剩下我一个人。你真的想让我告诉你说我的妻子临死前被重病折磨得身体

①法国家喻户晓的冷笑话之一。

变形、面目扭曲吗？你真的希望我告诉你说警察居然说我儿子没听到汽车的鸣笛声吗？你真的希望我告诉你说我女儿现在只有在她生日的时候才会想起我吗？你真的希望我告诉你说我的兄弟姐妹和朋友都去世了，只剩下我一个人吗？你真的希望我告诉你说我曾经不理解为什么会有人孤独终老吗？我以前一直认为这不会发生在我身上，绝对不可能。我身边曾经有那么多……你真的希望我告诉你这一切吗，茱莉亚？我呢，我不想告诉你这些。我宁愿每天笑，每天逗大家笑。因为生活就是一出闹剧，对吧？要不然的话，又怎么解释我生活中那次荒唐的巨变。养老院的缩写是 MDR①，这也不是偶然，对吧？"

我哑口无言，不然的话，我又该怎么回答呢？我一直都坚信言语沟通的重要性，但是现在我很后悔自己强迫古斯塔夫说话了。可这又有什么用呢？如果给生活裹一层糖纸能让他好受一些，如果将一切伪装成玩笑是他的生存之道，那为什么一定要逼他面对现实呢？

这位老人绷紧下颌，望向窗外。我不禁在想我该怎么做才能消除他的忧伤呢？我的嘴总是比心快，在我反应过来之前，话语早已脱口而出。

"莫特斯夫妻有个儿子，叫什么名字？"

古斯塔夫双唇轻颤，眯了眯眼睛，思考了几秒钟，然后放弃了。

"不知道。"

"莫莫。"② 我说道。"此时我觉得我比参加《在激光等离子体相互作

① 养老院在法语中写作 maison de retraite，和法语中"笑死了"（mort de rire）的缩写都是 MDR。
② 法国有一档著名的猜词节目叫 motus，音译为"莫特斯"，开场音乐中有一句歌词叫作"mo…mo…motus"，音译为"莫……莫……莫特斯"。这也是法国年轻人之间比较流行的一个冷笑话。

用过程中，受拉曼散射刺激下的不稳定性饱和效应的理论模型与数值模型》的论文答辩还要自豪。"

我在等待着他的笑声，可是古斯塔夫向我投来了呆滞的目光。他就这样以一副看待"奇怪的好人"的表情看着我。幸好，他没让我给他解释这个笑话，我决定从此以后要把这个笑话锁入冷宫。

"对了，您在这儿过得开心吗？"

一小时之后，我带着两件必须完成的待办事项离开了古斯塔夫的住所：第一，我以后说话之前至少要"一"思而后行；第二，我要联系他的女儿。他女儿之所以不来看他，肯定是有苦衷，不过我还是想亲自确认一下，如果有必要的话，我可以说服她。在回办公室的途中，我的电话振动了一下，是我好朋友玛丽昂的短信。

"嘿！亲爱的。你得给你妈妈回个电话，她给我留言说她联系不上你，她很担心。"

于是，我的待办事项清单上又多了一笔——给妈妈打电话。很明显，这三件待办事项中，这一件最令我忧伤。

~ 17 ~

当我的手指触碰到手机屏幕上的"妈妈"时，已经将近二十二点了。屏幕上出现了一张她的照片，只见她正开心地依偎在我父亲怀里。电话已经拨出去了，可我还不知道要和她说些什么。

我母亲一直以为我住在玛丽昂家。然而事情是这样的：离开马克之后，我搬到了玛丽昂在巴黎的公寓。曾经，我的生活笼罩着一片幸福的浓雾，可是却被我父亲的去世吹散了，雾气还没恢复，我又失去了男友，之后，我外婆的离去将最后一点浓雾打击得溃败而逃。

那几个月里，我基本睡在玛丽昂家的沙发上，夜宿在酒吧艳遇对象的家里时除外。我疯狂地酗酒。也正是在那段时间里，我才意识到原来人体内隐藏着一个取之不竭的泪泉。我剪短了头发，浑浑噩噩地看着美剧，每当剧中出现了有关父亲、死亡、甚至是绿色扶手椅的镜头，我便会直接跳过去。我读了十七本有关幸福及追寻幸福的书。我发了三千条短信给我母亲和妹妹。我请了两次病假。我连着三天没换内裤。我吃了五千个吉士汉堡。我买了一千万瓶看着几乎毫无区别的指甲油。我的体重增加了，幻觉消失了。某天晚上，当我在前几小时才认识的醉鬼男人家摇摇晃晃地将长裙往下拽时，一股"电流"将我电醒。

真的，如果我父亲正在看我的话，那么他一定会为我这个女儿感到耻辱。我捋了捋裙子，立刻逃了出去，匆忙之中，我忘记了楼梯很滑。于是，我一屁股滚到了楼梯底下，酒彻底醒了，我对父亲笑了笑，并向他保证我会重新振作起来。

我便看到比亚里茨有家养老院，也就是柽柳，在招聘。

我没什么想对我母亲说的。"妈妈，你好。我打电话就是想告诉你我辞职了，也离开巴黎了。我现在在巴斯克地区①的一家养老院做临时工。就这些，我爱你。"她不需要知道这些。另外，自私一点来说，我更希望她不知道我离她只有几公里远。我需要在没有任何外界干扰的情况下平复自己的心情，思考自己的人生。

①巴斯克地区在比利牛斯山脉西部，比斯开湾沿岸，地跨西班牙和法国，该地区包括西班牙的巴斯克自治区、诺瓦拉自治区和法国的北部巴斯克地区。

我仿佛身陷在一座迷宫中，我跌跌撞撞地往前走，然后又半路折返，我不知道我要去哪儿，我必须在没有阿里阿德涅之线^①及 GPS^②的情况下，凭借一己之力找到出路。每天晚上，当我闭上眼睛时，脑海中总会浮现出同一幅画面：一台摄像机由近及远地拍摄着我，我先是站在自己房间的正中央，接着在一栋大楼的正中央，一座公园的正中央，一座城市的正中央，一个国家的正中央，最后是整个地球的正中央。我变得越来越小，越来越小。而这正是我对自己生命的感悟——渺小、微不足道、误入歧途。如果我母亲知道我离她这么近的话，她肯定会每天来看我，并坚持让我住回家。一旦我生活在她眼皮底下，她便会像保护婴儿一般保护我。一想到能够重新挤在自己的小床上，挤在辣妹组合^③的海报和以前攒的那一堆毛绒玩具中间，我便觉得很幸福，回家住这个建议的确很吸引我。可是，我已经三十二岁了，我不是孩子了，我必须学会自己解决问题。前几个月的经历以及古斯塔夫的倾诉让我明白了一件事：纵使身边有再多人的关心，痛苦、惶恐，以及喜悦，也都只能由自己一人感受与承担。

在最后一声"嘟"声结束之前，我母亲接起了电话。

"喂？"

她的声音听起来像一只山羊，我真的让她担心了。

"妈咪，是我。你……"

"哦，亲爱的。"她欢呼着大叫道，"我都要担心死了。我给你留了

---

①源于古希腊神话故事：阿里阿德涅是克里特国王米诺斯与帕西淮之女。她爱上了雅典英雄忒修斯，并且用线团帮助其杀死了被米诺斯囚禁于迷宫中的半牛半人的妖怪弥诺陶洛斯。后来，她与忒修斯一起逃离了克里特岛。
②全球定位系统。
③英国女子音乐组合，成员中最出名的是维多利亚·贝克汉姆。

很多言，你为什么不回我？"

好吧，我恨死自己了。

"对不起，妈妈。我工作太忙，没有注意到日子过得这么快。你最近好吗？"

"如果是加班的话，他们得付你加班费，亲爱的……你们医院是想累死你。对了，你还没找到房子吗？"

"还没有，不过睡玛丽昂家的沙发也挺舒服的。你不用担心我。你呢？你最近好吗？"我第二次问道。

"我呀，你知道的，我挺好的。我这儿来了个新同事。她让我想到了你妹妹，她总是不停地扯东扯西，不过人很善良。说到卡萝尔，我想起来了，我上周六帮忙照看了一下你的教子[1]，他特别可爱，他还给你画了幅画，我给你寄过去。另外，最近一直下雨，家里的房顶要扛不住了，幸亏工人们修好了，就是修理费太贵，不过也无所谓啦，反正我今年也没打算去旅游。嗯，最近就这些事了，没别的……"

我的母亲，她总是谈论她的工作、她的同事、我的教子，却从不谈自己，更绝口不提我的父亲。但是，我知道她每时每刻都在想什么。她以前也这样，总是不让我和妹妹担心。仿佛我们只要总说没事、没事，便能让坏事消失一般。

"妈，你最近好吗？你？"我刻意强调了一下最后一个字。

"我很好呀，刚才不是已经和你说过了吗？"她尴尬地笑着，回答道。

"上周二你是不是很难过？"

---

[1] 依天主教、基督教的礼仪，新生儿在受洗礼时，由其父母的亲属或者朋友充任其教父或者教母，新生儿便唤为教子或教女。依宗教规则，教父教母对教子也有管教扶助的责任。

"上周二发生了什么吗？"她一脸无辜地说道。

"妈……"

"你是在说你爸爸的生日呀？都过去了，亲爱的，都过去了。我有没有和你说过，埃切韦里夫人和她老公离婚了。你知道吗？她老公出轨了，和幼儿体操老师好上了。"

"妈……你可以和我聊爸爸的，你可以和我说你心里的苦，你可以和我讲你发生的一切。你知道的，我也一直在想他。我很难过，太难过了，我特别特别想他，每分钟都在想他。所以你不要担心在我面前提起他会让我难过，因为我已经很难过了。我最害怕的就是没有人和我一起回忆爸爸。"

电话里传来了一声轻微的吸气声，紧接着是一声清嗓声，最后，响起了母亲颤抖的声音。

"亲爱的，我知道。可是，这次我不是想让你不担心，我是想让我自己不担心。这对我来说太难了，我做不到。"

我的喉咙发紧。

我们沉默了几秒钟，其间，我们两人都在寻找着最好的方式以便将这次对话继续下去，就仿佛刚才的坦白从未发生。最终，我先开了口。

"好吧，那你那位新同事，她叫什么名字？"

三月

你我皆可活两次，顿悟再无来生时，前尘方逝，今生方始。

——法国谚语

March

~ *18* ~

当我被指派和格雷戈一起负责宾果游戏时，我觉得我差不多又该跳海了。

玛丽琳披着她那条"二〇〇四年年度超级奶奶"围巾，以一种极其"专业"的手法抽取着号码球，她真的应该把这项"专业"技能写入简历中。她拧了拧把手，一个透明的球体便转了起来。她闭上眼睛将一只胳膊伸了进去，之后又将另一只伸了进去以便进行遮挡，这样的话，就不会有人怀疑她的公正性。此外，为了打消大家最后的疑虑，她还时不时念念有词道：

"不是我选择了球，而是球选择了我。"

她每念一次，古斯塔夫便咯咯地轻笑一次。

大部分老人都很理智，他们每人只拿了一张卡片。然而，理智也不能阻止一阵阵此起彼伏的声音从一张又一张的桌子处传来："8号出来了吗？""她刚才说的是哪个号码？"甚至有声音问："我们是只连一条线还是把整张卡片都连满？"这些说话声无疑给莱昂带去了他的最爱——可以借题发挥的吐槽点，毕竟在接下来的时间里，他必须全神贯注才能取得胜利，因为他的眼前摊放着至少十张编有号码的卡片。玛丽娜负责发放卡片，其间，她提醒过莱昂每人最多只能拿四

张，但莱昂直接就控诉她对他进行"精神骚扰及精神暴力"。他说他
不像周围的人那样长卧不起，他不能忍受任何束缚。他手眼通天，只
要打个电话便能让这个地方关门。我相信格雷戈一定很想把卡片塞进
莱昂的嘴里，但是他忍住了，为了不毁了这一天，他接受了这个威胁
狂的要求。

之后，莱昂便是他那一桌唯一得意之人。他的计谋得逞了：他在
一小时之内已经赢了三次。获得的奖品有一块卫浴防滑垫、一张造型
券（这张造型券只能在养老院的专用理发师处使用，理发师每周会来
一次养老院）和一管假牙胶水。

"二十六！"

"香肠①。"古斯塔夫大喊道。

他时不时好心地为我们穿插几个类似的笑话。第一次听这类笑
话的时候，我只是感到惊讶而已，到了第十次的时候，我就想切除
耳膜。

格雷戈和我，我们的职责在于照顾老人的安全。在养老院里，任
何一项无碍的运动都有可能迅速转变成极限运动。宾果游戏中的潜在
危险是那些标记物。最初的时候，会发一些鹰嘴豆用来标记卡片上已
经出现过的数字。之后，由于一位老人在卡片上全神贯注地找二十六
时，抓了一把鹰嘴豆往嘴里塞，险些窒息（当时，那位老人告诉消防
员说："我还以为那些是花生呢。"），所以便换成了塑料小硬币。这些
彩色标记物的潜在危险性更小，但前提是没人把它弄丢在地上。前几
个月，阿莱特踩到了一块粉色小硬币，摔折了大腿骨。自此，她便十

①法语中"二十六"和"香肠"的发音相近。

分厌恶这种颜色，宾果游戏也受到了高度监管。

"四十四！"玛丽琳说道。

"希望你屁股开花。"

莱昂听了马上便要发作，露易丝扑哧一声笑了，阿莱特则瞪大眼睛，大喊道："我中了！"

格雷戈和玛丽琳证实了她标记的这五个数字正是抽中的那五个数字。一刻钟之后，奖品揭晓了：这位老妇人赢得了一瓶白发专用洗发水。她发自肺腑地感到高兴。

我不想变老。从来都不想。

最后一份奖品，也是最大的一份奖品。将整张卡片都连满了的人将有幸去参加弗兰克·迈克尔①下个月的演唱会，如果他愿意的话，还可以邀请别人一起去。

"注意了！"超级奶奶强忍内心的激动，说道，"第一行……"

老先生们都成功地克制住了自己。老奶奶们则咯咯地傻笑着、窃窃私语着、顿着足。露易丝整理了一下她的标记物，阿莱特调了调助听器，伊丽莎白交代了她老公，每个人都在确保自己能够万无一失地夺得这份珍贵大奖。我不知道弗兰克·迈克尔是谁，但是贾斯汀·比伯②有的愁了。

"你和我一起陪他们去吧？"格雷戈提议道。

"虽然我不知道演唱会是什么时候，但是我知道那时候我会生病。"

他摇了摇头。

---

① 法国男歌手。
② 加拿大青年男歌手。

"真遗憾，看来你要错过了。上一次，我们去听了萨尔杜①的演唱会，之后一个礼拜我的脑子里全是《康尼玛拉湖》这首歌，不过也挺值的。如果你看到他们声嘶力竭地唱歌，你会觉得眼前一片星光灿烂……"

"你喜欢这些老小孩，嗯？"

"是的。"他笑着回答道，"他们和同事都是我的家人。对了，今天晚上我们会办个室友之夜。"

"室友之夜？"

"没错，我和玛丽娜会定期办。我们会去这个人或那个人的房间，找些东西吃，找些东西喝，然后谈天说地。你有兴趣吗？"

"嗯，这主意很棒！至少不用看电视了……"

我们的对话被一声雷鸣般的"我中了"打断了，紧接着响起了第二声，不过这次的声音更小。第一声是古斯塔夫喊出的，第二声则是露易丝喊的。经过核实，他们两人都将整张卡片连满了。

"亲爱的露易丝，没关系的。"古斯塔夫安慰道，"我很乐意让你去。"

"不，你不用这样。是你先喊的，"这位老妇人拒绝了，"你应该去演唱会。"

"我不会去的。"

"好了，我们可不想一整天都耗在这儿。"莱昂打断道，"如果没人去的话，那我去，这样就解决啦。"

"老兄，你做梦吧。"古斯塔夫回嘴道，"露易丝去，就这么定了。"

"谢谢，我太感动了。"露易丝小声说道。

①法国家喻户晓的乐坛常青树。

"那是不是该亲我一下，嗯？"

我们正在整理卡片时，露易丝来找我，然后俯身在我耳边说道：

"我刚才假装自己记得，免得不合群。不过，这个弗兰克·迈克尔到底是谁？"

~ 19 ~

我在这里的第一次室友之夜，是由我当主人。第一个到的是玛丽娜，她的胳膊上端着三盒比萨。

"天哪！这儿变了！"她细看着房间大叫道。

自从我决定不再生活在以前、过去、曾经的装饰中后，她还没来过我这里。之前，每当我回到房间时，我都有股想用桌布上吊自杀的冲动。于是，上周末我逛了一整天饰品店，然后给我的房间整了整容。我给沙发、桌子和床换上了明媚鲜亮的颜色，不过这些颜色根本不相称。我还在床头挂了几幅画，新增了一个书架，书架上摆满了我的书和照片。我还另外买了两三件家具和一台电视，电视的屏幕让我感觉像在看电影。最重要的是，我在装饰中增加了我的专属风格——乱。

我以为最终的装饰结果会看得我发羊角风，然而，令我惊讶的是，这份毫不协调的杂乱让我感觉十分自在，十分有安全感。

"这是你老爸老妈？"玛丽娜指着我父母的照片问道。

"对。"我将玻璃杯放在桌上，说道，"去年夏天拍的，就在……"

"你爸爸看着帅呆了，他叫什么名字？"

她将自己摔坐在沙发上，然后微笑着看着我。她应该没有思考刚才所说的话会对我造成什么影响。突然之间，我屏住了呼吸，心也沉了下去，我的血液直冲冲地涌向了脸颊。

从来没人和我谈论我的父亲。如果我不主动提及的话，玛丽昂是绝对不会提的，我的母亲则刻意地逃避这一话题，我的妹妹更愿意和我聊她儿子的便便。通常情况下，大家都会这么做。每当有人去世，他们便不会在这个人的亲人面前提及他，他们变得极其擅长寻找话题，寻找大量和逝者毫无关联的话题。毫无疑问，他们是害怕让别人难受。仿佛我们在等待他们提及，这样才好伤心难过一番。

从去年八月八日开始，没人在我面前谈论我的父亲。之后，玛丽娜出现了，她身上没有任何"过滤器"，直接问我"他的名字"，仿佛这是一件再平常不过的事。一波冲击过后，我浑身上下充满了感激之情。如果不是一声短促的敲门声打断了我们，我想我会把她紧紧地拥抱在怀里。

格雷戈带来了酒水饮料和他的好心情。我们围坐在我的新茶几旁，吃着荤食，喝着酒水，大声地发笑，轻声地讨论。

"喂，我终于在古斯塔夫的手机里看到了他女儿的照片。"我喝了一口蓝布鲁斯科①，说道。

"所以她还真的存在呀，"格雷戈说道，"我都在这儿干了两年，也没见过她。"

"我也一样，从古斯塔夫住这儿起就没见过她。"玛丽娜附和道，

① 一种红葡萄酒。

"古斯塔夫是唯——个没有会过客的人。可能她住得很远吧？"

"是的，特别……远，"我回答道，"大概三公里半。她肯定是害怕坐飞机，要不然我找不出其他的解释。"

"你开玩笑吧？"格雷戈大叫道，"她住这儿？可是她为什么从来不来？"

"完全不懂，不过我之后可能会知道。我成功地说服了她，让她两个星期后来见我。"

"他们很有可能在赌气，"玛丽娜说道，"不过如果真是这样的话，我倒挺惊讶的，毕竟没有谁会比古斯塔夫的脾气更好了。"

格雷戈点了点头。

"我完全同意玛丽娜的话。即使有一只飞虫在他身边拉大便，他也不会去伤害它。"

这不是我第一次注意到格雷戈附和玛丽娜时的那股热情了，更不用说他的眼神了，他的眼神就像我们节食时看着马铃薯饼①的眼神一样。

我趁着在阳台上抽烟的间隙和玛丽娜聊了聊这件事。格雷戈待在室内，正嘲笑着我们这些烟鬼为了一点尼古丁而准备冻僵。

"你不是吧？他可是同性恋。"在我向她道出疑惑之后，玛丽娜反应了过来。

"得了吧。他看你的时候，眼睛都在说'我想扯掉你的衣服，狂野地跳到你身上，让你大喊我的名字'。"

玛丽娜哈哈大笑：

①马铃薯饼，法语写作"tartiflette"，是由切片的马铃薯混合黄油、猪肉、洋葱，然后用瑞布罗申（reblochon）奶酪烘烤而成。

"可能是我像个汉子。"

"或者，也有可能他根本不是个 gay（男同性恋者）……你什么都没有注意到过吗？"

"你开什么玩笑！我从来都没有注意到。"她吐了一口烟，反驳道，"我确信他是个同性恋。另外，他有一次还和我聊了他的前任，让－卢克。他还没从他的死中缓过来。就算像你说的那样，可我才刚爱上单身生活，正打算好好享受一下呢。格雷戈长得很帅，我觉得就算是误会，我也会光着身体爬上他的床，可我们是同事呀。你知道的，兔子不吃窝边草，单位里面不乱搞。"

室友之夜结束后，迎来了室友之晨。我们互说"路上小心"（这一举动让我们笑哭了），之后便回到了各自的房间。我没换衣服，没卸妆，就钻到被窝里，这么久以来嘴角第一次挂上了微笑。

~ 20 ~

我和玛丽琳每周一次的面谈变成了一段快乐的时光。如果大家在一个多月前，我刚到的时候告诉我会这样……

玛丽琳和往常一样用那条"超级奶奶"的围巾将自己像裹粽子一样裹了起来，她给我准备了一杯咖啡，然后向我吐露了她生活中的零星片段，她的言语中总是充满了乐观。

"你知道了吗？"她问我。

"嗯，我知道了。您是怎么熬过去的？"

她耸了耸她那纤弱的肩膀。

"当他们告诉我诊断结果的时候，有那么一刻我蒙了，但是我有点怀疑。你可以想象一下，有一天我的孙子尼古拉来看我了，可我一点也想不起来。以前，我们说这是老了，现在却说这是阿尔茨海默病①。可是你又能怎么样呢？我不是第一个得这个病的，肯定也不会是最后一个。"

"您不觉得痛苦或者愤怒吗？"

"都没有。我没权利这么做，毕竟这个病是在这段悠长生命的尾声时才侵入我的身体。许多人都没这么幸运。不过，我有点害怕。"

"您具体害怕什么呢？"

她用一只手重新整理了一下围巾，她的手比往常颤抖得更厉害，之后她叹了口气。

"我害怕失去所有的记忆。我不在乎忘了一小时前吃的东西，可是我害怕忘记我每个子女出生时的那份强烈的喜悦感，我害怕忘记我是多么地喜欢抚摩他们、安慰他们、看他们笑……我害怕忘记我孙子孙女们在我后院樱桃树下玩耍时的幸福笑容，我害怕忘记我父母眼中的温柔。我要用尽全力去抓住这些记忆，我希望这个病可以先把其他记忆带走，因为除此之外，我没有其他选择。"

她深吸了一口气，继续说道：

"你知道的，我在二〇〇四年选上了超级奶奶。评委们是被我生活的乐趣和乐观征服的。一场疾病不能改变我。有人说衰老意味着毁灭，可我认为这是一份幸运，一份荣誉，不是每个人都有机会得到。另外，我相信如果衰老很痛苦，那一定事出有因。"

① 即老年痴呆症。

"什么意思？"

"如果衰老这一过程能让人们温柔度过，那么大家只会希望时光静止。可事实上，衰老是如此艰难，以至活着变得不再那么吸引人。衰老的发明是为了让人们从生活中脱身。"

我停止了记笔记。我可以听着玛丽琳讲上好几小时而察觉不到时间的流逝。她让我感觉到自己的腿上盖着一块花格子毛毯，一手握着杯热巧克力，一手拿着本好书。

她突然站了起来，拉开了厚重的米色窗帘。

"这种天气，就好像中午已经天黑了一样……我习惯不了。"她叹了口气，"你要咖啡吗？"

"谢谢，第一杯还没喝完呢。"

她摇了摇头以便将这份新出现的遗忘驱散，之后她又蹙了蹙眉。她沉默了下来，她的眼神显示她沉浸在了一个我不知道的时空中。我轻咳了一下，以便提醒她我的存在，她抬起了头，眼神呆滞地看着我。

"您刚才在和我聊您的衰老理论。"我说道。

"是的，我的理论……对了，你知道我的病吧？好像我得了阿尔茨海默病……"

~ 21 ~

我预备早上待在办公室里，将前几天积攒的行政工作补回来。不得不说，在拖延方面，我就是个钉子户。我只有在我的客户经理威胁要虐待我时，才会去关心银行账户；我一般三月才会寄出我的新年祝福；我一贯都要为我的延迟缴税支付滞纳金；我的抽屉里塞满了从未拆封的信；我总是等到汽车油箱空了才会去加油；我只有在发根不再叫发根的时候才会去打理；我身份证的照片还是我 13 岁时照的；我从来养不活一株植物；我的待办事项清单中攒了一堆变黑的报事贴，其中大部分报事贴上开头第一句都写着"见前页"。

作为一名优秀的心理医生，我意识到我的这种行为是由我对死亡的恐惧造成的。我将一切事情往后拖，便能确信"以后"一定会到来。我的大脑里有无穷无尽的待办事项清单，但最大的问题是，等我到了老人们的这个年纪时，我需要一间房专门用来存放那些未拆的信。真是够伤脑筋！

所以我预备早上待在办公室里，然而我并没有考虑到"奶奶帮"这个因素。每天早上，从宿舍楼到主楼，我都要穿过院子。每天早上，不管心情好不好，露易丝、伊丽莎白和玛丽琳都会坐在院子里的长椅上汇报前一晚的事情，并剖析时政、交流回忆。每天早上，在我的职业身份要求我矜持处事之前，我都会预留出几分钟和她们一起讨论。我在自己都不自知、没料到的情况下，爱上了女人之间的这一短暂时刻。

今天早上也不例外，"奶奶帮"像往常一样用她们的热情欢迎了我。

"你没睡好吗？"玛丽琳问我。

"还好，怎么了？"

"你的脸色很糟糕，好像老了十岁一样。"

"或许该换个枕头。"伊丽莎白插了一句。

"从远处看，我还以为你是个新住客呢。"露易丝附和道。

她们三人捧腹大笑。

"别笑太猛，一会儿得拉身上了。"我反驳说道，却让她们笑得更大声，也逗笑了我自己。

露易丝最先平复了心情。

"我亲爱的茱莉亚，如果你想找个爱人，那你还是得下番功夫。男人喜欢保养得好的女人……"

"管他们呢，我一个人很好。再说了，如果一个男人对我感兴趣，我希望不仅仅是因为我化了妆，穿了高跟鞋。"

三位老奶奶面面相觑，摇了摇头。

"这是同一回事，茱莉亚。"伊丽莎白解释道，"你知道吗？我老公最先注意到的是我的眼睛，之后，他才爱上了我的笑容，再接着才迷上了我的性格。我们并不是让你改变，但至少要除去这层保护壳。"

"伊丽莎白说得对。"露易丝赞同道，"我们看得很清楚，是一层铠甲。毋庸置疑，在你亚麻色的头发及过分宽松的衣服下有着一具美丽的躯体。"

"说到底，得好好扒了看看……"玛丽琳补充说道，"你走路的时候，头上顶着块再清楚不过的牌子——'此路不通'。"

我抬头仰望天空。好吧，比起长裙和浅口皮鞋，我更愿意穿牛仔裤和运动鞋；好吧，我对美、对补水、对睫毛的要求都太低了；好吧，我的栗色头发一直都没有真正地剪过，它垂到了我的肩膀上，但我觉得这从来没有给大街上的小孩留下过心理阴影吧。

"好了吗？针对我的技术检查结束了吗？还是你们希望我给你们看看我内裤上的锁？"

她们又笑了，之后露易丝对她的那两个朋友说道：

"我们可以建议她和我们一起？"

"她坚持不了五分钟。"玛丽琳摇着头回答道。

我的好奇心被激了起来。

"你们在说什么？"

"我们半小时以后有一节软体操课。"伊丽莎白解释道，"不过还是很耗体力，如果你不爱运动的话，就不用想了。"

我笑了一下。一堂为超过了人类平均寿命的人预备的体操课对精力充沛的三十多岁的人来说简直就是小菜一碟。当然啦，我上一次上体育课还得追溯到中学时代。另外，我每爬一层楼都有可能会弄破大腿动脉瘤。虽然如此，可这些女人的年龄是我的将近三倍，她们怎么能认为我承受不了区区几个动作呢？

"我先去办公室了结两三件事，之后再和你们会合。"

我便这样来到了小小的体育活动室，我被"奶奶帮"、古斯塔夫、朱尔斯和阿莱特包围着，他们每个人都穿得仿佛要跑马拉松一般。斯维特拉娜老师是一位漂亮的金发女人，她说话略带口音，神情和三层厚的卷纸一样温柔。我不明白她的课怎么可能让我陷入困境。

"我们现在开始热身，各就各位。"

9点30分：为期一小时的软体操课开始了。我不知道刚才是什么让我产生了放弃的念头，不过这项运动和坐在办公室里更新一吨重的资料比起来，简直不是一个级别……如果安娜 - 马莉站在角落的话，我会向她解释运动心理学的重要性。

9点34分：我们已经转了四分钟手腕，我觉得它们已经热好身了。

9点35分：如果我们继续做这一动作的话，我的手就要被拧下来了。

9点37分：哈利路亚！轮到肩膀了。可能得明天早上才能开始做体操。

9点40分：如果音乐不是被D小调关节协奏曲所掩盖，应该还是很悦耳的。

9点43分：现在该脚踝了。如果我睡着了，希望有人能把我叫醒。

9点45分：我偷偷溜出去的话，应该没人会看到……

9点46分："茱莉亚，你已经准备走了吗？"

这个玛丽琳，真八婆！

"哪有，我只是检查一下门有没有关好。"

9点48分：我在想拍打脚踝能不能变瘦。

10点：一听到斯维特拉娜的声音，我吓了一跳。我可能打了几分钟盹。

10点01分：第一项练习：我们必须弯腰向下。"身体最软的人，手可以碰到地面。"莫勒托奈尔①小姐补充道。

10点02分：我为自己感到自豪。我的手指与脚踝齐平。那三位老奶奶，她们肯定不会再那么狂妄自大了。

10点03分：为了确认"奶奶帮"对我羡慕不已，我悄悄地瞥了她们一眼。我早就和她们说过了这对我而言就是小菜一碟。

10点04分：她们并没有羡慕我。事实上，她们甚至都没注意我。

---

① 莫勒托奈尔，取自法国卫生纸品牌 Lotus Moltonel 的后半部分，借指体操老师斯维特拉娜。

露易丝的手碰到了脚趾，伊丽莎白的手擦过了地面，玛丽琳的手则平压在垫子上。

10点05分：假装我看不见她们，假装我看不见她们。我稍微使了使力，以便能够摸到脚趾。有股撕裂感，可至少将来不会有人说我被一群八十多岁的老人嘲笑过。

10点06分：肯定是骨质疏松让她们变柔软的。

10点07分：加油，茉莉亚，再稍微用力一下，不要去想大腿后侧的疼痛感，你就快成功了。

10点08分：斯维特拉娜带着她的口音让我们弓着腰慢慢起身。

于是，我试着弓着腰慢慢起身。

10点09分：于是，我试着弓着腰慢慢起身。

10点10分：于是，我试着弓着腰慢慢起身。

10点11分：好吧。我好像动不了了。

10点12分：我的起身尝试失败了，很明显，我的腰罢工了。每次尝试的时候，一股难以承受的疼痛感便犹如电流一般刺激着我的后背底部。

如果有人注意到这一幕的话，那么我在合同结束之前都会沦为笑柄。

10点13分："茉莉亚，你可以起来了。我们做下一个练习。"

"不用了，谢谢。我很喜欢这个姿势，我还要保持下去。"

10点14分：当其他人都在用骨盆画圈的时候，我则在和我的腰椎谈判。好了，你们帮帮忙吧，让我起来。我不能这样待着。如果你们让步的话，我会给你们做个按摩。

10点15分：我的腰椎对这一请求无动于衷。

10 点 16 分：如果我一直保持这个姿势到死怎么办？

10 点 17 分：到时候我要怎么刷牙？

10 点 18 分：其他人继续做着动作，仿佛我不再处于弓腰状态似的。

10 点 19 分：我全身的血都涌向了头部。我的脑袋要爆炸了，然后散落至各处，可没人会在乎。

10 点 20 分：正在劈叉的玛丽琳看着我，皱了皱眉。

她怀疑了："你吓到我了，脸色发紫基本不是什么好事。"

我向她露出了一个大大的微笑，并做了个手势：一，切，都，好。

10 点 22 分：我什么都试过了——下蹲、借助胳膊力量往上顶、向上天祈求，可是都没用。每次我都要克制住自己的喊叫声"我好疼"。

10 点 25 分：为了重拾站姿，以及"我的尊严"，我做出了最后一试，我发出了一声介于牛叫声与切割机声之间的呻吟。

结局：七张严肃的面孔包围着我的屁股。

10 点 26 分：我在想人会不会羞愧而死。

10 点 27 分：莲花①女士将她的手放在我的背上，说道："你试着站起来。"

啊，得了吧，难道我之前没想到？

10 点 28 分：

她继续说道："用你的小腿力量往上顶，然后放松括约肌。"

我一边在看她的脑袋在哪儿，一边在想她不会真的坚持让我放松

①法国卫生纸品牌 Lotus Moltonel 的前半部分，借指体操老师斯维特拉娜。

括约肌吧。

10 点 29 分：古斯塔夫抓着我的肩膀，缓缓将我"解锁"。我的血液重新循环了，可后背底部的疼痛感让我发出了一声尖叫。

"我不知道我的课这么危险。"斯维特拉娜的话语在老年队伍中掀起了一阵笑浪。

然而，那也是因为我想营造一种幽默的气氛。

10 点 30 分：下课了，运动员们离开了教室，走之前，他们都不忘问我是否需要医生、SAMU、镇痛药、热水袋，以及其他帮助。我做着鬼脸一一谢绝，佯称痛感已经减轻。在半开的门缝中，古斯塔夫回过了头，用眼神给我示意了某件东西。

他在窗户下面，活动室的某个角落里给我留了一位盟友——他的步行器。

~ 22 ~

坐在候诊室里的病人尽力隐藏着自己的惊恐。然而，一个由步行器和三位精神矍铄的八十岁老人陪同，且形如三角尺的三十岁女人，也并非每天都能看见。

玛丽琳、伊丽莎白和露易丝，这群折磨我的人坚持要陪我来。

"我可以去透透气。"露易丝辩驳道，"再说了，缝纫用品店正好在医院旁边，我得买羊毛了。"

"弄成这个局面，我们也有点责任。"伊丽莎白补充道，"如果我们没有怂恿你，你就不会受伤。"

"罪魁祸首是你们？"玛丽琳十分诧异，"你们怎么搞的？真可怜呀！"

安娜－马莉把我们送上了小巴，看完病后，她便会来接我们，我希望越快越好。

我勉强地坐在一张橙色塑料椅上，翻阅着一本一九九七年六月的《巴黎竞赛画报》①：迈克尔·杰克逊介绍着他的"历史"巡演②，帕科·拉巴纳③宣告着世界末日马上就要来临，戴妃④享受着她重获的自由，另有两页贡献给了一个新颖物件——移动电话。

急诊候诊室里没有有趣的读物。有又有什么用呢？这里的人们如此忧心忡忡，以至他们只会反反复复地读着医院的规章制度或数着方块地板，但愿他们的思绪能够集中在疾病症状以外的东西上。

今天，我不害怕。我确定是下背痛，我会被塞一堆止痛药，然后几天之内便会好转。我既不需要阅读规章制度，也不需要数方块地板。然而这些白墙、这股特有的气味，以及我身边人眼中的那丝不安让我想起了多年前的某个周三夜晚。

我握着她的手，在我看来，她从未如此脆弱过。仿佛恐惧让她整个人，甚至她的指尖都变得那么脆弱不堪。那天晚上，我们等了很久。久到我向"上面的那位"祈求了足足上百万次，祈求"他"能够赦免她。她曾为我膝盖上的擦伤进行过包扎，她曾给过我的伤口数个魔力

①《巴黎竞赛画报》是法国著名的时政类新闻周刊，一九四九年创刊。
②这场巡演横跨全球五大洲的三十五个国家的五十六座城市，共举办了八十二场，是史上最大规模的巡演。
③法国著名现代派时装设计师兼预言家。
④即戴安娜王妃。

亲吻，她曾治愈过我的儿时之痛，而我现在无能为力，只会不自信地重复说："你别担心了，外婆，一切都会好起来的。"我不敢和她有眼神交会。她的眼神，×的！那是与其外表形成鲜明对比的儿童般的惊恐眼神。那是大家永远都不希望在镜子里看到的眼神。那是知晓一切即将改变的知情人的眼神。

当护士问她，是否希望通知某位亲人的时候，她给出的正是我的名字，而我并不能安慰她。所以我们等待着，手握手地等待着，直到一个白大褂用十几个字将我们解脱。

他说了十四个字："抱歉，我们尽力了，可是没能救活他。"我的外公是坐着红色卡车来的，却又坐着黑色卡车走了。他的生命终结了。我的外婆也差不多了。我紧紧地、紧紧地、紧紧地抱着她，我希望能够给她的心脏进行包扎，给她的眼泪找到解药，可是有些伤口是魔力亲吻无能为力的。

医院的心理医生叫玛丽·埃切贝思特。她的声音很温柔，用词也很抚慰人心，她给我们解释了葬礼的流程，并一直听着我外婆的啜泣声。当我们和外公告别的时候，她也在场。她还叫了一辆出租车，一直将我们送到他身边。分别的时候，我祖母和她说自己绝对不会忘记她。一个月之后，我参加了高中毕业会考①，并报考了心理学专业。

"时间有点长了，我背疼。"玛丽琳说道。

我皱了皱眉，回答道："我告诉您，我看着像张折纸，都是因为您，所以我要求拥有背疼的垄断权。"

---

① 类似中国的高考。

　　两小时三十三分钟之后，我记住了"奶奶帮"那份冗长的疼痛清单。真是一场现实版的"手术"游戏①。虽然我不想承认，但是我宁愿下背疼，也不想变成八十岁。虽然我不想（再次）承认，但是我宁愿由这三位老太太陪着，也不想读《巴黎竞赛画报》。

　　当一个男性嗓音呼喊着我的名字时，我们正"玩"到伊丽莎白那根被关节炎折磨得变了形的左小指。我抓起步行器，坚持不让我的三个女伴跟着我，然后拖着步子走到了住院实习医生身边，他带着我朝会诊室走去。

　　"为什么您要撑着个步行器走路？"

　　因为我喜欢，这会给我一种……学医就是为了提这种问题吗？

　　"我做操做得背动不了了。"

　　"在健身俱乐部吗？"

　　"不是，是在一家养老院。"

　　他看着我仿佛我中风了似的。

　　"我在一家养老院工作，我是陪老人一起做的操，不过有个动作做错了。"

　　"好吧。把衣服脱了，然后身体向前倾。"

　　我克制住了自己，没告诉他已经很久没人对我说类似的话了，之后我照着他的话做了，以痛感给予我的最快速度照做了。

　　他走到我身后，将手放在我的后背底部。我哆嗦了一下，毕竟很久没有男人触摸我了，而且还是一个年龄不到我四倍的男人。好吧，这个男人的眼睛和漫画人物的一样，他的牙齿可以用来开啤酒瓶盖，

①"手术"游戏，是一款角色扮演游戏，可以使孩子锻炼手部的精准力，同时体验当大夫的乐趣。

而且他正在触摸我。

"和老人打交道不会太辛苦吧？"他问道。

"比我以前想的要好些。"我回答道，尽量不发出呻吟声。

他沿着我的脊柱用手指往下按压。我轻颤了一下。

"我不知道换了我是不是可以。"他继续说道。

"我以前也问过自己这个问题，不过事实证明还可以。和他们在一起真的让人有点沮丧，因为我们必然会自我投射。变老真的太痛苦了……不过，也有助于我们进行对比，享受当下。"和一个居高临下地盯着我内裤看的人讨论这些深奥内容真的很奇怪。

我咬了咬舌头。说真的，我能期待这样一句话得到怎样的回复呢？让他建议我把这句话连同牙齿一起拔掉？

他抓住我的肩膀，扳直了我的上半身。

"我以前没想过这些，"他继续说道，"毕竟我离变老还早。不过我现在在想，和那些闻着一股尿味的老人打交道，帮他们换纸尿裤，听他们啰里啰唆，有点自掉身价，不是吗？另外，他们觉得自己什么事都可以做，并且还一直抱怨。我觉得我要是您，我就会祈祷酷暑重新回来。"

好消息是他刚刚对着我的幻想一顿痛打。坏消息是我想对着他也来一顿，可惜我不在状态。

大约两个月前，我肯定也——或多或少——会说出这样的话。可令我震惊的是，今天听到这些话的时候，我身上的保护欲被激发了出来。"不许碰我的老人。"看来我得去精神分析学家的长沙发上躺一躺了。

他继续按压着我的后背，而我没有再说一句话。他做出了诊断：

我下背痛。我之前说得没错，疑心病患者就是最好的医生。之后，我穿好了衣服，打量了他一番，然后用前几分钟就开始准备的说辞猛烈地反驳了他：

"最让人辛苦的，不是老人，而是笨蛋。另外，就算酷热也不能把他们怎么样。"

之后，我撑着我的步行器，昂首挺胸地凯旋了。

四月

获得幸福并不意味着一切都完美了，它只意味着你决定不再在意那些不完美的事。

——亚里士多德

April

~ *23* ~

古斯塔夫的女儿——玛蒂娜的外表与性格并不一样。她有着一双清澈明亮的大眼睛,鱼尾纹的存在为她的眼睛增添了一丝柔情。她的嘴角总是微微上扬,她的苹果肌十分圆润。她就是那种即使我们在大街上与其相遇,都会情不自禁地想和她打声招呼的女人。然而,当她开口说话之后,我们便想和她道别了。

她到我的办公室才三分钟,可我已经后悔要求见面了。她的开场白就是:"请您长话短说,我不止这一件事要忙。"于是,我长话短说了。

"我觉得有必要和您谈谈您的爸爸……"

"我爸爸?您觉得我是五岁小孩吗?"

我克制住了自己,然后继续说道:

"好吧。您觉得您父亲现在的心情怎么样?"

"我不知道。我没见到他。不过,我觉得您把我叫过来不是为了告诉我他很好吧……"

"你们在赌气?"

她瞪大了双眼。

"我不习惯和陌生人聊我的私生活。"

"我能问问您有没有可能时不时地来看看他？"

"能。"

"能什么？"

"能，您能问我这个问题。可是我没必要回答。我马上就六十岁了，请您相信我没有任何事情要向您解释。"

您既然来了，不如我们去悬崖边上走走？

"鲁蕾夫人，没人试图要向您说教。如果您这么认为的话，我觉得很抱歉。我刚来这儿不久，可我觉得您父亲因为没人来探望他而觉得很痛苦。我是想确认您知道这件事，现在我知道了。感谢您的到来，您可以回去忙您的了。"

我站了起来，她依旧坐着。她满脸通红，眉头深蹙，紧抿双唇。我相信她正在转变。

"您就是为了这个才来麻烦我的？"

"什么？"

"您没有别的事要告诉我吗？他生病了、缺钱了或者其他任何可以解释您急着要见我的理由。"

她站了起来，朝门口走去。开门的时候，她回过身，给了我最后一份叮嘱。

"不要告诉我父亲我来过。"

她将门关上了，紧接着传来了她鞋跟的噔噔声。我在想古斯塔夫怎么能生出这样一个和他截然不同的人。我现在更加明白为什么他会认为生活是个笑话——他女儿和《妙探寻凶》[1]里的烛台一样"讨喜"。

---

[1]《妙探寻凶》是一款图版游戏，游戏中的凶器有烛台。

我为这个老人感到难过，不过，话说回来，如果他经常看到女儿的话，反而有可能会更加不幸。

当我一小步一小步地走到他身边时，他正在菜园里种地。我的后背好多了，可还远远不能翻跟头。

"古斯塔夫，您好！"

他给了我一个大大的微笑。

"你好呀，丽兹。你感觉怎么样？"

"很好。您呢？您在种什么好东西？"

"洋蓟和芦笋。昨天我在米罗尔^①那儿买了些秧苗，可我觉得如果像平时那样在麦德^②那儿买的话会更好。你替我看看这些丑不拉叽的叶子……对了，你知道蔬菜贩子最让人讨厌的是什么吗？"

"呃……不知道。"

"就是吹牛^③。"

他大笑了起来，笑得一点也不自然。

"你想告诉我什么事吗？"他一边用围裙擦了擦手，一边问我。

"没有，我只是过来看看一切是否都好。我经常看到您做园艺，这是您的爱好吗？"

"是的，我喜欢种东西。最开始的时候，这儿什么都没有，什么都要弄。我们撒下一粒种子，精心照顾它，关怀它，然后我们就会看到它生根发芽，成长，结果实……总之，就像生活一样。对了，你知道园丁最令人讨厌的是什么吗？"

① 人名。
② 人名。
③ 吹牛，法语写作 raconter des salades，字面意思为"聊生菜"。

"也不知道。"

"就是要脱下自己的裤子，让西红柿脸红。"

他又开始笑了，不过我感觉到了其中的一丝忧愁。如果他知道……

"好吧，我很高兴一切都正常。您继续种菜吧，我先走了，我们明天在您的房间见。"

"好的，明天见。"他一边种着韭葱的秧苗，一边回答道。

我刚走远，他的声音便传了过来。

"她还好吗？"

~ 24 ~

今天是星期天。

由于之前格雷戈坚持要让我们参观他的公寓，于是玛丽娜和我就来了，我们按响了巴约讷①市中心一栋老楼的对讲机。玛丽娜喘着气。

"格雷戈，他太烦人了。我本来想着这么好的天气去沙滩上打个滚。另外，我也不觉得一套正在装修的公寓有什么好参观的。我们都是在电影拍完了之后才去看，而不是还在拍的时候就去看。"

从我们出发开始她便一直在发牢骚。天气太热、我的车速不够快、别人开车的技术太烂、她的头发故意掉在眼睛里，这一切都能让她抱

①法国西南部城市。

怨。对此，只有两种解释：要么莱昂控制了她的身体，要么之前出了什么事。

我还没来得及问她，门便开了。格雷戈站在楼梯顶部，用一句夸张的"欢迎来我家"迎接了我们。

玛丽娜说得对，一套正在装修的公寓的确没什么可参观的，除非我们是想给肺部储存灰尘。为了"创建一个大起居室，并增加采光"，好几块隔板都被推倒在地，这里看着就像被炮弹炸过一样。地上铺着篷布，窗户上满是痕迹，所以很难照出影子。

当他给我们介绍未来厨房的时候，我出于同情还是说了一句"会装修得不错的"。

"我相信肯定会的。自从让－卢克去世以后，我就需要把一切都改变一下……太多回忆了。这将是一个全新的开始。你们过来看看。"他一边说一边拖着我们来到了走廊，"卧室已经装修好了。"

他将房门大敞着。

"你说得没错，真壮观呀！"玛丽娜点了点头，讥讽道。好吧，我猜是因为里面难以下"眼"……

一张摆满衣服的床醒目地摆放在卧室中央，床的四周堆满了纸壳箱，有的甚至堆到了天花板上。两个衣柜贴窗而立，一台冰箱钻进了隔板与烤炉中间。

"当然啦。你看。"他强调着说道，"那里可以看到一些木地板，看着很舒服，对吧？然后这里，门后面，你们可以提个意见，想想墙要刷什么颜色。我已经刷了一层我喜欢的打蜡混凝土。"

看着很漂亮，但是我不喜欢。我注意到了床头的一个软木大相框，相框上面有几张照片用大头针固定住了，很明显，这些照片都是从杂志上撕下来的。

"照片上的人都是你吗？"

"是。这个荣誉相框是我母亲送给我的……"他一脸窘迫地回答道。

"但是你在杂志上干吗呢？"玛丽娜打听着。

"这是以前的事了，我演过一个广告、一部电视剧，还在一部电影里演了个小角色。"

"没开玩笑吧？你是演员？"

他耸了耸肩。

"我以前也希望自己是，但是竞争太激烈了。我去碰过运气，在巴黎生活了三年，可是没待住，所以就放弃了。故事就是这样。"

"你不后悔吗？"我问道。

"不后悔，至少让我遇到了让-卢克。有的时候，我也会想自己当时如果成功了，会过着什么样的生活。不过，说实话，我干现在的工作也超级幸福。我虽然没有得到大众的认可，可是老人们在活动中露出的笑容也同样让我受益匪浅。"

玛丽娜试图在纸壳箱中开辟一条道路。

"那个广告是关于什么的？乍一看，让我想到了某件事……"

"我完全忘记了，很久以前的事了。"他说着便把"杂物间"的门关上了。

"哦，×的。我想起来了！"她笑着大叫道。

我率先走了出来，即使玛丽娜不愿告诉我有关那则神秘广告的任何事情，可面对着她突然雀跃的心情，我的唇边依然挂起了微笑。当我的手机铃声响起时，微笑便立刻消失了。屏幕上显示的号码犹如一记耳光打在我脸上。我没有忘记过这个号码。这是马克的号码。

~ 25 ~

伊丽莎白和皮埃尔是柽柳唯一的一对夫妇。从一开始，他们便坚持一起参加各种活动。"我们彼此之间没有任何秘密。"

他们各自坐在长沙发的一侧，小口喝着伊丽莎白准备的柠檬水。合同到期后，我估计我得长胖三十公斤。

今天，皮埃尔精神不济。

"我很累……虽然我的大脑充满了毅力，可是我的身体不听话。稍微动一下都会让我筋疲力尽。今天早上，我陪太太去市场，为了锻炼我的体力，我们走了几站地。如果我能告诉自己这种状态只是暂时的该多好呀……可惜没用，不管什么锻炼都不能让我的体力恢复。"

"这是最让人痛苦的一件事了。"伊丽莎白附和道，"你要明白身体就是一台不停在使用的机器，它最终是会出毛病的。我每天看到的东西都会少一点，我马上就要完全陷入黑暗中了……除非另一个器官先熄火。"

"您害怕吗？"我大着胆子问道，仿佛答案并非一目了然。

"我害怕。"她回答道，"时间过得太快了……昨天，我还是一个小女孩，今天一切就要结束了。我不停地问自己要怎么过完最后这段时光。不能再规划自己的人生，真的太难了；知道自己即将离开心爱之人，真的太难了。我们现在这种生活很好，我还想再多活一段时间。"

"我主要是为那些晚辈感到害怕。"皮埃尔补充说道，"我们的孩子、孙子和重孙都特别依恋我们。我希望他们能够很快平复心情……最后，我也希望他们不要忘记我们！"

伊丽莎白长长地吸了一口气，然后看着皮埃尔。

"我害怕，真的。但我还是希望能走在我丈夫前面。在这五十九年里，我们的分别从未超过一天。一次都没超过！他陪我走过了整个人生，他一直都在，在日常的举手投足中，在满满的幸福中，在悲伤中。我希望大家说的是真的：真的有那么一个地方可以让我们重逢。"

"我呢？我希望我可以第一个走。要不然的话，谁给我按摩手指，减轻我的关节炎疼痛？"

他们笑了起来。

我和马克，我们也说过同样的话：我们会尽一切所能一起离开，因为没有了对方，我们便无法朝前走。然而，我还活着。照他的短信看来，他也还活着。

他打来电话的时候，我没有接。铃声响的时候，我一直在犹豫，可是我坚持住了。我等过他的电话。等了很久。刚离开的前几天，我从未产生过怀疑：他会求我的。另外，我也告诉了玛丽昂：我只会在她家的沙发上待几天而已，因为所有事情都会顺利解决。马克会明白他之前做得不够，他会想尽一切办法寻求原谅。我的离开能将他"电醒"，之后他便会成为大家都梦寐以求的男朋友。

我不相信大家都梦寐以求的男朋友需要九个月的时间才给自己生命中的女人打电话。

"我们给你讲过我们的相遇吗？"皮埃尔问我，还没等我回答，他便已经接着说了下去，"我们那会儿还在突尼斯①生活。我遇见这位美女的时候，正走在突尼斯市②的巴黎大街上。我从来没有忘记过。她的

①一个北非国家。
②突尼斯的首都。

头发上裹着一条方巾，就像碧姬·芭铎^①一样。她穿着粉色的云纹套装和一双平底便鞋。你真应该见见当时的她，活脱脱的一个电影明星。"

伊丽莎白抬起了头，抓起柜子上的一个相框，递给了我。

"你肯定想象不出来，拿着吧，这是我们的一张结婚照。我那个时候真的很漂亮。"

她穿着一条花边长婚纱，腼腆地笑着。她金色的头发盘成一个发髻。她的双手捧着一束花及（毫无疑问的）满满的希望。他穿着一套深色西服，一脸幸福。他搂着她的肩膀——成功了，巴黎大街上的漂亮女人冠上了他的姓。

这张照片震惊了我。

照片虽然是黑白的，却能令人忆起往昔。他们也曾年轻过。他们也曾在过我这个年纪。他们也曾有过设想、疯笑和困苦。他们也曾做爱。他们也曾有过父母、朋友和孩子。他们也曾有过生活。五十年前，他们也不曾想过会有老去的一天。

过去很长一段时间内，我只把老人看作老人，并轻视这些把自己隐藏在白发之下的人。

可能有一天当某个人看着一位老奶奶的照片时，也会意识到她曾经也年轻过，她曾经也嘟嘴自拍过，她曾经也喜欢肆意大笑，她曾经也有不少爱人，她曾经也喜欢自己的朋友。总有一天，照片上的老奶奶会变成我。

"你在哭吗？茱莉亚。"

×的！我在哭。

---

①法国演员、歌手、模特。

皮埃尔继续聊着他的故事，仿佛一切都未发生。他真是让人感激！

"她当时和她的表姐玛丽-乔西在一起，我认识她的这个表姐。所以我就和她们打了个招呼，然后继续走，不过我一边走一边在想我怎么才能再次遇见这位令我着迷的伊丽莎白。于是我开始跑。"

伊丽莎白咯咯地笑着。皮埃尔冲她微笑了一下，继续说道：

"我拼尽全力往前跑。我跑过了第一条巷子，然后绕到另一条与之平行的大街上，朝着反方向跑。几分钟之后，我再一次遇见了她们，装作一切都是那么自然。当时我的头发肯定有点乱，不过我邀请她去吃晚饭的时候，她还是答应了。"

"你那时太完美了。"老妇人娇嗔道，"三个月后，我们就要庆祝结婚六十周年了。我想跟你说的是我们过去的每一天并不总是那么幸福，也有过一些艰难的时候，用年轻人的话来说，就是危机。两个人一起生活不可能不做出一些让步。但是今天我可以确认：我不可能再找到一个更好的丈夫……"

"稍微打住一下，你又要把她弄哭了。"

离开他们房间的时候，我的大脑昏昏沉沉的。我是心理医生，可我觉得老人们带给我的明显要比我带给他们的更多。

伊丽莎白的话一直盘旋在我的脑海中。"两个人一起生活不可能不做出一些让步。"在短信里，马克说他还爱着我，他很后悔。如果他就是我的皮埃尔呢？如果我找不到巷子折返，不能再和他的人生道路产生交集呢？如果我之前的所作所为愚蠢至极呢？

一回到办公室，我便拿出了手机，拨打了他的号码。

~ 26 ~

有时，我希望自己是个哑巴。

比如，那天晚上，当他们问谁自愿陪老人去弗兰克·迈克尔的演唱会时，我希望自己是个哑巴，或者被鱼叉叉了一下。

可事实是，我微笑着举起了手。我就是奇迹国度里的诺弟^①。

就是这样。有的时候，我会为了一个完全超出自己能力范围的理由而产生一种助人为乐，甚至是十足幼稚的想法。这种想法甚至让我在一场舞会中把自己的初吻送给了一个此前从未见过的男孩，并迫使自己直直地看着他的眼睛，对他承诺他将会是我孩子的父亲。或者这种想法还会怂恿我去建议我的前任婆婆想来的时候就来。又或者这种想法会让我肯定理发师的建议，即使这些建议是让我剃掉一半头发。

这一次，我体内的真福者^②认为让我去参加一个集乔治^③的姓氏和里贝里^④的名字于一身的歌手的演唱会是一件好事。下次，真福者再出现的话，我会给他当头一棒。

我们十二个人坐在小巴里。露易丝在宾果游戏中赢了两张票，所以她邀请了古斯塔夫；阿莱特、伊丽莎白、皮埃尔、米娜、穆罕默德、莱昂、吕西安娜及作为陪同人员的伊莎贝拉、格雷戈和我都各自买了张票。

格雷戈开着车，伊莎贝拉则激动得难以言表。

---

① 一个总爱点头的小木偶。
② 天主教的一种称谓，是对天主教殉道者或者虔诚者的称呼。
③ 乔治·迈克尔，英国歌手。
④ 弗兰克·里贝里，法国足球运动员。

"哦，天哪！哦，天哪！我有五年没有见过他了，我太兴奋了。"

"没怎么看出来。"莱昂调整着他的相机，反驳道。

"真的吗？"她天真地回答道，"可是我激动得浑身发抖，感觉就像抽筋了一样。"

"如果……"

前台小姐对这位老人的讥讽并不在意，她继续唠叨着。伊莎贝拉平时很少谈论自己的生活，可现在事无巨细地和我们聊着。在一片尖笑声中，她断断续续地从自己尚在襁褓中时便开始听这位歌手的歌曲聊到了为了向这位歌手致敬，她的弟弟被取名叫弗兰克－迈克尔，中间还提及了她母亲收集的签名照。我觉得自己夹在弗兰克·迈克尔的粉丝中就快变得歇斯底里了。

正当其他乘客开始失去耐心的时候，车停了下来。

"好了，我找到了一个停车位。"格雷戈喊道，"再过几分钟我们就能进场了。"

大家鼓了鼓掌，兴奋了起来。我也一样，可不是出于同一个理由。我之所以唇边还挂着傻笑，之所以忍受着伊莎贝拉的自言自语而没把她从窗户扔出去，之所以心情如此雀跃，不是因为我要参加弗兰克·迈克尔的演唱会，而是因为明天，我就要见到马克了。

第一声"嘟"响起时，他便接起了电话。当我听到他的声音时，我亲自放在他与我之间的那堵墙轰然倒塌。我太想他了！

不过我没有把这句话告诉他，而他告诉了我。他不希望我们的重逢只局限在电话里。所以他订了一张机票来我和一起过周末。挂断电话之前，他说了一句"我爱你"。

我回了一句"我也是"，可这是在挂断电话以后说的。

~ 27 ~

听到弗兰克·迈克尔的第二首歌时，我想睡觉。

听到第三首时，我想哭。

听到第五首时，我想在这难以忍受的痛苦中死去。

格雷戈陪着米娜和穆罕默德坐在残疾人专区，他冲我做了个绳子绕脖的动作。我回了他一个两指按压太阳穴的动作。伊丽莎白递给我愤怒的眼神。我蜷缩在座位上，伊莎贝拉则站在座位上，扮演着她的合唱队员兼粉丝抑或癫痫患者的角色，事实上，我也不是特别清楚她到底是哪个角色。

和其余在座的各位相比，伊莎贝拉并不会显得格格不入。如果说在场的男士在试图用自己的麻木表情掩饰眼中的光芒，那么女士则好似脱缰的野马。就算她们把紧身衣扔得满天飞，我也不会觉得诧异。

很明显，坐在我们后一排的观众是这位歌手最热诚的粉丝——十几位六十多岁的老太太穿着印有这位歌手头像的 T 恤，脸上挂着初次排卵时的少女微笑。看着她们，我想到了未来的我和玛丽昂，我们满脸皱纹、白发苍苍，在雅克·高德曼[①]或 U2 乐队[②]的演唱会上拼命地尖叫。突然，我的心漏跳了一拍：我认出了安娜——我母亲最好的朋友，她就在那儿，在离我不到十米远的地方。

如果她看到我的话，我母亲便会立刻知道我在比亚里茨，这样的话，我便可以和我的孤独内心之旅说再见了。要让我母亲接受在艰难时期不陪在我身边（哪怕这是我自己的选择），这对她来说绝对做不到。除此之外，她绝对做不到的还有做饭。

不能让安娜看见我。

对现在而言，还很简单，毕竟她正全身心地盯着弗兰克看，可如果他下台了的话，那就得另当别论了。或许我可以戴上吕西安娜的假发……

演唱会结束的时候，我的脖子十分酸痛。

我这一个多小时都在盯着左边的墙看。如果这样安娜还能认出我的话，那她就可以去参加《法国达人秀》① 了："我可以通过颈背的形状来认出一个人。"

伊莎贝拉满脸是泪，老人们则都很满意这次外出，即使是莱昂也拍手称好。如果我能从这儿出去而不撞上安娜的话，那就可以说今天晚上很圆满了。

"我们等到其他人都散场了再出去，这样会更容易一些。"我对大家说道。

"不管怎样，这椅子太舒服了，我们得花上一小时才能起来。"露易丝傻笑道。

"你可以让我帮你。"古斯塔夫回应道。

我必须盯着他俩。就算某 天晚上发现他俩在玩脱衣舞宾果游戏 ②，我也不会觉得奇怪。

"我想尿尿。"吕西安娜说道。

"我也是。"伊丽莎白附和道。

"啊，对，我也想。"古斯塔夫赞同道。

①由法国 M6 电视台举办。
②也是一种宾果游戏，只是卡片上面不是数字和单词，而是赤裸的人体部位的图片。

"搞得你们只有这个可干一样……你们就不能采取点保护措施吗？"莱昂抱怨道。

露易丝给了他一个大大的微笑。

"纸尿裤会让后面显得很大。有些人就算年事已高也很注重自己的外表。你也应该试着注重一下了，对你有好处的。"

似乎当我们期盼某件事的时候，它就会实现。不过很明显，即使我们不期盼，这件事也会实现。我不想撞见安娜，可是现在我和她正面对面地站在厕所门口。真倒霉！

也许我改说斯洛伐克语的话，她便会认为我只是跟人撞脸了而已？

"你好呀，茱莉亚！"她扯出一个僵硬的笑容，说道。

"啊，安娜，你好。我都没看到你，你刚才也在演唱会上？"

请叫我莎拉·伯恩哈特[①]！

"是的。"她问道，并频频看向我的身边。

"你一切还好吧？"

"好，好，一切都好。只是……"

她停顿了几秒钟。

"实际上，我没想过会见到你。我以为你在巴黎，你知道……"

我飞速地思考着一个既能站住脚又能说出口的理由。赶紧解释你出现在比亚里茨举办的弗兰克·迈克尔演唱会上的理由吧！

"你母亲应该不知道我在这儿。"她继续说道。

"啊？"

"她肯定不知道。我没告诉她我来。"

---

① 十九世纪法国舞台剧和电影女演员，她当时被认为是"世界上最著名的女演员"。

"好吧。可是你为什么要对她撒谎？"

"因为她生帕斯卡莱的气，而且她觉得我不会再见帕斯卡莱了。"她低声说道，用眼神示意了一下那个正在炫耀自己二头肌上弗兰克·迈克尔头像的女人。"我吧，我很喜欢帕斯卡莱，可是我又不想伤你母亲的心……你懂吗？"

"我懂。我什么都不会说的，如果你……"

"我得走了。"她打断了我，"帕斯卡莱赶时间，她老公等她回去睡觉。我相信你，嗯？"

她抛给我个飞吻，然后迅速地走了。

我甚至都不需要解释，更不需要求她替我撒谎。

刚才我头顶上的那片乌云估计跑到别处找我去了。但愿它找不到我。

~ 28 ~

我提前到了。

比起在他的注视下不自在地走路，我倒宁愿等。服务员问我是否需要点餐，我回答说我挺想点个"暂停键"，可是菜单里并没有。

我害怕了。我怯场了。我畏惧了。我瘫软了。我惧怕了。我昨天一整晚都没睡，今天一整天都心不在焉，当米娜向我倾诉她正急不可耐地等待着死亡到来的时候，我甚至热情地鼓励了她。我曾经以为自己把马克忘了。

我们第一次约会的时候，我也是提前到的。我花了一整天收拾自己。我给身体和脸蛋去了去角质，给那片未垦之地拔了拔毛，敷了个补水亮肤控油面膜，最后精巧地弄了个发型，以免看起来不像……当他穿着皱巴巴的 T 恤，脸颊上带着枕头的印痕下车时，我觉得自己就像班里卖力讨好老师的学生一样。

两小时之后，我知道自己会疯狂地爱上他。四小时的准备时间，两小时的品味时间，七年的消化时间：我的爱情生活犹如一锅火锅。

他手里捧着束玫瑰，脸上挂着我爱的笑容：这种笑容让他看上去仿佛一个腼腆的小男孩。我保持不动，因为如果站起来的话，我会摔倒。

我之前不觉得他有能力再次让我陷入这种境地。我以为我们可以像决定不再吃糖那般决定不再相爱。我曾经把他戒了。我割舍了他曾经对我说过的话语。我抵挡住了有关他的回忆。我远离了他的声音。可现在我在这里，与他面对面，准备再次一头栽进去。医生说得没错：如果我们戒得太狠，终归会重新捡起。

"见到你真好。"他朝我走来，低声说道。

我终于站了起来，我的双腿在哆嗦；当他抱住我的时候，我的双腿开始改跳踢踏舞。我将自己的脸埋进他的脖子，他喷了一款我不知道的香水，另外他看着比以前高了。这仿佛又回到了我们的第一次约会，可一切又是那么不同。

他刚坐下，便开始行动了，他的语速是那么快，仿佛害怕忘记之前背诵过的单词。

"茱莉亚，我想请求你的原谅。我的所作所为就像头蠢猪。我本来可以告诉你说那都是因为我当时满脑子都是工作和经济问题，我甚至还可以说是因为我刚出生的侄子，但是，事实上，我不能找任何借口。我在你需要我的时候松开了你，我太差劲了。我爱你，我想你回来。求你了。我们以前在一起的时候特别特别美好。"

他很真诚，我看出来了。我从他眉间的川字中看出来了，我从他那给左手加油打气的右手中看出来了，我从他轻颤的双唇中看出来了。而我呢？我渐渐不再发抖。这些话是我之前想都不敢想的，而他用麝香味的包装纸包好，送给了我。此时，我的心脏本应该跳着Pogo①，或不再跳动；我本应该克制住自己的欢呼雀跃；我本应该像电影里那样跳到他身上，亲吻他；我本应该打电话给玛丽昂，大声告诉她说："你知道他刚才和我说什么了吗？"我在对比了十条相似的裙子之后，穿上了最漂亮的那条；我昨天一整晚都在脑海中预演着这一幕，至于其他夜晚，我都在为他的离开而哭泣。

可是为什么这一幕还不如电影场景带给我的冲击强烈？×的，茱莉亚，你才是女主角！

我们第一次约会的时候，我内心的兴奋一直都在持续增强。我迫不及待地去赴约了，两小时之后，我就想向他发誓我会一直忠于他直到死亡把我们分开，五小时之后，我的内裤便掉在了他的床脚。

今天却恰恰相反。两小时前，我看着他走进饭店时，双腿前所未有地颤抖着，可是随着时间的推移，我内心的兴奋犹如藏在电暖气片后的复活节彩蛋一样融化了。

我听他聊着他的朋友，当然他们曾经也是我的朋友，谈着我们曾经的公寓、我们曾经常常去看望的他的家人，以及他曾经就一直和我

---

① 通常表示在演出现场不停地上下跳跃。

谈论过的他的工作。可我觉得这一切都是那么遥远。这全然是另一种生活。

就连他的外表我也不熟悉了。我从来没有发现他的眼睛这么大，他的肩膀也一样下垂。我曾经将他不快时的噘嘴表情、他耳朵的形状，以及他那有点破损的牙齿熟记于心。我曾经总是以一种十年如一日的眼神看着他。然而，不论我们多么熟悉一件东西，感觉最终都会被距离冲淡。

七年前的两小时之后，我觉得自己和他似曾相识。

今天的两小时之后，我觉得自己不认识他了。

我们需要一点时间。

我不会这么快放弃。他可是马克。

"和老人一起工作让你最终克服了对死亡的恐惧吗？"他一边问我，一边用勺子将冰激凌上的尚蒂伊鲜奶油往两边刮去。

他订了我们在比亚里茨最爱的一家饭店。以前每次来看望我父母时，我们都会来这里吃饭，我特别喜欢他们家的意大利墨鱼汁海鲜烩饭，虽然每次吃完都会看不见我的牙。然而，今晚，我无心欣赏菜单，因为我在忙于说服自己让自己相信我是幸福的。

"事实上，关于这方面，我没想太多。"我回答道，"大部分老人都很独立，他们也都富有生气。"

"那更好。因为你以前一听到这个话题就焦躁不安：我记得你每次在电影里看到尸体的时候，都会把头转过去。我不知道你是怎么处理你父亲的那件事……不过我知道你外婆那一次。"

"实际上，你不用知道。"

嘣！搞砸了！

"你还在恨我？"

当然没有了，亲爱的，我很感激你。

我放下了勺子，擦了擦嘴。

"我当然恨你。"

"对不起。"他握住我的手说道，"我变了，你知道的。如果那件事是发生在明天，我肯定在。"

"问题是它发生在昨天。之前，你没有在我父亲的葬礼上牵起我的手；之前，你任由我一个人在浴室里哭一晚上。你本来应该是那个支撑我的人，可你在我倒地的时候踩了我一脚。你为什么到现在才给我打电话？你为什么这段时间要让我一个人活着？"

"我不知道，"他垂下了头，回答道，"我觉得我是害怕你的反应。只要我不试着去挽回你，就意味着还有希望。"

我尝试着站在他的立场上考虑问题。我发誓我尝试了。我试着去理解工作和银行对账单上的那几个数字怎么就能比得过我们挚爱之人的痛苦。我尝试了。可是没成功。

"如果你还这么恨我的话，为什么要同意见我呢？"

"因为你给我打电话的时候，我也不知道。这几个月为了不想你，我什么都试过了。所以我对愤怒已经麻木了。可是再见到你的时候，愤怒又被唤醒了。我猜这是必经阶段，以后会变的。"

"希望如此……"

我也希望如此。

~ 29 ~

我们走在比亚里茨的街道上。天气有点冷。马克搂着我的肩。我或者他会时不时地讲个小故事，对方则会热情地回应。从外面看，我们是一对正常的情侣。从里面看，则是一个大大的疑问号。

随着时间的流逝，一切又变得自然起来；随着无意识的动作重浮水面，我们又变得自在起来。

"我就睡在这里。"他停在了贝斯特韦斯特酒店的门前，说道，"你想上去吗？"

我没有犹豫太长时间。因为我可不是无缘无故才拔的阴毛（为此，我还差点弄得胯骨脱臼）；因为和他做爱是一种能让我们重聚的好途径，并且也因为我想做了。我已经禁欲将近三个月了，如果我还这样继续下去的话，我觉得我可以将特蕾莎修女①取而代之了。

我们甚至没开灯。

马克将门关上，然后将我压在了墙上，他的嘴唇重重地碾压着我的嘴唇。我一直都喜欢他直接一点，原来他记得。

我利用做爱中喘息的空隙睁开了眼，瞥了一下当下的场面。好吧，我想笑。茱莉亚，忍住，做爱的时候发笑，不好。我闭上了眼睛，将注意力集中在他的动作上。不过准确来说，他现在到底在做什么？他之前从来没这么做过，这可是限制级。他肯定在我们分开这段时间里看了许多 A 片，除此之外，我找不到其他原因来解释他为什么做那样的动作。

---

①世界著名的天主教慈善工作者，主要为印度加尔各答的穷人服务。因其一生致力于消除贫困，于一九七九年获得诺贝尔和平奖。

两分钟之后，当我意识到他在我身上运动的时候，我却在想着意大利墨鱼汁海鲜烩饭，我知道我和他之间的故事已经结束了。

~ 30 ~

他不想我陪他去火车站。

"我傻才会来这儿。"他一边朝出租车走去，一边脱口而出。

有些故事的结局很悲伤。有些故事的结局前后两次都很悲伤。

我尝试过不让他难受。我只是说出了自己的感受，没有多说一分去伤害他，也没有少说一分去原谅他。我这几个月将感情放置在气泡布①里的努力都白费了，我只花了几小时便确定了自己对马克还残存的最后一种感情——愤怒。

我恨他之前不在。

我恨他太自私。

我恨他没有挽留我。

我恨他任由我不再爱他。

真乱！真可惜！我们曾经相处得那么好，我们曾经爱得那么深。可是，我知道一切都回不去了。我看他的眼神已经变了。以前，我看到的是他所展现的一面：体贴、乐于助人、慷慨、亲切。现在，我做了一次深层解读。我在寻找着他外表后面隐藏的陋习，在想象

①一种包装易碎物品的塑料包装材料。

着他微笑后面所隐藏的狡诈。这或许有点夸张，却是他留给我的印象。

有时，当岁月将家具上的油漆剥落之后，我们会在那里发现更美的材质。然而，有时，我们会在那里发现一些深入血肉又拔不出的木刺。我失败了，我最终原谅不了他。

他没权利那么做。没权利那么对我。

他将自己的包扔在了出租车的座椅上，朝我的方向看了最后一眼。我刚才的委婉言辞根本无济于事，他的态度在叫嚣着："我很伤自尊。"他需要通过伤害我来缓解他的痛苦，所以他扔出了一枚沉重的炮弹。

"你不是想知道我为什么隔了这么长时间才给你打电话吗？那是因为我一直都过得很开心，你懂吗？我和别人一起庆祝，一起做爱，我勾搭上了好几个女人，可没有一个像你那样死缠着我。我很自由，我甚至不知道自己为什么要给你打电话。肯定是出于同情。没错，就是这样，因为同情你一个人为你那可怜的爸爸哭泣。"

我知道他说这些话的时候没有经过大脑思考，他只是想让我难受。但是，那些木刺已经插满了我的全身。我喘不上气，说不出一个字。他继续说道：

"你真以为你那个小小的报复能让我难过吗？"

"可是我……"

"你早就预谋好了，肯定是你告诉了你的朋友玛丽昂，让她跟我说你很难过。而我呢？我太善良了，也太蠢了，我差点以为我也有责任。说实话，刚才我对你说我还爱你的时候，你是不是信了？你真的以为我是真心的吗？真可怜，你走吧……"

他转过了身，钻进了出租车。我肚子疼，呼吸不了，头晕，可我不能让他察觉到任何蛛丝马迹。我朝出租车走了过去，拉住了正要合上的车门，带着一个大大的笑容，朝他俯过身去。

"如果你愿意的话，作为朋友，给你个建议。下回你和你口中所说的那些美女做的时候，尽量不要像昨晚摸我那样去摸她们的下面。很抱歉告诉你真相，不管你再怎么卖力，也都无济于事。"

我将车门狠狠地甩在了他那张错愕的脸上，然后强忍着泪水走开了。当我从车前经过时，驾驶座里的一个动作吸引了我的目光。司机在车窗后兴奋地竖起了他的大拇指并冲我眨了下眼。

~ 31 ~

玛丽娜叫得如此大声，想必阿莱特也能听到。

今天，室友之夜在她的房间里举行。我们坐在茶几旁的地毯上，吃着格雷戈从昂格莱①给我们带来的麦当劳。

"天哪，你真蠢！"她十分生气，"简而言之，就是他来了，打了一炮，又走了……老一套剧情。"

很明显，自从上次开始，她便一直都不淡定。我刚才大致和他们说了一下马克的回心转意。我刻意地省略了一些上床的细节，但是并没有略去我的无感和他最后的那段长篇大论。玛丽娜变得不能自已，格雷戈正试图让她平静下来。

---

①法国的一个市镇，位于法国西南部阿基坦大区比利牛斯 - 大西洋省。

"你别这么说，还是有好男人的。"

"是呀。如果你看到了，麻烦把我的电话号码给他。我没说笑，好男人可是一种正在灭绝的物种。现存数量肯定比北极熊还少。好，我要去北极的浮冰上生活。"

格雷戈翻了个白眼。

"玛丽娜，你怎么了？"我将巨无霸里的酸黄瓜抽了出来，问道，"我觉得你最近很生气，你想聊聊吗？"

她十分不信任地盯着我看。

"你想给我做个精神治疗吗？"

"不是。实际上，我只是想让你知道如果你愿意聊的话，我一直都在。"

"对，我们都在。"格雷戈赞同道，"如果有什么不好的事，就说出来吧，因为你现在已经变得很烦人了。"

玛丽娜哈哈大笑了起来。

"好吧，多谢了，哥们儿、姐们儿。好吧，好吧，我最近可能有点紧张，但不是因为你们，只是因为……"

她停了下来，咬了一口吉士堡。我催了催她。

"别卖关子了，皮埃尔·贝勒马尔①。"

"所以偶②要说的是偶看到了偶朋友初斯蒂娜③。"她说道，然后就着一口可乐将嘴里的汉堡吞了下去。"好吧，我说快了，准确来说，不是我的朋友，而是我前男友纪尧姆的朋友。我不太受得了她，总觉得

---

①法国畅销书作家。
②因吃汉堡发音不清，原词应该是"我"。
③因吃汉堡发音不清，原词应该是"朱斯蒂娜"。

她太骚了，她就是个婊子，她身边十米范围内的男人都被她扑倒过。很简单，如果街面上铺的全是老二^①，那她估计会直接坐在地上往前挪。另外，她……"

"好了，你说的这些我们已经知道了。"格雷戈不耐烦了，"我感觉我就像在看一部恐怖片，却要等着广告结束才能知道凶手是谁。"

"好了，好了，我跟你们说就是了。你们知道吗？这个臭娘们急不可耐地告诉我说纪尧姆要和那个德国女人结婚了。我相信她肯定爽翻了。"

"谁？那个德国人？"

"不是，是朱斯蒂娜。她给我扔这颗炸弹的时候，心里乐开了花，她肯定看到我的脸变样了。她还傻笑着加了一句'我要当新娘的见证人'。纪尧姆很有可能还留着我们一起买的结婚戒指。"

我一边用屁股蹭着地板，一边期盼着地上不会钻出什么奇怪的东西，挪到了她身边，拍了拍她的肩膀。

"你还好吧？"

"嗯，还好。我不伤心，我只是很生气。他本来应该和我结婚，可是一年不到，他就把我给忘了，还要和另外一个人结婚。我想打断他的牙齿，让他和血石。"

"你想让我教训他吗？"格雷戈提议道，"我很强壮，我只在五年级的时候被打过一次。"

我们所有人开始笑了起来。玛丽娜率先恢复了正常。

"那头蠢猪，他的确该好好上一课了。我为他放弃了一切，他却没

---

① 这里指男性外生殖器。

有珍惜我。前一天晚上，他还和我说他爱我，迫不及待地想成为我丈夫。呵，现在却撇着嘴告诉我说他不要我了。他本来可以说得更委婉一些，可是没有！几秒钟之内，他完全变成了一个特别疏远的陌生人，仿佛我是他的敌人一样。甚至把我赶到了外面，因为那个德国女人没地方可去。那是他的房子，所以我也没的选……幸好我还可以来这里住，要不然我就得回斯特拉斯堡，回我父母家了。我讨厌他。"

"他什么时候结婚？"我问道。

"五月二十四日。"

"很好。那我们还有一个月的时间来为他准备一份结婚大礼。"

玛丽娜容光焕发了起来。

"真的吗？你们要为我这样做吗？"

"我们可是有教养的人。"我答道，"有教养的人是会为婚礼准备一份礼物的。格雷戈，你要和我们一起吗？嗯？"

他假装思考了几秒钟。

"我当然和你们一起了。我可是个整蛊专家。我前任离开我的时候，我就把让－卢克的一坨大便放在报纸里，然后把报纸放在了她家的门垫上。按门铃之前，我还给报纸点了把火。你们真应该看看她脚踩报纸去灭火的表情。"

格雷戈幸灾乐祸着。玛丽娜抛给我一个恶心的眼神。我胃里的巨无霸想重拾它的自由。

"你真的捡了让－卢克的大便？"我恶心地说道。

"当然了。你们为什么这副表情？你们难道从来没开过这种玩笑吗？"

"对不起，没有。我从来没碰过我男人的大便。"玛丽娜扮了个鬼脸，回应道。

格雷戈一动不动，瞪大了自己的眼睛，然后大笑了起来。

"你们开玩笑吧，美女们？"

玛丽娜和我交换了一个疑惑的眼神。给我们讲这么下流的事情，真的很好笑吗？

"我会永远记住今天的。"他抓起了自己的手机，继续说道，"简直难以置信，你们完全疯了。"

他在手机里找了几秒钟，然后将手机递给了我们。

"玛丽娜、茱莉亚，我给你们介绍一下让－卢克。"

屏幕上，一只四脚朝天的深褐色拉布拉多犬正盯着我们看。

"它去年死的。"他又恢复了原来的一本正经，补充说道，"我还是不能接受。"

玛丽娜的眼珠子差点就要掉出眼眶了。

"可是你不是同性恋吗？"

"什么？"格雷戈大叫道，"我吗？这想法太搞笑了吧！你之前一直觉得我是个 gay？"

"事实上，是大家都这么觉得。"我回答道，"只能说是你自己用让－卢克种下的因。"

他沉默了几秒钟，然后放声大笑。

"不是吧！现在很多事情一下子就能说通了。我之前一直不明白为什么伊莎贝拉会因为她那想出柜的弟弟来问我的意见。"

"作为一个男人，你真的太温柔了。"玛丽娜补充说道，"另外，你特别注重自己的外表，你的头发总是梳得一丝不苟，你的胡子也刮得干干净净的，你闻着很清爽……并且你还是《生活是如此甜蜜》的粉丝。"

"太棒了，又来这一套。那我从住这儿开始就追求你，岂不是让你觉得像吃了苍蝇一样恶心？"

玛丽娜满脸绯红。格雷戈也被自己这句脱口而出的话震惊了。我低声笑了笑。我喜欢这次讨论的发展趋势。此外，仔细想一想，这一发展趋势越好，我就越喜欢室友之夜，越喜欢这两位同事的陪伴。

为了躲避那个问题，玛丽娜站了起来，朝阳台走去。

"你们听到了吗？"

"听到什么？"我问道。

"说话声。"她一边回答道，一边将落地窗推开，"我已听到好几次了，我一直在想有可能是谁。"

"无所谓啦。"格雷戈说道，他无疑有点被玛丽娜的起身反应激怒了，"马上就半夜了，我不明白有谁会在养老院里溜达。"

"我也是，我听到过。"我一边说着，一边朝阳台上的玛丽娜走去，"第一次的时候，我在楼下抽烟，当时我觉得我就要被那人大卸八块了，我特别害怕。之后我又听到过两三次。"

我们将胳膊肘支在木头栏杆上，试图去辨认一番。月光照亮了整个后院，可是没看到有什么东西在动。

"你们看清楚了吧，什么都没有。你们在哪里都可以听到说话声，在哪里都可以看见同性恋。你们得吃点药了，美女们。"格雷戈说着便要回自己的房间。

我跟在他身后。

"不，不，肯定有人。如果我胆子再大些，我就会自己调查。什么都不知道让我觉得更害怕。"

"我不是胆小鬼，"玛丽娜说道，"我们一起去看看。"

"你们不用指望我。"格雷戈反驳着，开始吃他的圣代，"你们觉得我是个娘娘腔也无所谓。反正，我也不在乎知道那是谁，我一个月之后，就不住这儿了。"

"怎么回事？"我问道。

"我房子的装修师傅刚才打电话跟我说最多一个月，就能装修完。这样我就可以回家了。"

他看了玛丽娜一眼，无疑是在期盼着能够找到玛丽娜失落的证据。可失落的是他，因为玛丽娜正在吃布朗尼①，仿佛什么都没听见一般。她可真会演！如果我不是心理医生的话，我肯定不会注意到她的脚在桌下晃动。或许不管怎么说，她并不像她表现出的那么冷漠。

~ *32* ~

"今天觉得怎么样？"

我问这个问题，是出于习惯，而非真正关心答案。不过，答案也显而易见：露易丝的脸上挂着一丝微笑。另外，她戴了如此多的首饰，以至我险些将她认成一条梭子鱼。

"出奇地好。"她欢呼道，"我儿子过六十岁生日，我们想借这个机会给他个惊喜。我女儿十一点会来接我。我儿子不会起疑的，他的老婆孩子租了一间大厅，我们四十个人左右，午餐由一个熟食店负责供

---

① 一种巧克力蛋糕。

应。这肯定会是一个美好的时刻。"

我吹了吹她一如既往为我准备的热巧克力。今天早上，我带了一些奶油泡芙来为早餐加菜。

"太好了，您今天可以和亲人一起过了。"

"是的，上一次还是圣诞节呢。不过，圣诞节的时候，也只有我的女儿和我的一个外孙女。这次，我所有的子女还有几个住得不太远的孙子孙女都会到场。"

"您还有一些孙子孙女住得比较远吗？"

"哦，有。你知道的，现在年轻人很少住得离家近。我有两个孩子住在比亚里茨，剩下两个分别住在波尔多[①]和图卢兹[②]。我的孙子孙女们就住得比较分散了，有在马赛[③]的、巴黎的、萨瓦[④]的、巴塞罗那的，甚至还有一个住在澳大利亚。他们都过着自己的生活，也很好。"

"您常有他们的消息吗？"

她耸了耸肩，抓起一块奶油泡芙。

"住得近的会来看我，有些会定期给我打电话，其他的就从来没有过消息。虽然他们爸妈会告诉我说他们收到了消息，可是不能听见他们的声音，我还是觉得很遗憾。我能理解他们：和一个全然忘记了自己存在的奶奶，有什么可说的？"

我建议她再吃一块奶油泡芙，以便抹去那份令她黯然失色的忧伤。她笑了笑。

①法国西南部城市。
②法国西南部城市。
③法国最大的海港城市。
④法国罗讷－阿尔卑斯大区所辖的省份。

"你呢？你和你的爷爷奶奶他们亲吗？"她询问道。

"亲，我会定期给还在世的那几位打电话。不过，我最亲近的是我的外婆。我和她的关系很特别。她是我一个人的外婆，而我也觉得我是她最爱的人。她总把我叫作'我那活泼可爱的外孙女'……我小的时候，每周三都会去她家。即使长大以后，那一天我也会过去，那是我们的专属日。她会带我去公园，去市里，去沙滩，她还会给我缝小裙子，教我织毛衣，给我读她写在她那漂亮本子上的诗，她会给我准备热巧克力、蜂窝饼、可丽饼和其他一些特别甜的东西。这些食物会引发我母亲的抱怨，于是便成了我和她之间的秘密。但是我最喜欢做的一件事是我俩一起坐在那把老旧的栗色扶手椅上。我会整个人缩在她怀里，她闻着就像香奈儿5号①，而她会温柔地抱着我，我们就这样坐在那里说话或沉默不语，这一坐便是几分钟，有时也会是好几小时。最后一次，是一年多前。我回老家过圣诞节，而第二天正好是个周三。于是，我们便和以前一样：我坐在那把栗色扶手椅里吃着糖粉蜂窝饼，听着她给我朗读她最近写的诗，享受着她的爱抚。我缩短了自己在家的行程，我记得很清楚，因为之后我得去看朋友。如果当时知道……我太想她了……"

露易丝温柔地注视着我。我惊愕地意识到自己刚才在向她倾诉。如果举办一场最佳心理医生大赛的话，我肯定是倒数第二。只比那个在病人说话时只顾着玩手机的人强一点。

虽然我不能否认我现在好受了一些，但是我依然觉得很伤自尊。我外婆的离开就和我父亲的去世一样，是不能和其他人提起的。如果

① 一款法国香水。

是不太相关的人，他们不会理解我的感受；如果是太过相关的人，我则害怕伤害他们。我真的该养条狗了。

"你外婆真幸运能够拥有你。"露易丝低声说道，"孙子孙女们都是上天给的礼物，他们可以带来许多欢笑。"

"所以呢，这次小聚都有谁？"我问道，以便转换下话题。

露易丝正清点宾客数量的时候（之前，她已经数过好几次了，可总是落了一个人），一阵声音传来了。房间的门底下刚塞进了一个白色信封。露易丝噌的一下站了起来，将信封拾起。

"噢，肯定是伊丽莎白。她应该是把她在 Nous deux① 找到的套衫样板给我，我一会儿再看……"

我虽然什么都没说，但情不自禁地笑了起来。我和她，我俩都知道，这个信封里并不是什么套衫样本。虽然我看得不是很清楚，但我还是看到了伊丽莎白在露易丝的"易"字上面画了枚爱心。

~ 33 ~

沙滩上有不少人。虽然离五月还有几天，但是阳光已经先到一步了。我并不是唯一一个选择来沙滩过周末的人。还有一群正围着把吉他转的年轻人，一些正在构建城堡并回忆的家庭，一些正在自拍的情侣，一些正尝试着把脚泡水里却又发出短促的尖叫声然后跑远了的勇

---

① 一家商店名。

士，一些正在闲聊的青少年，一个正为自己风筝的出色表现而惊叹的小孩，十几个冲浪者，一些想为自己的比亚里茨之旅留下永久回忆的游客，以及一些将双脚埋在沙中、独自看书的人，比如我。我将我的双脚深深地插进了沙中，虽然有点凉，不过我喜欢沙子在我趾缝间游走的感觉。细沙、涛声、海洋的气息，以及莫诺伊①的味道都是我在巴黎时最想念的东西。除此之外，还有我的家人。

小时候，我父母、我妹妹和我会来沙滩待上几天。我们总是早上出发，带着我们的便携冷藏箱和遮阳伞，然后一直待到心满意足时才回家。这些美好时光在经历的时候，总是那么自然；可当我们重新回忆的时候，又充满了魔力。我们一家四口会开开心心地跑着冲进水里，等待完美浪花的到来，然后在浪花即将退去，海水泡沫即将把我们冲得晕头转向时跳进去。虽然我们会吃到一些沙子，喝到一些咸水，但我们依然会继续。虽然我现在想起了我父亲的笑声、他那坚实的后背（以前我们总是会跳到他背上，然后大喊道"上岸"）、他长长的大手（他的手总是会在风筝卷线轴太沉的时候，帮我们拉线）、他那钻出水面时贴在额前的头发和他拥抱我母亲的姿势（下一刻，他便会把我母亲推进浪花中），但之前我忘得那么彻底……

在我的记忆库中，有一个名为"爸爸"的格子，每当我想为他续命，让他复活时，我便会小心翼翼地将这个格子打开。然而，里面的案卷都太脆弱了。随着时间的推移，它们会磨损、风化。记忆就是纸上的一幅铅笔画。因为没有影像，所以我不再确定他的音色。因为没有照片，所以我不再肯定他的眼神。我们本应该将记忆拷贝至 U 盘中。

①一种花，亦称"大溪地花朵"。

海边，一个小男孩和他的母亲在玩球。他戴着鸭舌帽和墨镜，正抱怨着他的这位游戏伙伴。每当他母亲拍球时，球都会跑到数米之外的遥远地方。小男孩不管是上跳、奔跑还是下扑都没用，最后他只能无奈地去把那个搁浅在湿沙中的球捡回来。关于这幅景象，只有两种解释：要么这个小男孩的玩球技能是海牛①教的，要么这是他母亲让他保持安静的一种技巧。真是太狡猾了。我曾经也在一段任性的岁月里使用过同样的技巧，现在，我们将这段岁月称为"青春期"：那时，每当轮到我洗碗时，我都会故意将墙溅脏，并在盘子上留下一些食物残渣，任其变干变硬。于是，我的名字出现在家务值日表上的次数明显要比我妹妹少很多，我尝到了胜利的滋味。虽然那次行动里没有卡萝尔，可她自己在后来突然变得不能够正确使用吸尘器了。

这个小男孩明显被他母亲的笨拙激怒了，他用尽全力地拍了下球，然后球便飞到他母亲身后了。他母亲转过了身，我看到了她的脸，想着她和我妹妹长得异乎寻常地像，再仔细看的话，这个女人简直是我妹妹的翻版，好吧，简直要疯了，她居然也是左撇子，不管怎样，总会有一些不可思议的巧合……我这智商急速下降的大脑花了整整三十秒才反应过来，这两个离我只有几米远的人居然是我的妹妹和教子。

我的体内瞬间分裂出两个人。理智的那一位从来不会因为任何一点不快而埋头猛吃能多益②，此时她想让我把自己埋入沙中；另一位不高兴的时候，不仅要吃能多益，还要再配上尚蒂伊奶油，此时的她则让我想冲进卡萝尔的怀中，紧紧地拥抱她，告诉她我有多想她，我有多需要她。好在这两个人必须达成一致才能驱动我的身体，这画面真

①一种大型水生哺乳动物。
②一种意大利产巧克力榛子酱。

是一言难尽。

我在我有色眼镜的掩护下，一动不动地待了几分钟。看着我的妹妹，即使只是远远地看，也会让我心生安慰。我想到小鹿斑比[①]的妈妈去世时，她蜷缩在我怀里。虽然我比她大，可她总像毛绒玩具一样，令我心安。

我知道她会守口如瓶。如果我向她解释我出现在这儿的原因，她一定能理解，一定会尊重我的选择。她不会告诉我母亲。她会像我期待的那样，让我一个人独处，可如果我需要她的时候，她又会一直陪在我身边。我好几次都想叫她，向她坦白一切，真的是太诱人了，太诱人了！卡萝尔，她同样也是我最好的朋友。我们之间通电话通得十分频繁，可即便如此，我仍然希望能够再频繁一些。她知晓我的一切，而我也知晓她的一切。

拥有一个妹妹的好处在于她会一直爱着我。虽然她不会同意我的观点，会批判我，甚至可能会幻想着另一个姐姐的出现，还会对我发脾气，但是我与她之间总有一份深厚的感情，这份感情从我们出生开始，便联系着我们，推动着我们肩并肩前行。面对卡萝尔的时候，我可以丢掉所有的小心思，直截了当地和她推心置腹，除去所有虚假的美丽外表，做回我自己。妹妹，就是一个无条件为你付出的朋友。

如果我要求的话，她会充当我的同伙。但是，我不会这么做。她最讨厌的事情就是撒谎。我不能让她对我们的母亲撒谎。所以也就不存在进退两难了。

可问题是他们在跌跌撞撞地玩球的过程中（仿佛他们灌了好几升

①一部迪士尼动画片中的角色。

酒一样）离我越来越近了。我不确定我的墨镜能否在长时间之内不让卡萝尔认出我。可如果我装作若无其事的样子站起来，那就有可能会被她注意到。我得找到一个撤退的办法。

我要背对着他们溜走。

或者我可以挖一条地道，然后爬着溜走。

又或者当下一只海鸥飞过我面前时，我抓着它的爪子，让它把我带走。

我得做出决定。凭着直觉，我认为第一种方法最可行。我朝着反方向看去，拿起了我的鞋子和包，我等着我妹妹转身，然后偷偷地站了起来，背过身去，像螃蟹一样横着步子溜走了。

五月

生活的维度一模一样，只是有人唱着歌度过，有人流着泪度过。

——日本谚语

May

~ *34* ~

"上次面谈以后,您过得好吗?"

莱昂和以往一样对我嗤之以鼻。我在他身上,什么都试过了。每个星期,我都会尝试一种新的方法。每个星期,我都会碰壁。他不是疯子,可心理医生是为疯子服务的。他没有向任何人要求过什么,他来这里住只是想一个人清净清净,只是想不再做家务,不再做饭,毕竟他妻子已经过世了,不能替他料理了。我妨碍到他了。每当交谈内容不明朗的时候,他便会对我熟视无睹。

我曾犹豫过要不要就此终结我和他之间的每周一谈。毕竟,如果连他自己都不觉得有这方面需求的话,那我也没有任何理由去强迫他和我聊天。然而,我的圣母心总希望我能够察觉到某个人正在瓦砾之下等待着我的救援。我确信在莱昂的冷言冷语后隐藏着他的那份不适感,我希望能够帮助他减轻这份不适感。不管采取什么办法,我都要成功。

我提前做好了准备。这一想法来自上回和他的面谈。那一次,他一直坐在他的按摩椅里,玩着平板电脑,时不时地发出一些心满意足的呻吟声。一小时之后,我抱着坚定的决心走了出来,想着一定要赢回这一局。

他半躺在沙发上，没有回答我的问题。计划按照我的预想在进行。我起身离开了木椅子（他同意把这把椅子每周借给我的屁股一次），然后一声不吭地坐到了他心爱的按摩椅上。我暗中瞥了一眼，只见他把头抬了起来，然后盯着我看。我忍住了自己的笑声。一切都进展得很顺利。是时候进行下一步了。

我将手插入夹克衫的口袋里，然后大大方方地掏出了手机。莱昂坐了起来。让你看看到底谁最厉害。我将手机音量调到最大，点了一个彩色的方块，打开了"糖果粉碎传奇"①。屏幕瞬间便被一堆五颜六色的糖果填满了，我不仅要将这些糖果排成一条线得分，我还要让它们的各种碰撞声回荡在整个房间里。莱昂站了起来。我感觉到了，他想问我在玩什么想得要死。但如果他真问了，那就亲手打破了自己批准的沉默协定。到底哪一方会获胜呢？他的骄傲还是好奇心？

他绕着桌子走了一圈，然后正对着我，坐在了木椅子上。我的眼睛依旧盯着屏幕看。他将他那张做过拉皮的脸转向了窗外，沉默了几分钟。然后，他开口说道：

"我是被领养的。一月中旬的时候，我母亲把光着身子的我遗弃在一座教堂前面的广场上。当时，我才刚出生两天。我在孤儿院过得并不开心。那里有极其严格的规定，也有大量的惩罚，却没有爱。我六岁的时候被一对面包师夫妇收养了。我到他们家的第二天便开始干活。我每天早上四点起床做面包，我养父做的面包受到过各种夸奖。如果我偷吃了一块，那接下来的一整天就会被关在门厅的柜子里，和鞋子待在一起。十六岁的时候，我北上来到了巴黎。有一段时间，我一直

① 一款消除类手游。

露宿街头，直到我遇见了我的幸运女神……她叫玛丽丝。"

他停了下来。而我还未缓过神来。如果我早知道只要假装漠不关心便可以套出他的真心话，那我就能节约不少时间。我以后会记住的：如果我们希望从莱昂这儿得到某样东西，那就一定要假装想得到另一样东西。不过，我并不怀疑这位老先生的故事。所以说，他并不是因为特权而变得脾气暴躁，事实恰恰相反。在这位讨人厌的老先生的西装下隐藏着深深的伤口。我以前时不时地想把他挂到墙上，挂到静物画旁边，然而，当时的我并没有看清如此显而易见的事。我要问问我自己之前是否选错了方法。

"玛丽丝和我曾经很幸福。"他沉默了许久之后继续说道，"我们把她父母的一家小公司做得比预想的还要火，我们把它从一家社区小店做成了一家雇佣了上千人的跨国企业，所有导演都知道这家公司，我们曾经是特效领域最强的一家。我们和最有名的那些大人物都有过接触，到现在我还会定期和史蒂文发邮件交流，史蒂文·斯皮尔伯格[1]，你知道吧？"

我当然知道。那布拉德·皮特[2]的号码呢？您是不是恰巧也有？

"我们一起旅行过很多次。"他不等我回答，继续说道，"我们手里有上百万法郎[3]，我们有三个漂亮的孩子。可是之后我们的幸运之星不再发光了。一年之内，我们失去了老二和老三。你知道我们当时看着自己的骨血忍受着疼痛，最后死去是多么痛苦吗？玛丽丝没有熬过去，几个月之后她便跟着他们走了。我一个人带着我的长子——他当时很

①美国知名导演，代表作：《侏罗纪公园》《辛德勒的名单》和《拯救大兵瑞恩》。
②美国知名男演员，代表作：《十二只猴子》和《史密斯夫妇》。
③2002年前法国的法定货币单位。

困扰。我本来应该把公司卖了好好照顾他。"

他擦了擦眼睛。

"后来，我又结了两次婚，可我再也没有感受到幸福了。一年又一年，我变得越来越无情。我很清楚我并不随和，我也知道我脾气很暴躁，可这是我自我保护的方法。越依恋别人，就会越痛苦。我不想再爱别人了，也不想别人爱我。有的人在失去了自己的狗之后，就发誓不再养了，而我呢？我发誓不再和任何人有牵连，不论是谁。"

"您不觉得孤单吗？"

"我不孤单，我还有我的回忆。另外，我儿子每个礼拜至少会来看我两次。现在，我就等着那一天……幸好有高科技，我们的时间过得越来越快。"他指了指自己的平板电脑说道。

"好吧，可以说您很有天赋。"隐藏在盔甲下的弱点是无法被人探测到的。

他微笑了一下。这是我第一次看见他笑。如果他脸上没拉皮的话，看着就像个慈祥的老爷爷。

"因为要和演员打交道，所以我肯定掌握了一些技能。"

"不管怎样，我欠您一个道歉。从我来这儿开始，我对您就不太温柔。我太缺乏耐心了。我之前想过您可能不是真的像您假装的那么讨厌，但是我没想过您之前的生活那么苦……您不会怪我吧？"

他看了看手表。

"面谈结束了，对吧？"

"是的，这周的结束了。我只是想确认一下您不怪我，然后我就走。"

他站了起来，朝门口走去。

"我根本不怪你。相反，我很感激你。"

我跟在他身后，舒心地笑了笑。

他继续说道："我甚至想感谢你。你刚才给我带来了愉快的一刻。"

"这很正常，毕竟这是我的工作。"

"不，不，我还是要谢谢你。我很久没有玩得这么开心了。"

"玩得开心？"我顿了顿，问道。

"没错，玩得开心。那一刻我太高兴了。刚才给你讲的那个故事堪比《悲惨世界》，如果你看到自己当时的表情，肯定也会发笑，你真是太天真了！"

我惊呆了。我又想把他挂到墙上了。真应该把他塞进厕纸机里。

"这一切全都是您编的？"

他心满意足地看着我。

"好了，小姐，你看着我。我看着真的像被人遗弃的？"

我咬紧了牙关，却依旧控制不住自己。我必须说出来。

"您看着不像，不过很明显，您把脑子落在高速公路的服务区了。"

我离开了他的房间以免自己多说。或许，有的时候，瓦砾之下只有瓦砾。

~ 35 ~

我一直都是起床困难户。

小的时候，起床完全就是一场仪式。首先，由我母亲拉开战斗的序幕，她会走过来轻抚我的头，然后在我起床之前，轻唤我的名字足足二十分钟。之后，我的父亲登场了，他下定决心要好好斗争一番。他将百叶窗完全打开，将我的羽绒被大大地掀开，同时也将我的抱怨之泉启动了。我的反抗根本没用，我希望，并且强烈期盼着我的母亲、父亲，以及白昼能够短暂消失几小时，然而我总是以失败告终。每天早上，我都身不由己。

现在的情况依旧如此，但是我不会就此缴械投降。我手机的闹铃取代了我父母的进攻。我设置了四个闹钟，闹钟与闹钟之间每五分钟接力一次。第一个闹铃的声音是鸟儿的鸣唱声，第二个是碧昂丝的《疯狂爱》①，第三个是军号声，第四个是电影《大白鲨》②的配乐。即便我一直很害怕在推开百叶窗的时候会看到鲨鱼上岸，但不得不承认这一配乐十分有效。

我只喜欢那些不需要定闹钟的日子。即使听到闹钟响，也可以让我的大脑慢慢苏醒，然后不紧不慢地伸个懒腰，有时，我也会睡个回笼觉或躺那儿什么也不做。而这正是我今天早上打算干的。

自从我来到这里，我就精心地用各种计划将自己的假日填满。我从最必要的事情开始着手：装饰房间、整理东西、更换地址、赶文书。之后，我开发了一些娱乐活动：闲逛、看电影、看书、玩填字游戏、购物。当我打算投入衣夹手工品的制作中时，我意识到自己的所作所为是一种前进式的逃避。无聊让我的大脑变得过于空闲，于是我让自己忙碌了起来。只有忙起来，才不会胡思乱想。

我知道自己在逃避什么。我总是在做同一个梦。

① 美国女歌手碧昂丝和说唱歌手杰伊-Z合唱的一首歌。
② 一部1975年上映的美国惊悚电影，由史蒂文·斯皮尔伯格执导。

梦中有一辆汽车。它十分有型，有着火焰般的红色喷漆、鲜红的镀铬部件，以及能够抵御各种恶劣天气的轮胎。它风驰电掣地行驶着，不太在意沿途的风景，因为它必须去到那里，一个大家都去的地方。目的地已经被输入 GPS 中，自动驾驶也已启动，它任由着外力牵引自己。它也会撞上某个凸起物或者鸡窝，这无疑严峻地考验着它减震器的性能，但它总是变本加厉地向前冲，一往无前。

然后有一天，一堵墙出现了。

它却没看见。它受损了。这一切太突然，太猛烈，太具爆炸性了。它散落得到处都是。右边一张座椅，左边一块踏板，发动机还起火了。有那么一刻它觉得一切都结束了，它甚至期盼过这一切就这么结束。

它待在那里看了一会儿，仿佛这幅画面关系到的是另一辆车，之后，它开始自我修复。它告诉自己或许会有旁人过来帮忙，然而谁都没来。于是，它独自一人自我重塑，一个零件接着一个零件，一块碎片接着一块碎片地自我重塑着。这一过程花费了一段时间，有时，它还出错了，只能从头再来，这一过程太漫长了。

之后，有一天，它重新变回了那辆大家都熟知的酷车。仔细看的话，还是能看到一些刮痕。此外，其中一个轮胎瘪了，发动机的响声也很奇怪，但是它的整体框架依然能够骗过他人。一个细节除外。在撞击事故中，它失去了一位乘客。这位乘客就在那里，在路边，可是他动不了了，也没有任何反应。它爱他。它从出厂开始便认识了他，它早已习惯了他坐在驾驶座上时的各种举动和说话声。它本打算和他走一段更加漫长的道路。它不希望将他留在那里，留在路边。它不想在没有他的情况下独自前行。然而，一位机械师的经过让它别无选择。"如果你不走的话，你也会消失。一旦上路便是如此。路途并非坦途。"

于是，它重新上路了。这一次它更加温柔，也时常注意沿途的风景，还时刻担忧着路坑、凸起物，以及墙体的突然出现。在后视镜里，它看到它的那位乘客变得越来越小。

刚刚过去的那一年曾经也是一堵令我车身受损的墙。我必须重拾勇气去看后视镜。我必须重拾勇气，不惧怕道路上任何一粒石子地向前冲。所以昨晚躺在床上的时候，我决定今天要这么做。我要去思考、去哭泣，并最终接受。

我花了八个月的时间才明白装鸵鸟并非解决办法，我至少得修个心理学硕士学位。

当我睁开眼的时候，已经十点多了。我怀疑潜意识里我希望这个计划泡汤。我不情愿地掀开了羽绒被，一边长长地伸着懒腰，一边想着为什么电影里的女人伸懒腰时都像拍平面的模特，而我像只手脚抽搐的火鸡。

咖啡流淌着，我在巧克力夹心饼干和橙味松软蛋糕中纠结着，此时，有人敲门。与其说是敲门，倒不如说是撞门。我小心翼翼地将门打开，期待着能看到 头正往里猛冲的公羊，然而，站在我面前的是玛丽娜，她脸颊上挂满了泪水。

我瞬间明白我的自我反省日泡汤了。

"我知道你今天不上班，可是我们那里需要你。"她趁着打嗝的间隙说道。

"发生了什么事情？"

她再次崩溃了，然后清晰地说道：

"超级奶奶去世了。"

~ 36 ~

所有的老人都聚集在公共生活厅，公共生活厅的这个名字从未如此贴切过。那些强忍住悲伤的老人正在为情绪崩溃的老人擦拭泪水，拥抱与安慰性的话语交替上阵，昨日的敌人今日已成为朋友。虽然痛苦有许多缺点，但至少也有一个优点——它让人团结。

我找到了伊丽莎白和露易丝，她们正坐在每天中午都会和玛丽琳一起坐的那张桌子旁。她们十分惆怅。从此，"奶奶帮"不再完整。

"我们都知道这一天肯定会来的。"伊丽莎白用她的绣花手帕擦了擦鼻子，说道，"可是我从没想过她会走在我前面……除了痴呆的时候，她一直都很精神。"

露易丝沉默不语，然而，她的眼睛里写满了忧伤。她们这个年纪必然经历过丧事，所以我也没有必要再和她们说一些关于人生各个阶段的惯用空话。我所需要做的，就是先将我自己的痛苦放在一边，然后陪在她们身边，倾听她们，感受她们的痛苦。我会想念这位超级奶奶的。

"自从我来这儿以后，"伊丽莎白继续说道，"我应该已经习惯了。我看到过其他人去世。但这次超出了我的承受能力。我接受不了。我们一直在生活着、呼吸着、制订着计划，可突然之间，我们就不存在了。生活就像一座纸牌城堡。我们要花无穷无尽的时间去建造，我们尝试着铺设坚实的地基，然后再一层一层往上盖，可有一天，一切都轰然倒塌了，然后被某个人放进盒子里。你能告诉我这一切到底有什么用吗？"

不，我不能。因为我也有同样的疑问。因为死亡是让我整个生活陷入瘫痪的一个话题，它让我不能再正常地思考。我也做不到，我不能接受有一天我们感知不了、听不了、爱不了，也存在不了。我也曾问过自己我们最终会去到哪里，但是这个问题让我产生了一种极度恐惧感。所以我不能告诉您这一切到底有什么用，因为我自己也没找到答案，我自己也不明白。

古斯塔夫和皮埃尔朝我们走来。皮埃尔轻抚着他妻子的后背，与此同时，古斯塔夫则将一杯热巧克力递给了露易丝。

"我知道你喜欢这东西，我跟自己说喝了它会让你觉得好受一些。"

露易丝试着微笑了一下，但这个微笑瞬间变成了鬼脸，之后她泪如雨下。古斯塔夫拍了拍她的肩膀，腼腆地转过头去。

"如果你需要我的话，来菜园找我。"

露易丝点了点头，古斯塔夫离开了。伊丽莎白从口袋里抽出了另一条手帕，递给了露易丝。

"我亲爱的朋友，我们俩还在。我们会齐心协力，相伴到终点。我相信这也是玛丽琳所希望的。"

"你说得对。"她用颤抖的嗓音回答道，"我们要保留我们生活的乐趣，向她致敬。但是我觉得我也已经忘了怎么去办一场葬礼……我只是需要一段时间为她哀悼。"

"当然需要时间了。我们先为她哀悼，因为她值得我们这么做，之后再向她致敬。关于致敬的方法，我有个小小的主意。"她眼睛一亮，说了起来。

我正准备多问几句的时候，院长突然走进了大厅，示意我过去。我照办了，在此之前，我向"奶奶帮"的这两位幸存者保证如果她们需要找人倾诉的话，我随时都有空。

安娜－马莉拖着我走到了外面。

"你应付得了吗？"她问我。

"我觉得可以。我走了一圈，了解了所有老人的感受，我会尽快组织一个互助小组①。"

"很好。"她点了点头说道，"现在是一个敏感的时刻，你遇到任何问题的话，都可以告诉我。"

"我会的。到目前为止还好。"

"不过最难的还没来……"

"啊？还有什么能更艰难？"

她用手捋了捋她的发环，发出一声长长的叹息：

"玛丽琳的家人会马不停蹄地赶过来。"

~ 37 ~

再怎么掩饰痛苦也是徒劳，因为脸庞正中间的红鼻子已经出卖了她。

①一种精神疗法，互助小组的活动主要是成员们分享自己的个人经历，会有一个主持发言人，大家自由发言，交流想法。

我在停车场接待了玛丽琳的大女儿——科琳。她还是老样子，和我在每个周一、周三和周六时看到的一模一样，那几天她都会在十点整准时来看她的母亲，然后两人手挽手地在柽柳的院子里走来走去。她的发髻无可挑剔，微笑十分得体，鞋子和手提包也很相配，然而在这轮找碴游戏中，我还是注意到了她今天一直没有摘下墨镜，并且说话时总是脱口而出，仿佛事情十分紧急一般。

"我弟弟在路上了，他和他太太从鲁昂①赶过来。我会一个人先开始整理东西，我儿子可能会在午餐休息的时候来帮我一下。"

"您不一定非得今天就整理。您可以慢慢来，这一点都不着急。"

"不，不。我还是按照刚才说的来。"她一边回应道，一边从汽车后备厢抓了几个空的纸盒箱。"我没关系的，没关系的。我妈妈不喜欢给别人添麻烦。如果你们要收新人的话，肯定需要我把她的房间腾出来。不过也没什么东西，会很快收拾好的。"

她停了下来，盯着我看。

"您知道她当时痛苦吗？"

这个问题就像一记拳头打在我的下颌上。不论我们多大年纪，当我们失去亲人的时候，都会问同样的问题。

"您会和医生见上一面，他肯定会告诉您，但是根据我的判断，没有，她不痛苦。她是在睡梦中去世的。"

她断断续续地吸了一口长长的气。

"我希望她的最后一晚过得很好……"

我回想了前一晚的晚餐。玛丽琳像往常一样跟露易丝、伊丽莎白、

---

① 法国西北部城市。

皮埃尔、古斯塔夫和莱昂坐在一起。我没感觉到她有异样，她披着她的围巾，逗弄着她那个脾气暴躁的邻桌。之后，我们看了《生活是如此甜蜜》。她十分感慨露娜的命运，因为露娜被纪尧姆抛弃了，离开大厅的时候，她祈求着那两人能够重归于好。可是她永远都不会知道了。

"我相信她的最后一晚过得很好。"我回答道，"不管怎样，她和我们道晚安的时候，脸上和平时一样挂着大大的微笑。"

说这些话的时候，我的喉头一紧。一想到再也看不到超级奶奶了，我就真的很难过。我不敢想象她女儿的喉咙状况。

我陪着她来到了房间。这是她最后一次走这段路了。她把手放在门把手上，然后看着我。我明白她的意思。

"您希望一个人？"

"谢谢，这样最好。"

"如果您需要我的话，我就在外面。我一会儿回来看您。节哀……"

她走进了房间，而我离开了。

我坐在台阶上，狠狠地吸着烟，我宁愿试着将注意力集中在树木新长的叶子上、海浪的卷与舒上、经过的飞机上，也不愿去想几米之外正在上演的事情。

来养老院工作的那一刻起，我便十分清楚自己肯定会面临挑战。虽然老人们精神不济，但他们仍然是人。不过，超过八十岁的话，就不能保证了，因为他们的身体会在毫无预警的情况下中止运转或出毛病。几个月前，我甚至会依据人的年龄去衡量死亡的严重性。我会使用一些现成的客套话，这些客套话都深深地植根在我年少无知的笃定中。"不，等等，八十岁了，很好呀，你已经活过一次了，该把位置让给后面来的人。""我不明白为什么老人去世了，大家会哭……"仿佛老人是种特殊的物种，他的价值远比不上其他失去了生命的人。

有时，我觉得自己和以前不一样了。

不管我怎么努力，我的思绪还是不可避免地把我带回了楼内。超级奶奶的女儿正在面对的事情，我不久之前也经历过。我知道5号房间正发生着什么。每当她听到一阵脚步声时，便会屏住呼吸，期盼着母亲能够将门打开。她轻抚着照片。她将脸埋入母亲的睡衣中，寻找着她从出生起便熟悉的那股气味。她笑着看孙子孙女们画的画，这些画被她母亲放在衬衣纸板里小心翼翼地保存了起来。物品对它们要陪伴的那个人而言不仅仅是物品，它们是回忆，是安慰，是不可或缺的必需品，也是生活的一部分，对老人们而言更是如此。老人们会精心挑选一些稀缺物品，用来填满他们最后落脚的房间。而将这些物品放入纸盒箱的底部，意味着我们接受了至亲之人不在的事实。我不能任由另一个人在几米之外经历着她人生中最痛苦的一刻，而我待在这里抽烟。

当我走进房间的时候，她坐在沙发上，大腿上放着一个盒子。她用头示意了我一下，邀请我坐到她旁边。我遵从了，并瞥了一眼盒子。那是一个灰色的纸板盒，贴着款式标签和价格标签，看起来和其他鞋盒没什么两样。真的没什么两样，除了上面用毡笔颤颤巍巍地书写的语句。

给我的孩子们。

我死后才能打开。

~ 38 ~

　　我给我们各自倒了一杯咖啡。科琳说她不需要，却又一口气把咖啡喝光了。她搓了搓手，仿佛这能赋予她勇气一般，之后，她把盒子打开了。我说我可以去外面等她，但她说我可以待着不动。

　　盒子里面只有一些纸品。真可惜，不过有那么一瞬间我舒了一口气，仿佛我之前一直在期待着人耳的出现。这些纸品分别是两张照片和三封信，其中一封信上写着"先看此封"。于是，科琳照办了。

　　我亲爱的孩子们：

　　　　如果你们正在读这封信，那说明我已经走了。以前在言情片里听到这句话的时候，我总觉得很可笑，可是现在我用了……

　　　　首先，我希望你们知道我由衷地爱着你们。你们，以及你们带给我的那群孙子、孙女，都是我这一生中最大的幸福。我知道你们现在很伤心，可我希望你们可以只伤心一段时间。很遗憾不能把你们抱在怀里，不能告诉你们"我一切都好"。不过，我向你们保证，如果天上真的有天堂，我一定会找一把舒服的椅子坐下，然后看着你们，等着你们和我重逢。不要哭太多，要不然的话，我也会哭，到那时你们就该抱怨天气了。

　　　　我希望和你们说的第二件事，从未和别人说过。我想了好几次，但还是不确定这件事到底重不重要，并且我也害怕给你们造成困扰。我本来可以处理掉这个盒子，可是我的力气不够。所以你们在收拾我遗物的时候肯定会发现，因此，我欠你们一个解释。

科琳停止了阅读，站了起来，然后在房间里踱了几步。

"我不确定我想不想知道……"

"您就跟着自己的感觉走。您可以等您的弟弟来，两个人一起的话会更容易一些。"

她摇了摇头。

"我不知道。如果我决定看下去的话，我更希望在我弟弟来之前看完。我不知道她要告诉我们什么，但是我了解我弟弟，他的反应好不到哪儿去。这样事情会更糟。"

"当然了，我没您那么了解您的母亲，但是我差不多可以肯定她不会给您留下一份忏悔，让您难过的。"

"您说得有道理，她希望我们幸福。"她回应道，与此同时，她转过身去，背对着我，掩饰着她那即将溢出的泪水，"可是我害怕。我知道她和我爸爸在一起的时候很痛苦，我爸爸并不随和。他酗酒，还打人……小时候，每次他下班回家，我都能通过他开门的声音判断我们晚上能不能顺利度过。大部分时候不能。真的很可惜，因为他不喝酒的时候还很亲切。我相信当他再也开不了门的时候，我妈妈松了一口气。他得的肝硬化，两个月就走了。从那时起，我就特别痛恨酒精和嘎吱作响的拧门声。我花了很多年，才没去恨他。我害怕我妈妈的信会把这些伤口重新打开……换了您是我，您会怎么做？"

呼！如果真有一件事是我所知道的，那一定是"家务事就像加小号的铅笔牛仔裤，最好置身事外"。作为一名中立的、可靠的、优秀的心理医生，我决定逃避这个问题。我花了三秒半的时间终于做出了决定。

"我觉得如果我是您，我可能已经对这封信了然于心了。我是那种习惯在行动之后再衡量风险的人。"

科琳重新坐了下来，继续往下读，仿佛我刚才的话赋予了她一直缺失的那股冲动。

在往下读之前，希望你们先了解一下盒子里的东西，然后我再给你们解释。

第一张照片是黑白照。一位年轻的棕发女人和一位高大的白人军人手握着手，相视而笑。人物的影像是如此鲜活，以至我们几乎能听见摄影师让他们严肃一点看着镜头，可他们的笑声并未就此平息。

第二张照片的拍摄日期更近。在一个开满鲜花的花园里，一位老先生坐在帆布躺椅上摆了个姿势，一个小男孩在他怀里笑着。

科琳看着我。

"我不认识这位老先生。可是，我觉得第一张照片是我母亲年轻时的样子……"

她思考了几秒钟，接着抓起了那封被岁月染得最黄的信。信封的背面写满了黑色的字母。

雷蒙德·彭泰尔女士，夫姓诺伊尔

金合欢树路 7 号

塔朗斯 [①] **33400**

法国

---

①法国西南部阿基坦大区吉伦特省的城市，位于波尔多的南部。

我知道实际上，玛丽琳以前叫雷蒙德。她向我解释过她丈夫死后，她改了名字，因为这是某个电影明星的名字，这个名字更符合她所期望的个性。她说得很有道理，这个名字很适合她。

封口处已经粘不上了，证明这封信被拆开过很多次。

科琳大声朗读着：

柏林，1947 年 9 月 15 日

我亲爱的雷蒙德：

当我提笔给你写信时，我的心情十分沉重与绝望。

我刚刚才发现你所有的信。我在里面读到了你对我的爱，你的忧伤和你的失望。我明白一切都太迟了，但我还是想让你明白并不是因为我不爱你了或者我退缩了，我才没有信守承诺。当我向你父亲提亲的时候，我的一生中从未如此真诚过。我想象不到还有其他的爱情能比我们之间的更浓烈。我每天都在感谢上苍，感谢它把你安排到了我的人生道路上。在那段灰暗的时光中，让我活下去的理由就是每晚能与你相见。请你相信我。

战争快结束的时候，我向你承诺过我会回来娶你。我没有信守诺言，我每一天，一直到我生命的最后一刻都很痛苦。

你在最后一封信上告诉我你要结婚了。请放心，我理解你的决定。你等了我将近两年，既没等到我活着的消息，也没等到我的回信，所以你相信我把你给忘了……没关系。

那两年里，我作为战犯和其他德国人一起被关在了苏联。那两年里，我日夜思念着你。我们的促膝长谈、你的微笑，以及你

最后一晚送给我的吻，这些回忆都给予了我坚持下去的力量。我一被释放，就只想着和你重逢，践行我的诺言。可是太迟了，我变得十分沮丧。

我知道我再也不会像爱你一样去爱别的女人了。我的心有一部分属于你，而且永远只属于你。战争让我们相聚，战争又让我们分离，然而我并不觉得遗憾。我宁可只和你度过几个月的幸福时光，然后在余生一直为你哭泣，也不愿不能和你相遇。

从今以后，我不会再打扰你，但我欠你这个最后的解释。我希望你能得到你应得的那份幸福。

你永远的爱人
赫尔穆特

科琳一句话也没说，一丝情绪也没流露，她将信放回了信封中，然后打开了第二封。

我不知道她要怎么做。但是我在用尽全力咬紧牙关以防自己崩溃。

柏林，2013 年 1 月 4 日

夫人：

我是您在法国认识的那位赫尔穆特·施泰因坎普的妻子。很不幸，我必须通知您一个坏消息，他上个月去世了。不久之前，他告诉了我他最后的心愿——给您写信。他希望能够带着平和之心离开这个世界。所以我要履行自己的承诺。

他把你们在战争期间的相遇与关系告诉了我。他一直想让您知道他从未忘记过您。他深爱着您。我是在一九五〇年遇见的他，我们有三个孩子：一男两女。赫尔穆特是个慷慨大方的好人，他的去世让我们感觉极度空虚。我相信他曾经幸福过。

我在信里塞了一张他去年和我们的曾孙奥利维耶的合影。

我们都爱过这个男人，这也就是为什么我感觉和您十分亲近，在此，请允许我向您献上我的祝福。如果您愿意给我回信的话，我们可以交流一下。

由衷地祝福您！

维罗尼卡·施泰因坎普夫人

附言：这封信是由我儿子翻译的，他是法语老师。如果您发现了错误，还请谅解，毕竟我不会说这门优美的语言。

再附言：我的儿子是在网上找到的这个地址，如果这封信不是给您的，但您是雷蒙德·诺伊尔夫人的亲人（她的父姓是彭泰尔），请将这封信转给她。

听到第二段的时候，我不再咬紧牙关，因为这根本没用，我就像个刚刚爆炸了的水气球。科琳的状态和我一样。多么悲伤的故事呀！多么可惜的结局呀！

我之前以为这种遭遇只存在于电影中。在那样一个没有 Facebook（脸书）为重逢提供便利的时代，许多人生道路都得就此岔开。

科琳拿起了她母亲的信，轻轻地抚摸着。纸上的墨迹拥有着联通古与今，联通写信人与读信人的能力。

"我总是只把我的母亲看作母亲。"她趁着哭泣的间隙说道，"我从来没有试图去更多地了解她，把她看作女人。她太可怜了……"

"我相信我们大家都一样。"我一边回应道，一边试图控制自己的情绪，"您不用自责。要把自己的父母当作真实的人来看待，十分困难。"

说这番话的时候，我意识到我自己从来没有从另一个角度看待过我母亲。尤其是在我父亲去世的时候。我把她当成安慰女儿的人，我把她当成操办葬礼的人，我把她当成还能行走的人，即使她现在走路有点一瘸一拐。当然了，我也曾告诉自己没有父亲的日子，我母亲也会很难过。但是，我从来没有将她看成一个女人，一个刚刚失去另一半的女人，而这个另一半是她曾经选择要陪伴一生的人。我也没将她看成一个等待黑夜到来的女人，只有在黑夜里，她才能躺在那张极其空荡的床上暗自流泪。我只看到了妈妈，却没看到克莉丝汀。

科琳给我们各自又倒了杯咖啡，然后接着开始读玛丽琳的信。这是最后一部分——她的遗言。或许也正是因为这一点，所以科琳读得更慢了。

　　我亲爱的孩子们，如果你们看过了这两封信和那些照片的话，那你们肯定已经明白了。

　　我是在一九四四年遇见的赫尔穆特。那个时候，我还在我父母家生活，我们住在波尔多附近。他们经营的咖啡馆离德国人征用的一所大房子很近。我们打心底里受不了他们，你们外公甚至开始拒绝为他们提供服务。然而，事实上，我们没的选……

　　我很快就注意到了赫尔穆特。他的眼神很温柔，每次他看我的时候眼里都闪烁着光芒。我们先是交流了只言片语，之后说了几句话，再接着进行了情感交流。每天晚上，当别人都在睡觉的时候，我们会见面，有时甚至会彻夜长谈。我教他法语，他给我唱德语歌。他温柔、有礼貌、富有同情心并且十分亲切。我经常问自己他到底在这里干什么……他也一样。

我父母学着去了解他，不再将他视为德国鬼子，所以当他提亲的时候，我父亲同意了。赫尔穆特走的那一天承诺会很快回来。那是我年轻时最美好，却又最痛苦的一天。

后来，你们就都知道了。我等了他两年，那段时间我觉得我自己要伤心死了。我确信他把我抛弃了。

你们的爸爸是咖啡馆的常客，他虽然性情粗暴，但看着很温柔。我觉得和他在一起可以让我忘记赫尔穆特，找到一种勉强称得上幸福的幸福。当我收到那封信，得知赫尔穆特曾经被关了起来时，我刚刚知道我怀了你，科琳。是你们三个让我撑了下去。我亲爱的孩子们，我是如此地喜欢呵护你们、照顾你们、看着你们长大，然后再看着你们成为不可思议的人，我不后悔。我幸福过，我不能再奢望更幸福的生活。但是，在上苍赋予我的每一天里，只要想起赫尔穆特，我就能感觉自己的心脏紧缩。

我希望我今天能够站在他身边。但是我也很遗憾不能再陪在你们左右。我亲爱的小宝贝们，我会想你们的。我希望你们能够记住的唯一一件事就是：把每一天都变成一种美好的回忆，这也是我曾经一直试图教给你们的。幸福是我们唯一能够在生命尽头带走的东西。

我由衷地爱着你们。

妈妈

我握着科琳的手。我不再是一名心理医生。在这一刻，我是由百分之九十九的水和百分之一的鼻涕组成的。如果按照我自己的意思，我会把科琳抱在怀里，然后像哄婴儿一样安慰她。不过，这可能有点不得体。

"太可怕了！"她从盒子里掏出了第四十万张纸巾，说道，"我不知道自己竟然从来没有看清过她。每当我有重要事情要分享的时候，不管是开心的事还是不开心的事，我都会转身去找她。当别人告诉我她去世了的时候，我想到的还是给她打电话，想让她安慰我……我真的会很想很想她。"

"您身边还有其他人吗？"

"有，有。还有我丈夫和离得不远的孩子。但这不一样。我当不了女儿了。"她说完便哭得更厉害了，"失去父母，意味着失去童年。我觉得没人能理解我……"

我把手放在她肩上。

"您弟弟不会太晚来的，见到他您会好受一些。"

"是的，肯定的。我等不及要见我的妹妹和弟弟了。有时候，我希望我们几个能重回童年，被我们的母亲疼爱着。"

她站了起来，又开始将玛丽琳柜子里的东西往纸盒箱中放。

"对不起，"她继续说道，"我不应该哭这么多。如果妈妈在的话，她会告诉我要看到好的那一面，拥有她这么长时间，我们已经很幸运了。她说得没错，很多人早早就失去了父母。或许，明天我就心理平衡了。不过，今天，我还是做不到。"

"这很正常。想哭就哭吧，想悲伤就悲伤吧，想崩溃就崩溃吧。如果母亲去世的时候都不能难过，那什么时候才可以？"

当她的眼泪以成倍的数量溢出时，门开了。一对六十多岁的夫妻红着眼眶走了进来，而科琳正在将"二〇〇四年年度超级奶奶"的围巾从柜子里拿出来，这条围巾从未离开过她母亲的上半身。她冲进了她弟弟的怀抱。是时候让他们一家人独处了。

我悄悄地走了出去，将身后的门关上。我觉得我的双腿犹如末梢悬挂着几吨重物的细绳。每走一步，我都需要付出超出常人的努力。我刚才搭上了一趟迎面而来的列车，车上有死神和绝望之神。我需要一段时间才能将我的四肢复归原位。但是在此之前，我有更加紧急的事情要做。

我回到了房间，将自己扔在沙发上，然后开始打电话。第二次打的时候，她接了起来。

"喂？妈妈。我是茱莉亚。我打电话是为了和你说声我爱你。"

~ 39 ~

躺在床上的时候，我的头昏昏沉沉的。

早些时候，我们在格雷戈的房间里聚了一下。玛丽娜、格雷戈和我，我们一起对抗着悲伤。我们喝了不少酒，也哭了很久。我们相互讲着一些事情，一些只能向老友或和我们有一样感受的人讲的事。

只有在这种时刻我才最能感受到实际上真的是众生平等。不管我们是来自法国或马里①，不管我们是金发、无发还是鬈发，不管我们是喜欢语言还是化学，不管我们是宽宏大量还是悲观主义，我们所有人都会经历快乐、遭遇悲剧、感受痛苦、体验幸福。这一切都叫作"情绪"，一个世界通用的东西。

格雷戈第一次和我们聊了他母亲的病。虽然他母亲几乎已经痊愈，但是，他们有几年都是在住院、化疗、副作用、希望与令人不安的消息中度过的。玛丽娜则提起了她在摩托车事故中去世的兄弟，那时，她才十六岁。这次事故留下了满室空虚，并让一个家庭失去了一个孩子，让她的父亲再也不能真正地振作起来。而我呢？我谈起了我的父亲，谈起了那场似乎让我陷入了泥潭而不能自拔的葬礼。此外，我还稍微提到了外婆。

所有的这些痛苦都集中在如此之小的一个单间公寓里，有那么一刻，我确信墙壁要爆炸了。然而这并没发生，我们刚刚又喝了一杯。

有时，我会荒诞地认为生活就是一局电子游戏。开局的时候，所有法力——从容法力、耐力法力、能量法力和快乐法力——都处于满值状态。我们会在道路上遇见一些需要正面迎战的敌人，有时，我们会走错路，会踩到炸弹，会坠入孔洞，会遇到障碍。虽然每一次都会让我们损耗法力，但是"幸福"大礼包——"结婚"奖励、"孩子出生"奖励和"家庭聚会"奖励——会帮助我们将法力重新充满。这一礼包十分宝贵，它决定了这一局的质量，有时甚至决定了这一局的时长。在每一关的最后，我们都必须迎战一只大怪兽。其中，最恐怖的怪兽分别是"葬礼""疾病""失业"和"分手"。这些怪兽都十分难对

---

① 西非的一个内陆国家。

付，我们需要时间才能战胜它们。然而即使我们成功了，它们依然将我们每种法力的一部分都永远地带走了。总有一天，那些奖励将不足以支撑快乐、能量及耐力的自我修复。

我还年轻，我还没有迎战过所有怪兽。我的法力还远远未到枯竭那一步。但是，五十年后又会变成什么样子呢？万一这是有时我们会发现一些老人信奉失败主义的原因呢？万一事实上，这些老人早已知晓了缘由呢？万一迎战怪兽让这些老人过度损耗了法力呢？万一在屡次跌倒之后，这些老人麻木了呢？

万一我戒酒了呢？

~ *40* ~

致敬典礼这一想法并非凭空而来，而是伊丽莎白在玛丽琳去世后的第三天提出的，大家都觉得很好，于是我们便开始着手准备一切以将这场别出心裁的致敬典礼办好。毋庸置疑，这一结果肯定会令玛丽琳满意的。

公共生活厅充当了礼堂。舞台范围由一些桌子圈定，这些桌子上面铺着一层白纸，白纸上被一双双勉强称得上灵巧的手撒满了树枝，而这些树枝是从院子里的树上折下来的。墙上挂满了发光的花环。彩色聚光灯则都对准了贯穿整个礼堂的大横幅。横幅上的标语十分清晰明了。

桎柳小姐与桎柳先生选拔大赛

如果热纳维耶芙·德·丰特奈 [1] 看到的话，肯定会流鼻血。

我们不仅物尽其用，而且大家的意志也坚如钢铁。每个人都担任了一个小角色，所以养老院便变成了一个欢乐的蚁穴。而忙忙碌碌也成为我们大家穿越黑暗通道的应急出口。

玛丽琳的子女坐在第一排。不想参加比赛的老人都坐在台下，而我和我的同事，我们在后台（厨房）忙着安排选手的服装、化妆及最终上台顺序。比赛没有评委：谁获得的掌声最热烈，谁就是冠军。我们能感觉到选手们的怯场，他们在一旁重复着自己的号码以防出现意外。如果以前有人和我说有一天我会协助组织一场小姐选拔大赛，我估计我当时会发笑。如果那人还和我说我会急得跺脚，那我当时估计以防万一，会让他把我关起来。

在整理完阿莱特的发型之后，我来到了观众席。我刚才做得很好，我只用了一小股头发便把她的助听器遮起来了，我还给她盘了个非蜗牛状的发髻。整理完的时候，作为奖赏，她自以为很轻地在我脸上拍了一下。我觉得那意味着她很满意。而我呢，我的耳朵现在在嗡嗡作响。

玛丽娜在她的左边给我留了个位置，右边则被格雷戈占了。

"快点，要开始了。"我正准备坐下的时候，她对我说道。

事实上，已经开始了。

伊莎贝拉充当了一回主持人。为了这一场合，她穿了一条镶满了

①"法国小姐"评委会前任主席。

人造水晶的长裙。每当我把目光聚焦在上面时，我都感觉眼科医生在检查我的眼底。

"欢迎来到桎柳小姐与桎柳先生选拔大赛。"她对着话筒欢呼道，"正如你们所知，这次比赛是为了向我们挚爱的玛丽琳致敬，玛丽琳已经和繁星相会了，从此以后，她会在夜空里、云层中，以及轨道中发光发亮。"

我看着玛丽娜，玛丽娜看着我，格雷戈看着玛丽娜，玛丽娜看着格雷戈，格雷戈看着我，我看着格雷戈。我相信我们大家都一致认为伊丽莎白的脑子进鸡汤了。

她继续着她的长篇大论，并用了一些夸张的手势进行夯实，直到安娜－马莉走到她耳边说了几句。之后，她播报了第一位参赛选手的名字，然后给我们行一个深深的屈膝礼，退场了。

吕西安娜是第一位上场选手。她用参加传统选美大赛的方法介绍了自己，不过，有一点不同：在这个年纪，我们不会再介绍自己的职业，而会介绍自己的后代。吕西安娜有一个儿子，一个孙子，然后就没了，也就是说她处于奶奶阶级的最底层。幸好，她的单簧管独奏取得了成功，观众们热烈地鼓掌。我也鼓了掌，可我更多的是为了让她开心，而非真的喜欢。听她演奏的时候，我 下了回到了二十年前的音乐课，那时我们在学用竖笛吹《在月光下》①。

古斯塔夫接棒吕西安娜上场了，他穿着完美魔术师的行头——燕尾服、大礼帽、饰有金色花环的步行器，再加上一副神秘的表情。他用一些幅度极大的动作向我们介绍了一款纸牌游戏，他从中抽出了一

---

① 法国儿歌。

张纸牌，然后展示给大家看，接着又放了回去，洗了洗牌，最后他在纸牌上面吹了口气，见证奇迹的时刻到了！"你们会惊讶地看到黑桃Q出现在最上面。"我们惊讶的眼睛里充满了困惑，黑桃Q和红桃9长得可真像，让人几乎分不清。古斯塔夫皱了皱眉："真是费解，每次都能成功的呀。"很明显，每次都能成功，除了这两次，不过第三次的时候黑桃Q终于屈尊现身了，古斯塔夫赢得了一阵喝彩。

古斯塔夫还未退场，露易丝便登台了。古斯塔夫将话筒调到他这位院友的高度，之后便离开了，与此同时，露易丝展开了一张纸，解释说道："我的记忆需要一点外援。"她介绍了她自己及她的四位子女、十个孙子孙女和两个曾孙。之后她轻咳了一下，闭上眼睛，鼓足勇气唱了起来，她的声音既充满了力量，又饱含着老人特有的脆弱。

不，没什么……

不，我一点都不后悔……

无论人们，

对我好还是对我坏，对我来说全都一样！

不，没什么……

不，我一点都不后悔……

已付出代价了，一扫而空了，遗忘了。

我不在乎它的逝去。①

一曲终了时，只听得见话筒的嘶鸣声和几声吸气声。观众们都十

---

①出自法国歌手伊迪丝·琵雅芙演唱的《不，我一点都不后悔》。

分感动。我全身从头到脚都在颤抖。时间静止了几秒钟，而在此期间露易丝仿佛意识到了自己身处何处，紧接着，古斯塔夫站了起来，狂热地拍着手，他的这一行为瞬间被其他观众所模仿。大家对玛丽琳的记忆让这些歌词变得别有一番滋味。玛丽琳的三位子女哭了起来。

我坐下的时候，瞥见了格雷戈的手正悄悄地压着玛丽娜的手，之后他又将手放回了自己的大腿上。对此，只有两种解释：要么发生了些我不知道的事；要么格雷戈的神经系统出了问题，导致他会做一些无意的动作。我必须弄清这件事。

伊莎贝拉又短暂地回到了台上，以确保一切运转正常，以确保大家都能发现她在哭。我觉得她的裙子越来越耀眼了。我清楚地听见我的视网膜在和我道别。

这次轮到伊丽莎白和皮埃尔登场了，他们选择以组合的形式参加比赛。这对恋人穿着明显出土于五十年代的晚礼服，一本正经地、面对面地站着。老先生将他的左手贴在妻子的后背上，然后将她轻轻地拉向了自己，而右手直直地抬了起来。伊丽莎白握住了她丈夫的右手，然后对他笑了笑。当《蓝色多瑙河》圆舞曲响起时，他们正勾画着前几步舞步。

虽然有时他们的舞步会乱，方向也不对，他们还会发出抱怨声，但是我们真正注意到的唯一一件事，便是这两位之间的爱情。一切都尽在舞步中：他握着她手时的那份体贴，她配合他时的那份信任，她斥责他踩了自己脚时的那份温柔。舞步中的错误很快便消失了。他们的眼睛紧紧地望着对方。柳暗花明了！他们同步得如此自然。他们两人都很美。从几十年前开始，他们便相互选择了对方与自己一起踏上未知的漫漫长路。他们马上就要到达旅行终点了，虽然他们被途中的某些伤害折腾得疲惫不已、气喘吁吁、痛苦不堪，但是他们依旧告诉我：如果用一个词来定义他们的人生的话，那就是感恩。某次面谈的时候，伊丽莎白告诉我："并不是所有人都有幸能够找到陪伴自己一生，并一如初见般爱自己到永远的那个人。"皮埃尔也补充了一句："除此之外，我很遗憾生命是如此短暂。我真希望能和她再多待一段时间。"

我感觉我的眼泪马上就要流下来了，于是我压了压眼皮进行阻止。我最近哭得太多了。如果再这样继续下去的话，我会被冻干，然后再被装到药袋里，送给宇航员吃。

其他选手一个接一个地进行了表演：米娜表演了手风琴，阿莱特表演了中国皮影戏，穆罕默德表演了木炭画，朱尔斯表演了踢踏舞……有那么一刻，每个人都忘了自己身处何处。我们应该经常举办这种活动。

伊莎贝拉最后一次拿起了话筒，她穿着她那条耀眼长裙，一脸陶醉。如果可以的话，她还会让她的裙子闪烁起来。所有选手都表演过了，现在他们必须依次上台致意，以便我们估量出掌声的响度，并选出获胜者。

致意结束之后，我的手都拍麻了。提议测量掌声热情度的人是莱昂，而这一想法得益于他平板电脑上所安装的一款 App（应用程序）。某些人通过这件事惊讶地在莱昂身上看到了一丝慷慨，不过他很快打消了他们的这一看法：他只是讨厌作弊，以及类似作弊的行为，他这一行动的唯一目标就是获取一个可靠的结果。所以我们终于放心了。

有三位选手需要进行新一轮的掌声评定，他们分别是：露易丝、古斯塔夫，以及伊丽莎白 & 皮埃尔。最终，前两位选手在所有参赛人员的热烈祝福下获得了桎柳小姐和桎柳先生的称号。伊莎贝拉热情地为他们披上了加冕的象征物——围巾，并不能自已地发表了闭幕致辞。

"感谢大家为这一美好时刻所做的一切。这是一次献给我们超级奶奶的美丽致敬，我们永远不会忘记她，她的火焰会继续在我们痛苦的内心中燃烧。正如大家所说的，这就是生活。祝贺露易丝和古斯塔夫，他们的获胜实至名归……"

她盯着站在舞台一侧的露易丝和古斯塔夫看了几秒钟，然后继续说道：

"他们两人不可爱吗？不可爱，不过说实话，他们之间很明显发生了点什么，不是吗？"

露易丝瞪大了眼睛。古斯塔夫全身通红，连带着他的步行器也涨红了脸。观众席上一片尴尬。

"当然是啦！"她继续说道，"他们俩不同，好吧？露易丝比较文雅，而古斯塔夫喜欢放屁坐垫①，不过俗话说得好，'异趣相投'……所以，给我们制造点幻想吧！吻一个！吻一个！吻一个！"

她拍着手，怂恿着观众和她一起。却是徒劳！然而，露易丝在大家惊愕的眼神下对古斯塔大会心一笑，然后将自己的唇凑了上去，古斯塔夫也在她的唇上轻轻一吻，这看起来不像他们第一次接吻。掌声响了起来，人群中一片欢腾，玛丽娜、格雷戈和我则玩着人浪②，我们

---

① 一种整人玩具。
② 墨西哥人浪，也被称为"波浪舞"，是体育比赛（尤其球类比赛）里常见的看台观众席的欢乐游戏：观众以排为单位依照顺序起立再坐下，呈现类似波浪的效果，以表达助威、欢庆等，有点像啦啦队。

相信就在刚才胜利之球成功射门了。

　　我们想象不出比这更好的致敬典礼的闭幕式了。如果玛丽琳真的在天上找到了一张舒服的扶手椅，我确信她和赫尔穆特会欢快地跳起舞来。

~ 41 ~

　　我们的计划完美无瑕，所以没理由预备 B 计划。不得不说，我们花了不少时间来制订这个计划。我们花了整整一晚来思考哪种方法最适合帮助玛丽娜修复自我，却又不破坏她前男友的婚礼。格雷戈和我肯定表现得自信满满，要不然的话，宾客们可能会看见野猪一家到访婚礼现场，或者他们可能会吃到蛆，又或者他们可能会发现雨刮器上挂着跳蛋。我们还提到了将 DJ 关起来，或者趁此机会训练一批蝙蝠将新娘的婚纱咬破。玛丽娜听得神清气爽。

　　最终，我们一致选定了一份口味独特的结婚礼物。流程很简单：我们成功地潜入他们所租的婚宴厅，然后将盒子放下，最后若无其事地离开。真是胜券在握！我被委派了这项任务，因为没人认识我，另外用玛丽娜的话来说，我长着一张大众脸，为了进行弥补，她又解释说这其实是一种赞美，这意味着我拥有万能的美貌。嗯！所以由我将盒子放在婚宴厅，然后我们再躲在一扇窗户后（毕竟有那么多窗户），最后我们等待纪尧姆打开盒子时的反应。

　　玛丽娜没有向我们透露她要往盒子里放什么，她想给我们留点悬念。她说那是某样既能让她前男友不自在，又不会破坏婚礼或者令新娘难过的东西。我们确信那不是炸弹，于是便同意了。这一想法是如此前景可期，以至我们打开了第三瓶酒。

将近二十一点了。天黑了，也很冷，从几小时之前开始，我们便站在婚宴厅后门旁边的水沟里，躲在一扇脏脏的小窗户后面，现在看来，我们的计划明显没有那么完美。我们毫不知趣地观赏着新人的进场、见证人的致辞、他们的敬酒仪式、集体照、晚餐、他们的两次互动环节、一次幻灯片展示……看到这一环节的时候，我差不多受够了。如果下次有人邀请我参加婚礼的话，我会让他把婚礼蛋糕上的塑料小人都吃下去。然而玛丽娜不愿走。只要还没拆礼物，她就不会走。

我试着给她讲道理：

"玛丽娜，他们有可能明天才拆礼物。或者等到最后才拆。不过，在此之前，他们还要切蛋糕、跳舞，肯定还会有其他互动环节。你确定你不想走吗？"

"确定。我们可不是闲着没事才做这些的。"

格雷戈看着我，耸了耸肩。看来我没必要指望他帮我了。就算玛丽娜让他光着身子，在屁股上插根海鸥羽毛后横穿整个比亚里茨，估计他都会照办。于是，我对着我的双手哈了哈气，以便让它们暖和一些，与此同时，我期盼着下一个环节就是拆礼物。

肯定有人为此祈祷过，因为几分钟之后，所有宾客都聚在了一起，围着一张桌子，桌子上搁着一个花瓶和一些礼物。玛丽娜包装的那个白色小盒就在我溜走之前所放的那个位置。新人满脸喜色地站在第一排。我不知道玛丽娜怎么可以忍受这样一幕。知晓她爱过的男人幸福地和另一个女人生活在一起是一回事，可亲眼看着他们秀恩爱，看着他们接吻，看着他们拥抱，看着他们在耳边喁喁私语，看着他们咯咯作笑，看着他们穿着登对的礼服接受着亲友们的祝福，看着他们在展示自己爱情旅途的幻灯片前哭泣，看着他们吻着对方的泪水，这些肯定让她气得肚子疼。这一切本该属于她。总之，她在没有得到满意结果之前不愿走也在情在理。

第一批礼盒被拆开了，有绣着他们名字的床单、银质的餐具、两件情侣睡衣……新人发出了高兴的尖叫声。

抓起那个白色小盒的是新娘。她晃了晃，仿佛是为了猜测里面装着什么。但愿不是只动物。新郎解开了饰带，以便将盒子打开。所有的相机都对准了他们。格雷戈搂着玛丽娜的肩膀。她在发抖。我也是。盒盖掉下来了。新娘从盒子里面拿出了一小块带白色花边的东西。

"内裤？"我惊呼道，"你那份超赞的礼物，就是条内裤？"

"那是他送我的第一条内裤，"她回答道，视线却并没有离开过那一幕，"每次有重要场合的时候，我都会穿着它。他肯定会认出来的。"

新娘十分开心，她将那块美丽的布料举了起来，以便让大家都能看到。纪尧姆则面无表情。其中一位宾客（他肯定是位呆头呆脑的大叔）开始拍着手高呼道"内裤！内裤！"，其他人也纷纷效仿，新娘笑了起来，之后她弯下腰，勉强地在她那笨重的婚纱下将这条白色内裤往身上套。等她套上之后，她的丈夫率先鼓起了掌，大家也都鼓起了掌，之后她将那个白色小盒重新盖上了，连带着玛丽娜的自尊心一起盖了进去。

"早知道的话，我就不洗了。"她随口说了一句，以便掩饰自己的沮丧之情。

"你还好吧？"格雷戈问她。

"嗯。"她一边回答，一边从窗户边撤离，"好了，我们走吗？我早就和你们说了我们应该弄跳蛋的。"

事实上，最好的解决办法便是离开。继续痛苦下去是没用的。

当舞会音乐响起的时候，我们正沿着这栋建筑的后方往外走，以便回到车上。我本应该高兴，我马上就要回到自己房间暖暖和和地待着了。然而，我很沮丧。这个复仇想法是我提出的，可玛丽娜现在一点也不开心。如果我那天什么都没说的话，她肯定只是会设想、猜想、幻想、遐想一下而已，却不会看见他们。她现在很痛苦，这都是我的错。我们不能就这样一走了之。虽然我不能替她报仇，但是我可以让她的心情重新变好。

我抓着格雷戈的胳膊，把他拽了过来，然后在他耳边悄悄地说了几句话。他笑着点了点头。我拉着他跑向了那栋建筑的正门。

"玛丽娜，你好好盯梢，"我一边跑一边喊道，"等你看到我们出来的时候，就往车里冲。"

扬声器里播放着 U2 乐队的 *One*（《一》）。宾客们绕着舞池围成了个圈。当我们进入婚宴厅的时候，没人注意到我们。我的双腿在哆嗦，我想打道回府，但是我猜到玛丽娜正躲在深处的一扇小窗户后。我将我的大脑按下了暂停键，然后将我的身体按下了自动驾驶键。我们手挽着手走进了那个圆圈中，并且正好站在了那对沉浸于慢狐步舞中的新人旁边。

格雷戈率先投入了进去。他在大家惊愕的注视下扭动着胳膊，摇摆着臀部，脚步跟跄着，拍着手掌。他真聪明！将克罗德^①舞步和鸭子舞融合在了一起。当新人注意到我们的存在时，我正迈着类似法国康康舞的舞步朝格雷戈走去。我从未如此丢脸过。我也从未如此笑过。该死的！我自己都不清楚自己到底是跳着浪女的还是蠢女的舞步跳过的舞池，与此同时，格雷戈做了一个阿克塞尔三周跳^②。新人停下了舞步，音乐也戛然而止，我们只剩下几秒钟用来将这可以称得上最后的舞步献给我们受伤的好友。

"你看过《辣身舞》^③吗？"我冲着格雷戈大喊道。

他大笑了起来。他懂了。

当那个呆头呆脑的大叔朝我走来时，我冲向了单膝跪地的格雷戈。离他大约一米远的时候，我蹬了一下脚，然后飞了起来。我们会完成电影中最美的那一次托举。我是一只鸟，我是一根羽毛，我是一个婴儿，我是……我是一张可丽饼^④。我并没有精巧地飞进格雷戈的怀里，而是像一只飞向靶心的飞镖一样将他射倒了。他跟跄着摔倒在地，之后我们悲惨地趴在了一脸谨慎的新人脚下。

毋庸置疑，是时候走了。

我们跑出了婚宴厅，身后紧跟着十几位宾客，我们有多快活，他们就有多愤怒。玛丽娜在车里等着我们。她捂着肚子，笑哭了。我们成功了！我们跳到了座位上，格雷戈猛地发动了汽车，与此同时，我

---

①克罗德·弗朗索瓦，法国著名歌星，他拥有三十多位专属女伴舞，这些女伴舞的舞蹈被统称为克罗德舞。

②花样滑冰的一个高难度动作。

③美国的一部音乐歌舞片，讲述了一个十七岁的少女在暑期学习"热舞"的过程中了解了生活的真谛和爱情的故事。

④一种薄薄的法国煎饼。

们的朋友正对着我们千恩万谢。经过新人车前的时候，我注意到了一个细节。在鲜花和缎带蝴蝶结中间，两只塑料小鸡鸡正在雨刮器的末端蹦蹦跳跳。

~ *42* ~

今天早上，我收到我妹妹的一条短信。

"我今晚过来，我们得谈谈。"

我试着给她打了足足十几通电话，也给她发了同样数量的短信，向她解释说很遗憾，我今晚不在玛丽昂家，所以我们见不到了。

我妹妹会定期去巴黎参加讲座。她是全科医生，就像我们小时候玩的一样，我一直都负责病人这个角色。

她没有回复我。我满怀疑虑地让玛丽昂帮忙演场戏。

"好的，如果她来了，我开车带她去吃饭。"她说道。

"千万不要让她进公寓，要不然的话，她会明白我不住那儿了。"

"别担心了，亲爱的，我来处理。"

于是，我便不担心了，直到我看完《生活是如此甜蜜》之后，在回房间的路上，撞见了我妹妹。

她守在宿舍楼的门前，眼睛盯着手机屏幕看。我全身的血液都涌到了脸上。我打算跑开，或者把自己缩成一个球，这样的话，当她抬眼看到我时，可能会以为我是一块石头。

"你在这儿干什么？"我朝她走去，问道。

"我也想问你这个问题。"她把手机放到大衣口袋里，问道。

我抱住了她，紧紧地抱着。她的发丝轻轻拂过我的鼻子，闻着就像回忆。我重回到十岁了。那时，我们一起玩《时尚设计》①，一起嚼着泡泡糖看《顽皮熊》②。之后，爸爸和妈妈会责骂我们，因为饭前不能吃东西。

"你之前真的以为我不会知道吗？"

我离开了她的怀抱和我们的童年。迎战吧！

"你想上去吗？"

"我不想。"

解释的时候，我们坐在了院子尽头的长椅上。我们面前的灰色天空与海浪融为了一体。风呼呼地吹着，卡萝尔的表情看着并不像晴空万里。

"你怎么知道的？"我问道，却不敢看她。

"马克。"

"马克？怎么会这样？"

"他昨天打电话到我的诊所。他不想出卖你，可是他很担心你。他说你现在特别消沉，怨自己什么都帮不了你。"

"我才不信呢。你真够蠢的。"

"没错，我也是这么想的。你打不打算跟我解释？"

于是，我告诉她了。爸爸、缺失、痛苦、外婆、马克、焦虑、空虚、自暴自弃；感觉自己不在原来的位置，而是游走在生活的边缘；招聘启事、一时头脑发热答应了、我想告诉她一切、我需要保持沉默、

---

① 一款儿童游戏，通过给人物的衣服涂颜色来培养儿童的时尚感与色彩感。
② 日本的一部动画片。

我的生活在这里、我想重回正轨。她一声不吭地听我说着，她的眼神直直朝前，她的双手紧紧抓着包，仿佛在说"我随时都能走"。我说完以后，我们相互看着对方。我试图寻找着有关她感受的蛛丝马迹，可她把一切都锁了起来。前往她情感的道路禁止通行了。

"你在这儿多久了？"

"四个月。"

"四个月……她完全不知道吗？"

"不知道，完全不知道。"

"你还打算继续瞒下去？"

"我不知道。虽然我来这儿之后已经前进了不少，但我还没准备好。"

"真该死！到底什么让你这么害怕？"她突然大叫了起来，"到底什么把你吓得都不敢把实情告诉妈妈？你在浪费时间，你意识到了吗？我们都知道，时间是补不回来的。"

我垂下了头。

"我知道。我没有事先考虑任何事情，我在逃避。我丢下了我的不幸，只希望它不要再跟着我。我下车来到这里的时候，整个人完全都处于迷失状态。我不知道我到底是在做一件天大的傻事，还是找到了一个逃生口。这几个月里，我把我的情绪都关进了一个球里，然后把球放到了喉咙里。每天早上醒来时，我都害怕要去面对接下来的一天。除了睡着的时候，我唯一不害怕的就是刚醒的那几秒钟，那会儿，我的大脑还没有聚焦到我的生活上。不过之后，我又回到了现实。几个礼拜之前，那个球消失了。所以我相信我做出了正确的选择。"

我觉得她的目光柔软了下来。我也希望如此。

"这样对你更好，茱。说实话，如果你找到了让自己好受一些的方法，我会很开心。可是我现在很生气。我特别恨你。×的！我们是一家人。我一直以为我们很团结。我恨你从爸爸去世以后就没出现过。以前，你不打电话的时间不会超过一个礼拜，你一有机会便会回家，我们知道你所有的生活，而你也知道我们所有的生活。虽然我和你的反应不一样，但是我告诉自己这是你用来渡过这一关的方式，我必须接受你自我封闭的这一需求。很多时候，我都希望我们能一起分担……我觉得很孤独，我必须控制自己的痛苦和妈妈的痛苦。因为，没错，惊讶吧？妈妈她很痛苦。你知道的，就算我们两个都在她身边也不足以安慰她的痛苦。不能帮你，我也很难过。我试图去帮你，可是都被你拒绝了，我明白你也不好受。好吧，算了。每个人克服困难的方法都不一样。我告诉自己最重要的就是你能走出来，不管你走出来的道路上有没有我们。反正我们最终会像以前那样重逢。好了，我现在知道你在这儿待了四个月了，就在我们旁边……"

她深吸了一口气。

"茱莉亚，我爱你。我全心全意地爱着你，我永远都不可能停止爱你。可是有些东西碎了就是碎了。你太让我失望了，我不知道有一天这一切是否会顺利解决。"

我很震惊。我妹妹的话语狠狠地抽打着我。我甚至没有力气去反驳。我就像被撞击了一样，双腿瘫软，无法动弹。然而，我也有话要对她说。我想说自私的是她，她居然在我脆弱不堪的时候，用这些可怕的话来抨击我。我想说我有权按照自己的想法将自己保护起来。我想说我也一直陪在妈妈身边，只是陪的时间没她那么多。我想和她吵一架，想撒谎扭转乾坤，扭转成有利于我的局面。我想像十岁那样，在后背两指交叉地向她发誓她错了。然而，我做不到。因为我们不再是十岁小孩，因为我意识到她说的的确有道理。

她起身的时候，我没有任何反应。她慢慢悠悠整理大衣衣领的时候（仿佛她的这一慢动作是在给我预留额外的时间赎罪），我没有任何反应。她抛下我，在黑暗中沉着一张脸离开的时候，我也没有任何反应。她冲着我大喊的时候（这是她放弃之前的最后一击），我还是没有任何反应。

"我打赌你甚至都没去过爸爸的坟前。"

六月

查理·布朗[1]:"史努比,我们总有一天都会死。"

史努比[2]:"是的,但剩余的所有日子,我们都可以活着。"

June

①美国漫画《花生漫画》的主角。
②美国漫画《花生漫画》的著名角色。

~ *43* ~

新来的住客叫罗莎。她占了超级奶奶的那个房间。

"她狠狠地摔了一跤,"她的女儿向我解释道,"把胯骨摔断了。她在医院待了两周,然后在康复中心待了一个月,不过她走路还是有点困难。她房子里所有的东西都在楼上,所以不能在那儿住了……我住在图卢兹,我本来很想把她接到我家,可她不想离开巴斯克。"

"我在这儿呢,"老妇人把她的话打断了,"你没有必要和第三者聊我的事。"

"罗莎,"我说道,"如果您不想的话,没有人会强迫您住这儿。这里不是监狱。老人们的幸福是我们最大的牵挂。我必须实话实说:您可能需要适应一段时间,但是我们会竭尽全力让您感觉和在家一样。"

"这里不是我家,永远都不是。不过,我猜我没的选,因为我女儿决定要去世界的另一头生活……"

"妈妈!图卢兹离这儿也就刚两小时。您别太夸张了。"

"院长说我可以在这儿试住,"她继续说道,仿佛什么事情都没发生,"我会在这儿待到月底,咱们走着瞧吧。"

"这想法不错。"我回答道,"您今天搬过来吗?"

"是的。她的东西都在车里。"她女儿回答道,"院长希望她直接住到空房间去，另外院长和我们解释过宿舍楼里还有一些空房间，家属可以在那儿住几天，好让我妈妈不觉得那么孤单。"

"啊？您要留在这儿？这主意太棒了！"

"不，不是我……我得回图卢兹上班。不过我儿子一会儿就来，他会在这儿待一周，陪他外婆。他们俩感情很好。他住在伦敦，不过只要一有空他就会来看他外婆。我这周末回去，之后我会每天给她打电话。"

罗莎弹了弹舌头。

"你又开始议论我了，好像我不在这儿似的。"

我陪着她们来到了停车场，稍后，我要去莱昂那儿进行每周一谈。安娜－马莉和格雷戈一直在等着她们，以便帮她们把车里的东西搬出来。我向她们保证只要有需要，我随时都有空，我正准备告辞的时候，一辆出租车停在了台阶前。一个男人费劲地从车上下来了，罗莎挂着拐杖一路小跑地朝他奔去。

"我的大宝贝，你来啦！路上辛苦吗？"

他抱了抱他的外婆，亲了亲他的母亲——他的母亲正在责怪他迟到了——之后他带着大大的微笑朝我们走来。

"您好，我是贡萨尔维斯女士的外孙。"

"您好，我是安娜－马莉，这家机构的院长。"她朝他伸出了手，回应道，"所以是您要住在这儿？"

"没错。在电话里，您和我说我可以住在一套单间公寓里，我打算待一周。"

"很好，您跟我来。我一会儿给您介绍一下伊莎贝拉，她会带您参观养老院。"

安娜－马莉走进了主楼，身后跟着一位新人，以及抓着这位新人左胳膊不放的外婆和抓着右胳膊不放的母亲。格雷戈看着我。

"你怎么了？"他问我。

"没什么。怎么了？"

"因为你在笑。"

啊，是的。我在笑。

"嗯，我感觉这周会很有意思。"他一边说，一边朝门口走去。

将我们——我和我傻傻的表情——独自留在了原地。

~ 44 ~

莱昂房间里不止他一人：他儿子坐在窗边。我遇见过他好几次，他很有礼貌，总是面带微笑，完全和这位老先生相反。不过，有个细节除外：很明显，他们的整形医生是同一个人。他的脸和浴盆一样光滑。我确定他每次眨眼的时候，脚趾都会翘起来。

我建议莱昂将这次面谈往后推一推，这样的话，他就可以好好会客了。他摇了摇头。

"我希望我儿子也在场。"

"很好。"我说着便往那张木椅子上一坐，"那，您今天觉得怎么样？"

"还可以吧。"他用一种我从未在他嘴里听过的虚弱声音回答道。

"您看着精神不太好，您愿意聊聊发生了什么特别的事情吗？"

"我不知道这么做好不好。"他低下头说道。

"你希望我出去吗？"他儿子问道。

"不用，不用。你待在这儿就好。只是……我不想这件事再发生在我身上。"

"您什么都可以讲。"我困惑地插了一句。

我从未见过莱昂如此脆弱，仿佛他随时都会泪流满面。

"好……我在这儿很痛苦，"他最终说道，"我很努力地去融入，可是好像还不够。大家都嫌弃我，对我都不好。我觉得很孤独，特别孤独……"

哇。莱昂真厉害！我几乎要相信他了，我犹豫着要不要为他鼓掌。他儿子非常惊讶，眼睛瞪得大大的。比平时大，对于这一点，我能理解。

我决定不参与莱昂这次的游戏，让他继续演他的独角戏。

"虽然我很和蔼，但我不觉得我应该受到这样的对待。我理解的是，每个群体都需要一个受气包，碰巧是我而已。无所谓啦，不管怎样，我也没剩多少时间了。"

他轻轻咳嗽着。哈姆雷特成功地中了他的圈套。

"可是你为什么从米没和我提过这件事。"他儿子震惊了。

"我的大宝贝，我不想让你担心。我知道你会努力为你老爸我解决烦心事。可是，我心里很过意不去，我不能把所有的这些事情都留给你处理。"

"您说得对，"我说道，"我亲爱的莱莱，您这么可爱，除了嫉妒，还能是其他原因吗？"

莱昂抬眼看着我，他的眼睛里闪烁着愤怒的光芒。他明白我在嘲笑他。战争开始了！

"我不知道，不过我毫无所求。真的太难了，我本来希望死的时候身边能有一群爱我的人，可我现在被大家孤立了。有一天，有人甚至把我的假牙藏了起来。所有人都笑了，包括工作人员。"

他儿子的脸色变得苍白。

"工作人员？"他惊叫道，"你想说工作人员在嘲笑住客？"

莱昂弓着背，垂着头。他对受害者的角色把握得很好。我几乎都想同情他了。

"住客？不。只是我。"

时间差不多了！

"你知道吗？"他继续说道，"我从来没被邀请过去参加任何活动，可是这里每天都有活动。"

我气得想跳起来，想冲他吼，想告诉他儿子他在撒谎，明明是他自己拒绝参加。我想像拆宜家家具一样把他大卸八块。然而，这正是他所期待的。于是，我要机智应对。

"很抱歉，我都不知道这些事情。对于这一局面，我们会进行补救。今后，您不在的话，我们不会举行任何活动。我们会自动为您报名参加所有活动，并且会派一名工作人员来接您，陪您去活动场地。"

"我觉得这样不错，虽然之前就该这么做了。"他儿子评论道。

"之前我没采取措施解决您父亲的不适，完全是我的错。莱昂，对于您，我还有一个建议，我会创建一些交流小组来帮助您融入群体。交流小组能够促进你们之间的对话，其他人会对您有所了解，并发现您的大量优点。您同意吗？"

他一动不动，总是弓着背，仿佛在为全家人服丧。有人告诉过他他做得太过分了吗?

"爸爸,你同意吗?"他儿子坚持问道。

"同意,同意,"他呻吟着,"不管怎样,我都知道这不一定真的行得通。"

"你的意思是?"他儿子问道。

莱昂摇了摇头。

"我不能……"

"莱昂,您可以说的,您不需要担心什么。"

他抬头看着我,深吸了一口气,然后眼睛放着光,却声音颤抖地说道:

"我不确定我能不能信任一个面谈期间只顾着玩手机,却不听我说话的心理医生。"

我震惊得哑口无言。他儿子也是。他儿子的整张脸都在颤抖,下巴都要掉下来了。

我本应该辩解,本应该告诉他儿子事情真正的经过,告诉他儿子他是多么可恨,告诉他儿子是他自己主动孤立自己的,可是我已经厌倦了莱昂的小把戏,我不再认为在他的暴躁神情下藏着一只温柔的小羊羔。又多了一条证据证明老人并非特殊的物种——他们和其他人一样,都有弱点。于是我站了起来,收拾了自己的东西,然后招呼都没打一声便走了。从此以后,莱昂都可以摆脱掉这一咨询环节了。

而我呢?我就可以摆脱掉他那个猪头脑袋。

~ 45 ~

和每周五一样，今天中午依然是鱼肉配米饭。吃食堂的好处就是永远都不会有意料之外：每天的饭菜都和前一天一样令人作呕，无盐、无油、无味。今天的伙食太差了，以至我的牙根都露出来了。

"那个外孙还不错。"玛丽娜说道。

"茱莉亚已经上钩了。"格雷戈抱怨道。

"别胡说，"我辩解道，"就算他的眼睛可以让内衣肩带自动脱落，可他是住客的外孙，是不能碰的……"

玛丽娜被米饭噎住了，格雷戈则叹着气。

"你们可以聊男人的……你们女人更坏。"

"你在嫉妒。"玛丽娜说道。

"呸！我可没理由嫉妒。我的眼睛可以让女人内裤的松紧带崩裂。"

我们大笑了起来。坐在桌子另一头的伊莎贝拉打断了我们。

"你们在说拉斐尔吗？"

所有的同事都盯着我们看。伊莎贝拉抬着眉毛等答案。她人很好，但也不排除她的脑子进屎了。

"拉斐尔？"我问道。

"对，新来住客的外孙。"她用下巴指了指邻桌，回答道。

他坐在他外婆旁边，周围还有露易丝、伊丽莎白、古斯塔夫、莱昂和皮埃尔。从开饭起便不绝于耳的笑声中可以判断，他得到了大家的认可。拉斐尔，这个名字真好听。

"根本不是，"玛丽娜反驳道，"喂，你经常偷听别人讲话吗？"

"当然没有啦，我无意的……"伊莎贝拉口齿不清地说道，"是因为我想问茱莉亚一个问题。"

"啊？"

"是的，我想问你有没有找到下一份工作？"

"还没，我合同才履行了一半。还有四个多月的时间可以找，应该够了。"

"呃……换了我是你的话，我应该不会这么自信。"她咬了一口面包片，说道，"要在这一片找个职位不容易，因为都很抢手。如果我是你的话，我不会拖下去的……"

玛丽娜打断了她：

"安娜－马莉没和你说要把你的岗位给她吗？"

"你又在胡说。"她耸了耸肩，说道。

坐在她旁边的安娜－马莉从餐盘中抬起了头。

"她说的是真的。我正好想找你谈这件事，我认为茱莉亚会成为一名优秀的前台。"

伊莎贝拉嚼面包的动作停了下来。之后她的脸色变得苍白，很可能她已经死了。院长并不打算装死到底，于是她安慰道：

"我们开玩笑的，伊莎贝拉，我们开玩笑的。"

她的脸颊恢复了生气。她的眼睛也一样，因为那里正掉着泪珠。

"不要再这样吓我。我很敏感的，"她哽咽道，"天哪！我刚才真的以为我要心肌梗死了。"

没人指出错误，她这周已经吓得够呛了。突然，一阵大笑声从某张桌子传了过来。一向形影不离的吕西安娜和米娜正在互骂。今天中午当值的穆萨和萨拉试图让她们平静下来，可是没用。她们继续相互攻击着。

"我就知道不能相信你，你个老荡妇，"吕西安娜咆哮道，"你偷了我的芭比贝尔芝士。"

"荡妇？你胆子够大的呀。既然长得不漂亮就该学着礼貌点。"

"你应该感谢我得了骨质疏松，要不然的话，我早把你的脸给撕了。"

"你呀，你小心一点，以后别撞上我，否则的话，我很乐意从你身上碾过去。"米娜狠狠地回应道，之后便滚动着轮椅离开了。

食堂从未如此安静过。所有人——工作人员和老人们——都停了下来以便欣赏这出日间剧。米娜一走，大家又动了起来。罗莎在她外孙的耳边嘀咕着。她肯定是在说"把我从这家疯人院弄出去"。他亲了亲她的脸颊，随后站了起来，朝门口走去，他牛仔裤的背面口袋为我的眼睛呈献了一场欢乐的舞蹈。

~ 46 ~

当我和玛丽娜出来抽烟的时候，拉斐尔正坐在院子里的长椅上，手里也夹了根烟。

"你应该去和他聊聊。"玛丽娜一边点着打火机，一边对我说道。

"为什么你希望我去和他聊？"

"呃，因为这是你的工作。他看着精神不太好，我觉得他需要找个人说说话……"

我观察着他。他坐在椅背上，脚踩着椅面，手肘撑在大腿上。他看着远方，毫无疑问，他正沉浸在自己的世界里。玛丽娜说得有道理，陪自己的挚爱之人住在最后的栖息之地的确让人很难过。虽然我没有边抽烟边在露天场所工作的习惯，但是也可以破例一次。

"你说得没错，我去看看他。"我一边就着她的火把烟点上，一边回答道。

她放声大笑了起来。

"嗯！果然不用说太多就能说服你，格雷戈说得真对。"

"呃？格雷戈说对了什么？"

"你彻底爱上这个男人了。"

她看着我，脸上挂着大大的微笑。此外，她十分沾沾自喜。

"你俩真是有病……你们在一起的时候除了议论我，就没别的事可干吗？你们想要份我的插图版时间表吗？"

她傻笑着。

"得了吧，你要诚实一点。你不喜欢他吗？"

"可是我对他一无所知呀。我才看了他三分钟而已。"

"每次你看到他或者我们和你在谈论他的时候，你脸上的微笑就和吃了兴奋剂的米老鼠一样。我们那会儿可没睡着，是吧？"

"啊，不是这样的，你们是没睡着，可你们完全搞错了。他长得的确蛮好看，可是仅此而已。我可不是个不懂得控制自我，爱上新住户的癔症患者。另外，就像我之前和你说的，他是客人。我不会把他看成有另一种身份的人。再者，我只是出于我的职业操守，才去听他倾诉，因为他有这个需求。"

我昂着头，朝长椅走去。一想象到玛丽娜那惊愕的表情，我就忍不住想笑。很明显，他们两个疯子想把我和这位新人凑成一对。他们要失望了，因为这绝对不在我的计划之中。

来柽柳之前，我从来都不是一个人。起初，我有奥利维耶，我高中时的初恋，之后我在两年内有过两段恋情，接着，我有马克。马克之后，我攒了一堆一夜情，虽然其中大部分我都忘了，却也给了我一种错觉，让我觉得我不是孤身一人。除了这段时间，我从未单身过。

我一时头脑发热来到了这里，当时事出紧急，无论如何，我都必须逃走。意想不到的收获之一就是远离了其他人以后，我更加接近了自己。

最开始的那段时间，我觉得最艰难的事情就是独自一人。渐渐地，我适应了。有些时候我也希望能够拥有某个人，然而，这只是一种愿望，而不再是一种需求。或许是和马克在一起的最后那段时光让我意识到即使两人在一起，也仍会感到孤单。或许是为了短暂的眷恋之情，而和那些陌生人在一起度过的没有明天的夜晚让我明白了外人不可能填满自己空虚的内心。自从来到这里以后，我一直一个人，然而我并不觉得孤单。

我缓慢的前行之路还未结束。我正在自我修复，目前还有一些外界因素在影响着我，我打算只靠自己的力量解决这些问题。等结束之后，我希望我能变得足够坚强，这样的话，我才能继续上路，并不再害怕未知的前方。

当我走近拉斐尔的时候，他正在给另一根烟点火。他将头转向了我，冲着我笑了笑。

有时，能成为一根烟蒂，应该也很幸福。

~ 47 ~

"你好，"我朝他伸出了手，说道，"我叫茱莉亚，是这家机构的心理医生。"

"我叫拉斐尔，是贡萨尔维斯夫人的外孙。"

"我知道，您刚才来的时候，我看到了。如果我和您一起抽烟的话，您不介意吧？"

"完全不介意，相反，您可以给我解答一下疑惑。你们每天中午都会组织奶奶吵架大赛吗？还是说今天是个例外？"

他的脸上没有任何表情。我不知道他是不是在开玩笑。所以我决定谨慎一些，选择根据事实来说话。

"您不用担心，平时安静多了。他们会吵架，但是从来不会往更深的层次发展。"

他点了点头。

"好吧。所以我不需要教我外婆擒拿术了。"

他看着总是一本正经，但这次无疑开起了玩笑。

"不需要，擒拿术没用。"我以一种专业的口吻说道，"不过，我希望她能拥有一些化学知识。"

"化学？为什么？"

"为了周日的手工活动。"

他抬了抬眉，看着我。

"你们周日都做些什么？"他询问道。

"当然做毒品了。"

他的眼睛眯了起来，嘴角勾出一个会心的微笑。

"我说怎么这儿的气氛那么奇怪。"

我赞同道。

"不过，您还没看到全景。每周六晚上，老人们都会在看疯马秀[1]的表演和《猛男秀》[2]的半途中给我们表演节目。他们的门票卖出来天价，这样就可以购买武器去抢劫了。"

这一次，他直爽地笑了。

"很高兴看到我们的选择是正确的。我外婆在这里会找到家的感觉。"

他的眼神再次陷入了空洞中。他的沉默犹如省略号般无穷无尽。

"如果您需要聊聊的话，请不要犹豫。虽然不会立刻就见效，但这就是我的职业。"

"谢谢。不过，很不幸，交谈并不会改变什么。而这也是唯一让我觉得好受的一点。"

他叹了叹气。

"我一直都尽可能地来看她，可是，最近，我的工作占了很多时间。我有六个月没来了。六个月在一生当中不算什么，但是如果生命只剩极短的一段路时，它就十分重要了。昨天，看到她的时候，我震惊了。我感觉她变得更加瘦小了。仿佛她正在一点一点地消失。"

"您不需要自责。您现在在这里，您会陪她一周，这很好呀！"

"我没有自责。我只是很痛苦。尤其为她感到痛苦，因为离家是一种考验。她在那里出生，一直在那里生活，她所有的回忆都在那里。她没有表现出什么，当家人在身旁的时候，我们都这样……可是当她

[1] 法国巴黎最出名的三大夜总会之一。
[2] 美国拉斯维加斯的一项火爆表演。

最需要定位人生的时候，身处一个陌生的地方，这一定很艰难。"

"的确很难。我不会告诉您相反的话，因为那是撒谎。可是我可以向您保证桎柳团队很了不起，并且我们会竭尽全力，让她在这里住得舒服。"

"是的。"他站了起来，说道，然后便将烟嘴按在长椅上熄灭，"不管怎样，您都不会和我说反话。所以她会在这个美丽的新世界里生活得很幸福，并且会有很多晚辈小孩。呸！"

之后，他迈着他那想掩饰自己踉跄的坚定步伐离开了。

~ 48 ~

"我们必须聊一聊莱昂。"

安娜－马莉的语气听着准没什么好事。

和每个月的第二个周二一样，员工会议依旧在食堂举行。所有团队成员都围坐在一堆复印资料及甜酥面包前，对上个月进行快速的总结，并为下个月制订计划。我们开始了今天的议事日程——莱昂。

"我昨天见了他儿子，一个很有魅力的男人。据他说，他父亲可能被其他人故意孤立了。"

桌上响起了一片厌倦的叹息声。

"这还不止。他控诉工作人员没有考虑到他父亲的痛苦，更糟糕的是，他还控诉工作人员鼓动其他老人嘲笑他父亲。"

"得了吧，大家都了解莱昂，"玛丽娜惊呼道，"他不知道还要编些什么来恶心我们。"

"没错,"体疗医生劳拉附和道,"他是唯一一个讨厌鬼,是他自己孤立自己的。"

安娜－马莉转向了我。

"茱莉亚,你和他似乎交谈过。"

"没错。我无权透露我们面谈的内容,不过,大体而言,他在他儿子面前抱怨别的老人和工作人员虐待他。我很清楚这就是莱昂的一个小把戏,所以我向他提议以后所有的活动都会自动加上他的名字,企图以此让他掉进自己的陷阱里。"

"这想法好,"格雷戈说道,"我们可以先从蹦极开始。"

"或者射箭,"萨拉补充道,"他会瞄准靶子的。"

"事实上,他儿子和我说过你的提议。"安娜－马莉看着我继续说道,"他还告诉我说你像个泼妇一样离开了房间,面谈也因此中断了。"

我冷笑着。

"龙生龙,凤生凤……"

"我很高兴你们被逗笑了。不过这种指责会有损我们的名誉,所以这件事很严重。必须处理好。我要求你们竭尽全力让莱昂感觉自己融入了进来。"

"我们会竭尽全力,"格雷戈说,"莱昂也会继续假装受害者。如果我们中了他的圈套,那就更糟了。我们会成为他的提线木偶。"

一桌人都点了点头。大家都十分赞同,然而莱昂的事并不会就此结束。

"你们有什么建议?"安娜－马莉问道。

伊莎贝拉举起了手。

"我，我有个想法。"她小声说道，仿佛我们被人窃听了，"我们只需要把他处理掉就可以。我表哥是药剂师，他可以给我一些巴比妥酸剂①。我还有个表哥是屠夫，可以把他的尸体剁成碎块，然后我们把他扔到海里去。既不会有人看见也不会有人知道。最后，我们只需要告诉他儿子他散步之后就没回来过。"

同样没人表示反对。所有在惊讶与困惑间摇摆的目光都转向了她。分配神经元的那天，她应该不在。要不然的话，找不到其他解释。

"我开玩……玩笑的，"她突然大叫道，"你们真的把我当成疯子了？不管怎样，这一片也没有鲨鱼，他尸体的碎块会被冲回海滩的。"

"大家的方法都这么激进吗？"安娜 - 马莉询问道，她的表情仿佛在问自己到底在这里干什么。

"我们不能让他走吗？"医生问道。

"打住，不管怎样，我们都不能把他拒之门外。"护士穆萨插了一句，"没错，他是惹人厌，可他是老人，不能这么对他。"

"你当然容易了，他不会每隔三天就在大早上给你打电话，向你抱怨他在网上找的那些病理知识……"

"我们都别激动，"安娜 - 马莉安抚道，"我们不能这么轻而易举地就放弃一位住客。另外，就算放弃，也不能只是因为这么 点小事。不过必须找到一个解决办法来撤销他的指控。茱莉亚，既然他直接针对了你，那你或许有个主意吧？"

我摇了摇头。虽然我根本不知道怎么做才能还原真相，并说服莱昂不要再继续妄想。但是我打算好好找找。

①一种常见的催眠药物。

~ *49* ~

当一阵吼叫声吓我一跳时，就快十二点了。

我暖和地躺在羽绒被下，全身累得发麻，正在与沉重的眼皮做斗争，以便将这本令我屏息凝神的侦探小说看完。我为自己准备了一个茧式①夜晚：香薰蜡烛、音量柔和的音乐、热巧克力、毛绒睡衣和一本好书。之后，夜晚便显得十分惬意了。此时，只有一件事情让我心烦意乱：玛丽娜咯吱的开门声响起之后，会立即伴随一阵闷笑声及格雷戈啪嗒的关门声。如果我有一支管弦乐队和一些绒球的话，我就会为他们编排一支庆贺舞。格雷戈在搬家的前两天，堪堪避过了失恋。

之后，一阵尖叫声响起。

又是从院子里传来的。随着我的夜晚变得越来越平静，那些在第一天晚上便把我吓得半死的说话声和窸窣声出现得也越来越频繁。虽然我不知道到底是我的疲倦感给我壮的胆，还是我看的惊悚小说给我壮的胆，反正我钻出了被窝，下定决心要一探究竟：是谁大半夜地在一家养老院的院子里闲逛？

我在睡衣外面套了一件外套，将脚塞进了靴子里，然后抓起了房间里唯一算得上武器的东西——一把圆柄刀。我们时常低估圆柄刀用来对付连环杀手的效果。万一我走投无路了，还可以用它来抹果酱。

我一到院子中央，便完全清醒了，我不再觉得自己和看的那本侦探小说里的主人公有任何共同之处了。月亮藏在了云后，照出的光线只够往地面上投射一些可怕的阴影，并且我的周围响起了一阵令人不

①茧式（cocooning）是将自己从正常社会环境中隐藏，或与之绝缘的行为方式，让自己与不友好、危险或其他不受欢迎的东西分开。

安的窸窣声。我哆嗦了一下，小部分是因为寒气，大部分是因为害怕，我只有一个愿望——回到我那张安全的床上。我像挥舞着一把长剑那样挥舞着我的圆柄刀，然后发出了一声可怜的"喂？有人吗"，这句话几乎就像在窃窃私语。接着，我开始战略性后退。

我刚走两步，一个男性嗓音便大声喊道："谁在那儿？"之后，一个坚实的身影从黑暗中分离了出来，朝我这个方向走来。我听从了自己的勇气，开始跑了起来，我的速度是如此快，以至自己的影子还留在原地。

我感觉自己飞起来了，我跨过了所有的树根，避开了所有的洞坑，恐惧令我奔跑的速度激增。风几乎要把我吹聋了，虽然我不知道攻击者是否跟在我身后，但是我清楚地听到我嘴里发出了一阵阵短促的尖叫声，我就像一只受惊的动物。但愿他不是猎人。

住宿楼越来越近了，胜利的希望激起了我浑身最后的力气。我跳到了门口，从口袋里掏出了钥匙串，然后一下子就将钥匙插进了锁眼。就在我几乎要松口气的时候，一只手放在了我的肩膀上。

永别了。不过这样也好。

~ 50 ~

我没死。不过也死了，是羞愧而死。

拉斐尔都笑哭了。用他的话来说，我刚才就像"一头被电击了的野兽"。

"不过，您大半夜的在院子里干什么呢？"我咬牙切齿地问道，"您是精神病吗？"

"我听到了一声尖叫，所以来看看是什么。"他稍微冷静了一下，回答道，"是您吗？"

"很明显，是的。每天晚上，我都会在院子中央嘶鸣。好像这么做可以让马长得更快。"

他看着我，仿佛我的头上顶着个漏斗。

"当然不是啦，不是我。"我说道，"您想想吧，那个时间，我都睡着了。这并不是第一次，我经常听到说话声……"

"所以您全副武装地下楼了。"他发现了我的圆柄刀，说道。

我打量了他几秒钟，却不知道该怎么回答，之后我的目光落在了他的手上。

"那您呢？准确来说，您拿着根四色圆珠笔想干什么？"

他笑了笑，抬起手，做了个认输的手势。

"好吧，好吧，我不是这个星球上最勇敢的男人。可我还预备了额外的弹药。"他说着，便从口袋里掏出了另外两根圆珠笔。

我发出了一阵介于嘲笑与如释重负之间的笑声。我打开了楼门，准备回到自己的房间，他抓住了我的胳膊。

"虽然现在时机肯定不对，但我还是想见见您。我们一起抽根烟？"

我同意了。他将烟盒打开，递给了我，我从里面抽出一根烟，放到了唇边，他点燃了打火机。风吹得火苗围着未燃的烟身舞动。于是拉斐尔做了两扇屏风：第一扇是用手做的，第二扇则是用身体做的。他的身体朝我的身体凑了过来，凑得特别近，以免留下进风口。要不是我穿着一身印有五颜六色的小马图案的睡衣，那么这番情景应该会充满强烈的情欲感。

"我想为昨天道歉，"当我们的香烟都点燃时，他说道，"我不应该生气的。"

"没关系，您不用担心。我明白，那是一个敏感的话题。"

"是的。太艰难了。我已经尝试了一段时间，让自己做好心理准备，可是我接受不了。我几乎是我外婆抚养长大的。我母亲一直在忙工作，所以从一定程度上来讲，我外婆就是我母亲……总之，我不会和您聊我的生活，不过我还是想对您说声抱歉。我平时的说话语气不是这样的。"

"不用担心，我也没放在心上。另外，我一直觉得心理医生有点像精神世界的客服部。简单的案例是不需要我们经手的。"

我在门缝中透出的光芒里看到他正微笑着看着我。

"好了，"我为了掩饰自己的尴尬说道，"很晚了。我要去睡觉了，院子里的秘密就算了吧。不得不承认我什么都能干，就是不能冒险。"

"我觉得您这么想，更明智。不过也不用为之前的冒失而感到后悔。如果没有您的冒失，我估计会错过一次重大发现。"

"啊？真的吗？什么发现？"

"我发现您在睡衣方面的品位很高。"

我正准备辩解的时候，一阵吼叫声传了过来。我们互相看了一眼，一致决定不再逗英雄了，大家各自乖乖地回去睡觉。十秒钟之后，我气喘吁吁地、开开心心地回到了我的房间，我的脑海里浮现着拉斐尔跑回房间的画面，他就像一头被电击了的野兽。

~ 51 ~

我一直觉得皮埃尔是所有老人中最强壮的。即使他偶尔会抱怨自己的身体开始慢慢地变得虚弱起来，但他高大结实，保留着一头浓密的深色头发，这让他看着比实际年龄要年轻。然而，今天，他看起来就像老了十岁一样。他坐在满是书本杂志的沙发上，叹着气。

"我看这些就是想让时间过得更快，可是不管用。相反，我觉得没有她在身边，每一秒都是龟速。"

"他们告诉过您要持续多长时间吗？"

"他们说住院和康复训练要花好几周……其他的我就不知道了，一切都取决于她的身体状况。你能告诉我，没有我妻子在的话，我这几个礼拜要怎么熬下去吗？"

不，我不能，因为我也没有答案。伊丽莎白住院了。昨天早上，去长椅那儿找露易丝聚会的途中，她踩空了一级台阶。股骨颈骨折了。当玛丽娜、格雷戈和我去病房中探望她时，我们还在想她这么焦虑不安，要怎样才能战胜痛苦，忍受远离定位人生的苦楚。然而，她的淡定把我们震惊住了。"我一切都好，不过能让那只条纹猫嚼东西的时候动静小点吗？多谢！"很明显，吗啡十分管用。

受伤的人是伊丽莎白，可消沉的人是皮埃尔。

"你知道吗？我睡觉从来没有和她分开过。一次都没有！"

"您觉得孤独？"

他看向了窗外，陷入了深思中。

"我不觉得孤独，我觉得不完整。我们一起过了这么多年，已经融为一体了。伊丽莎白和皮埃尔，皮埃尔和伊丽莎白。单独一个皮埃尔的话，我已经不知道他是谁了。我和我妻子一起生活的时间要比我一个人生活的时间长三倍。如果只剩我一个人的话，那我就只有我自己的这一半，我心所在的那一半却没有了。"

"您说得太动听了。"

"我不知道动听不动听，不过不管怎样，这是实话。我的妻子，我爱她，我比第一眼见她时还要爱她。每当我看到现在的年轻人刚遇到困难便分开时，我就会对自己说很庆幸我们能够生活在那个年代。要不然的话，我们肯定会变成陌路人，我甚至不能体会到我本该经历的幸福。不过注意了，我没说这一切很容易。恰恰相反，放弃爱恋要比努力纠缠更容易。每天晚上睡觉的时候，我……"

他停了下来。

"您就怎么样？"我问道。

"没什么。你会发笑的。"

"当然会了，这是我的爱好。皮埃尔，您每天晚上睡觉的时候都做什么？"

"这六十年来，每天晚上，睡觉的时候，我都会举行同一个仪式：我会抱住我的妻子，紧紧地抱着她，并感谢上天让我们相遇。之后我们互道晚安。她会缩成一团，而我会闻着她的气味，我的心脏会·如初见时那般跳动。我们从来不需要培养'爱'的习惯。我数过了，我们一起分享这一时刻已经分享了 21875 次，这一切并非没有意义……昨天晚上，我的怀里空荡荡的，我的心更是。"

我狠狠地眯了眯眼，以防眼泪夺眶而出。我所熟知的最感人的故事莫过于脆弱之人丢弃自己的盔甲。他们的言语并没有经过大脑过滤，而是直接发自肺腑。

"她回来之前，您必须找到一种方法改变自己的想法。您考虑过这件事吗？"

"已经考虑过了。我打算每天去看她。安娜－马莉提议过每天吃完午饭之后，她会开车送我去那儿，几小时之后，再把我接回来。至于剩余时间，好吧，我会继续数着秒数。我本来预备为我们的六十周年结婚纪念日准备一个惊喜派对，可现在黄了。"

"什么时候？"

"七月七日，不到一个月。她肯定回不来。到时候，我会待在这张沙发上，等着她出院。"

这位老人细数着他所怀念的和伊丽莎白做过的所有事，与此同时，我思考了几分钟。

"皮埃尔，我有个建议。"

他眯起了眼睛，专心地看着我。

"我可以为你们的结婚纪念日做些准备。肯定不会是您想象的那种大派对，但我们还是可以做一些不错的东西。不庆祝是不可能的，另外在准备惊喜这方面，我还是有一手的。如果有人不给我机会，不让我为自己关心的东西做些傻事的话……"

他的脸庞一下子便恢复了生气。

"你要准备吗？"他精神一振地问道。

"是的，我来准备。"

"可是我没多少钱付给你，我不能让你不计报酬地花上好几小时为我们准备派对。"

我摇了摇头。

"您不用操心钱，我乐意，我不需要报酬。除非……"

"除非什么？"

"您是莱昂最亲近的人，对吧？"

~ 52 ~

格雷戈要走了。我知道，我看着日子越来越近了，尽管如此，我还是已经开始怀念他作为我同层邻居的那段时光了。我总是这样，事情还未结束，我便已经开始惋惜了。很明显，我和"结束"之间（不论是一板巧克力的结束，一段时光的结束，还是一段关系的结束）存在一些问题。所以，我的思想会尝试着无意识地发出一些警报，以便让我做好准备："注意了，马上就要结束了""抓紧，这可能是最后一次了"。结果我从来不能充分地享受当下，我身体里总有一部分会扮演扫兴鬼。我很怀念当下。不过怀念过去的感觉更糟。

格雷戈为了搬家租了一辆运货车，此时正停在宿舍楼前。他和玛丽娜把装有他私人物品的垃圾袋往下搬——他动于找纸盒箱的时间太晚了。他觉得我们会帮他找，事实上，我们的目标就是把他留在我们身边再久一点。道理很简单：如果我们继续慢下去，那他就会延期。

"加油，美女们，马上就搬完了。"他满腔热情地说道，与此同时，我刚把一袋坐垫搬下去，便顺理成章地让自己休息一下。

玛丽娜冲我使了个眼色，如果杜皮[1]和卡利麦罗[2]有女儿的话，那她俩应该长得很像。我走到车后和她碰头。

"你还好吧？"

"呃……感觉怪怪的。说实话，我以前不觉得我会有这样的感觉，可从醒来以后，我就一直想哭。"

"我理解……我不停地对自己说室友之夜结束了，我们不能再共同分享那些一起笑、一起说知心话的美好时光了，所以我甚至都不敢想象你会怎样。"

她皱了皱眉。

"好吧，我也一样，不过我的忧伤不会比你多。"

"那还用说，"我会心一笑地回答道，"不会比我多。"

"等等。"她咯咯地笑着，"你在胡说些什么，我不明白你为什么要这么说？"

"你说得没错，我也不明白。况且我也根本没听到你俩那天晚上在一起。"

"只要你没听到我叫他洛可[3]就好。"她随口说道，之后便朝宿舍楼走去。

与此同时，拉斐尔从楼里走了出来。玛丽娜不动声色（这是她的特征）地转过身来，冲我狠狠地眨了下眼。他对我们笑了笑，便两手插兜地朝我走来。

[1]动画片《杜皮和杜宝》里的卡通角色，是一只狗，因为拥有一张疲乏而无精打采的脸而得名。
[2]动画片《小黑卡利麦罗》的主人公，是一只乌黑的小鸡。
[3]洛可·希佛帝，意大利著名的情色演员。

"你昨晚的情绪平复了吗？"

他应该感觉到了我的迟疑，因为他又补充了一句：

"我们之间用你来称呼，不介意吧？咱俩年纪差不多大，称呼您的话，对我来说太别扭了。"

"没问题，我也希望如此。对了，我昨天成功地睡着了，不过我还是很想一探究竟……你呢？枕头底下压着几支笔，睡着了吧？"

他笑了笑，然后看着那辆运货车。

"有人搬家吗？"

"是活动主持人格雷戈。他的公寓装修好了，所以要走了。"

格雷戈抱着电视从楼里走了出来。

"你们需要帮忙吗？"拉斐尔问道。

"不用，你太客气了。"我说道，"你外婆肯定很想见你。"

"你开什么玩笑！她每周六下午都待在刺绣手工课上。她和某个叫露易丝的老人成了朋友，她不需要我。另外，我是预备今晚和她待在一起的。今天晚上是最后一晚了，我明天早上就走。"

"那我就欣然接受你的帮助了。"格雷戈在车里喊道，"因为如果我一个人和这两位美女待在一起的话，我估计明年还在这儿。"

我们上次参观完之后，格雷戈的公寓就大变样了。他说得没错——太漂亮了！灰色的瓷砖和白色的家具让客厅充满了柔软的斯堪的纳维亚气氛，从大大的玻璃窗洞透进来的光线更是锦上添花。厨房地面铺满了红蓝花样的小方砖，与厨房设备的现代风格形成了鲜明的对比。卧室也进行了部分清理，形成了一股茧式风。虽然格雷戈的时尚外表早已打消了他人的疑虑，但是现在我们完全能够确定——他很有品位。

"哇！"我第十次说道，"就连厕所都很赞，你家就是个样板房。"

"茱莉亚，来这儿看看，你会疯掉的。"玛丽娜在浴室喊着我。

我走了过去，她正大字形地躺在角落里的大浴缸中，看着就像一只金黄色的海星。

"×的，这里可以躺下十二个人。格雷戈，你是抢银行了吗？"她大叫道。

格雷戈正在往客厅的书架上放书，他回答道：

"没有，是让－卢克把他所有的财产都留给我了。就是我前男友，让－卢克，你知道的。"

玛丽娜放声大笑道。

"其实，是我把所有的演出费都存起来了。演电视剧的报酬不高，不过拍广告得了一大笔。"

"你拍过广告？"拉斐尔走进公寓的时候问道，他的手里正拎着两个垃圾袋。

"只拍过一个，很久以前的事了。"

"啊！可能就是因为这样我才觉得早就见过你。那是个什么广告？"

"呃，你肯定不知道……"他吞吞吐吐地说道，"你应该是在电视剧里见过我，我在《朱莉·莱斯科特》①里演过一个还不错的角色。"

玛丽娜轻轻地用口哨吹着一首曲子，这首曲子让我隐约想到了某件事。×的，为什么他就不愿意说出他拍的那个广告？不至于这么费劲吧！在他来得及阻止我之前，我猛地把卧室门打开了，然后冲了进去，我下定决心要找到上次看到的那个有他剧照照片的软木大相框。

①一部法国电视剧。

相框不在床头了，不过肯定也离得不远。我扫视了一下房间，与此同时，格雷戈的脚步声响了起来，他离我越来越近了。啊！相框在那儿呢！在床头柜的下层隔板上，其中有一部分露了出来。我一把抓过，然后避开了扑向我的同事，朝门口冲了出去。他贴到了我身上，我差点就失败了，接着我跳到了床上，在最后的挣扎中，我把相框递给了刚参与到这场游戏中的拉斐尔。他收到货后，便在玛丽娜卖力的加油声中跑开了。射门成功！

"好吧，你们以后都不会再像现在这样看我了。"格雷戈夸张地叹着气，说道，"你们真烦……"

"那还用你说。"拉斐尔在客厅里喊道，之后他闷笑了一声。

玛丽娜咯咯地笑着。而格雷戈在我厘清思路之前一直盯着我看。我需要几秒钟来消化所有的这些线索。我以前一直就玩不好《妙探寻凶》①。可……好吧，现在又来了。沙滩、椰子、靓男、广告语。这则广告曾经循环播放了好几个月，所以我根本不可能没看过。我一言不发地抬起了头，然后从包里掏出了手机，开始搜这则广告。视频播放了。

黄昏下，一片天堂般的海滩上，一身小麦色的帅哥格雷戈懒洋洋地倚着一棵椰子树，手里拿着一颗椰子。他脸上挂着大大的微笑，面对着镜头说道："当地有句俗话说得好：'能一口吞掉椰子的人对自己的肛门充满了信心。'②我呢？我更愿意相信卡秘洗③。"两个裹着缠腰花布的女人一边跳着舞朝格雷戈靠近，一边随着背景音乐唱着广告词

①一款图版游戏。
②非洲国家科特迪瓦的一句谚语，比喻"无论生活中遇到的困难有多大，都绝不退缩"。
③一种用于治疗痔疮的药物的品牌。

"有痔疮就选卡秘洗"。

我从屏幕上抬起了头，上方有三双瞪得大大的眼睛。我再也抑制不住自己了，我憋得浑身都抽筋了。玛丽娜为了不让自己发作正努力地克制着，以至脸部都扭曲了。拉斐尔控制得比较好，但颤抖的双唇出卖了他。最终，是格雷戈解救了我们，他率先大笑了起来。有那么一刻，仿佛时间永无尽头，我们四个人放声大笑着，擦着眼泪，继续不停地笑着，最终冷静了下来，然而当我们看到彼此那副欢快的表情时，我们又开始笑了起来。

"说真的，"我稳住了气息，说道，"如果不看主题的话，就好像一个二十世纪八十年代的广告。"

"没错，这是那家事务所的主意，它负责广告宣传。"格雷戈回答道，"不过，从厂商收到的信的数量，以及我每次走在大街上都能被认出这件事来看，我们不得不相信一本正经还是有春天的。另外，厂商的营业额也猛涨了，他们很满意。为了表示庆祝，他们会时不时地重播这条广告……"

"我要是你呀，会屁股疼的……"玛丽娜说道，她依旧很开心，并且又发出新一轮的笑声。

当大家都平静下来以后，我们接着干活。因为一会儿拉斐尔必须回去找他外婆，而格雷戈必须将运货车送回去。玛丽娜和我叠着我们这位同事的衣服，与此同时，男士们则试图将衣柜挪到卧室与客厅中间。我和玛丽娜听到他们在呻吟、在抱怨、在使力，衣柜太沉，而使力太痛苦。十分钟以后，玛丽娜用手肘顶了我一下，示意我转头看看他们。那幅呈现在我们眼前的画面令我们哑然失声：这两个男人脱掉了T恤。玛丽娜用手扇着风，她太热了。我想说，我呢？我根本不热，并且宽肩从来就吸引不了我的注意力，这幅画面也绝对不会让我产生欲望，去钻进拉斐尔那结实得并不过分的臂弯中。我想说的就是这些。然而事实上，这个男人制造出来的效果跟十本《法国橄榄球全裸月历》、两场拉斯维加斯《猛男秀》和四部布拉德·皮特电影的总和效果一样。幸运的是，我学会了警惕自己的欲望。上一次的欲望把我送上了前男友的床。

"你相信吗？如果把暖气打开，他们会把下面也脱掉。"玛丽娜小声地对我说道，一脸沉迷状。

我笑了笑，试图将自己的注意力勉强地集中在叠衣服上。一件T恤、一条长裤，他的眼神炙热得可以用来烧烤；一条牛仔裤，一件T恤，他为人风趣；袜子、袜子，他富有同情心；一件套头衫、一件运动衫，他长得很帅；一条百慕大短裤、一件衬衣，他很健谈……我控制不了自己的大脑不去想这些事，我控制不了自己的意志：我想折服于我病人的外孙的魅力之下，如果这位男士再不尽快暴露出自己的缺点，那我的决心很有可能会罢工。

两小时以后，他们的上半身都穿好了衣服，每件物品也都归位了。格雷戈也归位了。他仔细地看着新家的最终汇报单，就仿佛一个发现了圣诞树下礼物的孩子一样，他知道这些礼物都是他的，可是他还需要时间来适应。

"我最后再转一圈，然后我送你们回去。"他说完，便朝公寓的深处走去。

"我们在下面等你。"我喊道，我希望让他一个人待着，这样的话，他才能好好享受这一刻。

我出去之后没关门，以便其他两人可以跟在我身后。我走到了楼梯处，当我下了两层的时候，我意识到拉斐尔在我身后。其实，我想说的是，只有拉斐尔在我身后。

"玛丽娜在哪儿？"

"她还在上面，我看到我们俩走了以后，她把门关上了。"他抬着眉回答道，一副意味深长的表情。

我在心里傻笑了一下。很明显，她还是没有放弃这个念头，想把我推入拉斐尔的怀抱。如果我和他是在电梯里的话，我就不说什么了，可楼梯完全不是一个可以令我想入非非的场所。我一声不吭地往上走，下定决心要在他们筹划我婚礼的时候吓他们一跳。拉斐尔跟在我身后，很明显，他一脸看好戏的样子。我告诉自己开门的时候，也很有可能是他们在筹划他们自己的婚礼。

一切都太晚了！

客厅的中央，离笨重的衣柜一米远的地方，玛丽娜和格雷戈正沉醉在一场嘴部的深度访问中。

~ 53 ~

玛丽娜来敲我的门时，差不多快早上十点了。

"我需要透透气。"她坦白道，"你今天有空吗？"

我本来预备趁着这个阳光明媚的周六去圣塞瓦斯蒂安①走走。我和我父母，以及我妹妹，我们以前经常去。和我妹妹的那次谈话让我心

①该市位于西班牙北部，濒临比斯开湾，距法国边境仅二十公里。

烦意乱，我止不住地想这件事，我难以入睡，难以集中精神，我甚至好几次发现自己在毫无缘由地哭。我觉得让自己沉浸在一个承载着回忆的地方可以让我厘清头绪。但是，如果我抛弃玛丽娜和她那苍白脸色的话，我就是对一个陷入危险的人见死不救。

我们想了想哪些事情可以做。很快，我们便达成了一致：我们要做一些能够慰藉我们，且不需要付出任何努力的事情。

在我们夹着包去取车的路上，我们遇见了露易丝，她正坐在那张长椅上。"奶奶帮"只剩她一人了。她问我们去哪儿，我们告诉了她，她的眼睛便亮了起来。我们不忍心把她留下。

也就是这样，玛丽娜、露易丝和我，我们穿着泳衣、戴着泳帽泡在了昂格莱海水浴疗中心的潟湖中，这是一个巨大的海水塘，水塘里满是热气泡、喷泉和水流。

"这是我们之间的秘密。"露易丝在来的路上说道。

"这更好，要不然的话，他们大家会觉得我们偏袒您。"玛丽娜回答道。

"我和安娜 - 马莉说我去看女儿，很抱歉没有提前和她说，因为这个想法完全是一时兴起。她相信我了。"她狡黠地笑着说道。

"您做坏事了哟！"我说道，并在后视镜里对着她眨了一下眼。

她一脸满足。

按摩浴缸中的热气泡沿着我的小腿往上蹿，一直蹿到了我的背部。我的肌肉一块一块地放松了下来。我的身体只需要几分钟便能完全放松。我情不自禁地发出了一声满足的叫声，之后睁开了其中的一只眼睛：我的两个同伴也和我同一个状态。

"我想在按摩浴缸里生活。"露易丝半闭着眼随口说道。

"我也是。我想在一个大大的按摩浴缸里生活，和格雷……"玛丽娜回应道，之后她察觉到自己可能放松得有点太过了。

"那露易丝要和古斯塔夫分享浴缸了。"我傻笑着补充说道，之后，一道咸水柱拍到了我的右眼处。

她们俩笑了起来。之后，露易丝坦白道：

"你们知道吗？我第一次见到古斯塔夫的时候，我觉得他太让人受不了了。我刚刚才失去了四十年的回忆，并且还身处一家养老院里，我的周围全是陌生人，其中有一个还一整天都滔滔不绝地玩着文字游戏，讲着笑话……我不喜欢伤害别人，所以我什么都没说，可是我也没有少想这件事。有天早上，应该是我到养老院的一个月后，我没在吃早餐的时候看到他，午饭的时候也没有。他整整一个礼拜都没有离开过自己的房间，因为流感……"

"我记得。"玛丽娜说道，"那会儿他太过安静了。"

"所以，你们想想，那时候，我开始想他了。"露易丝继续说道，"想念他的关怀、他的出现，甚至他的笑话。当我们开始欣赏某个人的缺点时，就意味着好事将近了，不是吗？"

"可是你们真的在一起了吗？"我问道，"您不要想着这样就可以过关了。我要听刺激的、详细的东西。"

"哦，对。刺激的和详细的。"玛丽娜附和道。

露易丝笑了笑。在这位老妇人的外表下隐藏着一个两眼闪烁着光芒的小女孩。

"年初的时候，我开始收到一些匿名信。有人把这些信塞到了我门下后就消失了。第一次的时候，虽然我对我名字'易'上画的爱心有所怀疑，但我还是在想有谁会给我写这些优美的东西。很少有成年人会这么做……第二次的时候，我听到了一阵步行器匆忙离开的声音。"

我们三个人想象着古斯塔夫为了不被抓住而抱起步行器的画面，便大笑了起来。他就像个孩子一样把门敲开了便溜走。

"信里都写的什么？"

"告白。他在信里告诉了我他的感受，他喜欢我身上的哪些特质，他向我求爱。就这么简单，有时候写得很拙劣，可恰恰是这些质朴无华的东西直抵我的心。"

"您好像要让我们相信你们之间已经互通过书信了，"玛丽娜放声大笑道，"举行超级奶奶的致敬典礼时，我们就很清楚那不是您第一次唱歌……"

"你说得对，我们练习了很多次。"露易丝回答道，她的眼神开始模糊，"渐渐地，我对古斯塔夫有所改观。我觉得他让人心疼，他很勇敢，很宽厚。他当然得这样才能不停地去逗别人笑。虽然我很喜欢收到这些美丽的信，但是我告诉自己如果能收到口头的关心，那就更好了。于是，某天晚上，我去找他了。就是在《生活是如此甜蜜》特别感人的一集结束之后……"

我意识到玛丽娜和我正在一字不漏地听着，仿佛露易丝在抽取乐透彩的中奖号码一样。露易丝整理了一下泳帽，以便将这一悬念拖得久一些。

"我只是简单地告诉他我知道是他。"她咯咯地笑着说道。

"之后呢？"我们异口同声地问道。

"他假装听不懂我在说什么，还一脸无辜地问我'你知道是我什么'，仿佛他是一只刚刚撕碎了毛绒拖鞋的小狗一样。于是，我把他的步行器挪开了，在他的唇上吻了一下，之后我便回房间了。我还可以告诉你们，第二天的信上署名了……"

"啊，好吧！"我假装一脸震惊地说道，"您真是个小荡妇。"

她扑哧一声笑了出来，之后继续说道：

"是的，亲爱的，我们这个年纪已经没时间准备前戏了。"

我们三个人又大笑了起来，之后玛丽娜问道：

"但你们是认真的吗？"

"你知道的，八十岁的人是认真不起来的。每天早上见面的时候，我们都觉得很开心，我们喜欢一起交谈。另外，他会逗我笑，这一切太不可思议了。有的时候，我们会秘密约会，我觉得我就像一个二十岁的小姑娘，在谈一场地下恋。我们不会去想未来，不管怎样，我们将一切计划都抛在脑后，虽然如此，但是这段关系让我们觉得很舒坦。"

"您爱他吗？"玛丽娜强调道。

她犹豫了几秒钟。

"我不知道我们之间是不是爱情……可是我很确定有他的日子比没有他的日子更幸福。"

有那么几分钟，我们三个人都陷入了沉思中，之后我们做出了一个痛苦的决定——离开气泡按摩，去做喷泉按摩。生活就是由高乃依①式的选择组成的。

喷泉水柱从热水中冲了出来，拍到了我的背上，恰好拍到了我的两处肩胛骨中间，它的力度十分轻柔，最终让我放松了下来。我不禁在问自己为什么我没想过早点来。即使以前打全麻的时候，我也没有

①法国古典主义悲剧的代表作家。

这么放松过。仿佛所有的不安，所有的痛苦都被热水流带走了。玛丽娜在水柱按摩着腰椎的时候发出了满足的呻吟声，而露易丝选择了力度更加轻柔的水柱来按摩小腿肚，她的脸上一直挂着心满意足的微笑。我可以就这样待上好几小时。如果没有玛丽娜唐突的行为的话，我是可以的。

"好了，那你呢？帅哥拉斐尔走了的话，你不会特别伤心吗？"

"根本不会。我不明白我为什么要伤心。"

露易丝半睁开了一只眼，看着我们。

"茱莉亚，你和那个年轻的拉斐尔发生了什么？"

"没什么。自从玛丽娜和格雷戈在一起后，她看哪儿都是爱心泡泡。"

"玛丽娜和格雷戈？"她睁开了另一只眼，惊呼道，"我都不敢相信……"

很明显，我们并不是唯一怀疑过这位活动主持人性取向的人。我们之间对话的这一发展趋势很符合我的要求，我很高兴转移了她们的注意力。为了最终确认我的安宁，我又添了一把火：

"可是，您真应该看看他俩昨天晚上，他们的吻几乎和您跟古斯塔夫的一样火热。"

她们两人假装尴尬地耸了耸肩。

差不多四小时之后，我们信息满满、肚子满满地回到了柽柳。我把露易丝送到了大门口以免引起怀疑。之后，我和玛丽娜会开车绕着比亚里茨转一圈再回去。我帮着露易丝下了车，然后，又重新坐了回去，而她走到了小路上。她又折了回来，跑了几米，然后在我这一侧的车窗前俯下了身。

"丫头们，谢谢你们带给我的这一美妙时刻。我就像和两位朋友在一起，不用再考虑年龄问题。你们想象不到体验几小时的青春时光是件多么惬意的事。"

"我也是，这真是件美好的事。"

当我低声回应着的时候，她已经走远了。

～ 54 ～

我需要一段时间才能咀嚼、消化掉我妹妹所说的话语。她将手插入了我的心脏，准确地找到了那份我选择麻痹的情感，然后用力地将它唤醒。自此，我充满了负罪感。

我并不后悔抛弃了一切。我对亲人隐瞒了自己在这里的事实，对于这一决定我愿意承担，可我还是没有准备好向他们说出真相。还没有。但是，即使我尝试着为自己寻找完美的理由，我依然不能原谅自己这么自私。我只想到了小我，只想到了如何让自己走出深渊。我监视过自己最轻微的痛苦表现，却未听过别人的。即使无话可说，我也应该每天给她们打电话。我应该去看望她们。然而，即使是年末节日的时候，我也是选择和完美的陌生人同坐一桌，而不是和家人在一起。我想念她们，经常想。我想象着她们的痛苦，却又对她们的痛苦敬而远之。我发短信，经常发，我打电话，偶尔打（却总是希望能够转接至语音留言箱）。我贯彻着读书期间所学到的知识——如果自己心情不好的话，是帮不了别人的。但是，我把"承担责任"与"到场"放在了同一个包里。然后拧了两圈锁上，最后我把它束之高阁，放在了待办事项的架子上。

几天前，我给母亲打了通电话。我不希望转接至语音留言箱。

"喂？"

"妈妈，是我……"

"亲爱的。你最近怎么样？"

"我想问你……我周末能过去吗？"

"……"

"妈妈，你在吗？"

"我会铺好床，亲爱的。你早餐还是一直喝热巧克力吗？"

她坚持要来机场接我。而我坚持让她在停车场等我。因为一想到为了圆谎而不得不往返于比亚里茨和巴黎的画面，我就高兴不起来。

她在我的请求和她自己的急不可耐中找到了一个折中方案——她在机场门口等我。我确认了一下航班信息，然后混进了来自巴黎的乘客群中。但愿回去的时候也一样简单。

在她认出我之前我便看见了她。她看着手表，确认着时间，她的短发被风吹得乱七八糟的。妈妈。我加快了步伐，仿佛是为了弥补失去的那几秒钟。突然之间，保护自己反而成了我愿望清单中的最后一项。在这两天里，她会是我的母亲，我会是她的女儿，我们会是一家人。虽然是不同以往的、残缺的一家人，但仍然是一家人。

她看见了我，冲着我笑。她放心了，她之前都不敢相信这一幕。机场大厅的门开了，她的怀抱也张开了。我躲了进去。我还是你的小女孩。妈妈。

我们就这样待了很长时间。在温柔的怀抱里待了很长时间，之后我们出发上路了。

一路上，她都在说话。漏水了，必须修；她的朋友安娜，买了一辆新车；诊所，怎么样；你还是没有找到房子吗，和玛丽昂处得还好吧？我小心翼翼地回答着，以免出错。我可以把一切都告诉她，可是我还没做好准备。这个谎言，是我最后的脱身之策。

她把车停在了家门口。我最害怕的一刻来了。她仿佛感受到了，不再聊那些家长里短，继而问我是否还好。

"还好，谢谢！时间隔得有点久，仅此而已。"

"我明白。上一次还是来向他道别的。我把家具挪了挪位置，你一会儿会看到的，这样更透光。"

"你和卡萝尔说了我要来吗？"

"说了，当然说了。她本来也想见你，可是这周末她不在。好像马德里那儿有个研讨会。"

"算了，下一次再见吧。妈妈，你先走，我一会儿去找你。"

我在车里待了几分钟。我在自我准备着。篱笆没有修剪，我从来没有见过它这么高。我注意到了街尾的那扇白色金属大门，我曾经推过许多次。那是外婆家的大门。我从车上走了下来，吸了一大口气。欢迎回家。

光线真的变多了。一张新的长沙发和一张新茶几在我父亲的那张绿色老旧扶手椅旁边找了个地方安置自己。气味也变了。这种变化令人难以察觉。我闭上眼睛，认出了这股气味——是家的气味：一股混合着古老石头、木头、洗衣粉、厨房和焦糖烟草的气味；一股瞬间便在我血管中扩散并让我大脑警铃失效的气味。我现在很安全，没有什么可以发生在我身上。

每周五晚上，我父亲都会抽烟斗。他会上楼，走到自己的房间，把窗户打开（这扇窗户正对着广场，广场上满是小草和李子树，我们曾经在李子树上待过好几小时），将烟草塞进斗里，然后品尝着烟斗的味道，神游四方。我喜欢这股略甜的烟味，尽管我父亲小心地提防着，可这股烟味最终还是渗到墙里了。我喜欢这一仪式，它代表了工作日的结束和周末自由的开始。我喜欢他让工作烦恼随烟而逝后下楼的神情。今天，我闻到了古老石头的气味，闻到了木头的气味，闻到了洗衣粉的气味，还闻到了厨房的气味。可焦糖烟草味几乎消失得无影无踪。

"来，我把你的床铺好了。"我母亲说着，便把我拖上了楼梯。

我以前的房间改成了客房。我把包放在地毯上，瞥了一眼窗外。广场没有变。

"亲爱的，你在这儿，我很开心。"

"我也是，妈妈。很抱歉没有早点来。"

"啧，啧，"她摇着头说道，"我知道你工作忙。再说了，和玛丽昂待在一起时间过得肯定很快。那个女孩很有意思，我一直都很喜欢她。"

我想告诉她说这和工作无关。我想告诉她说我之所以没有早点来，是因为只要一想到那件事，我就腹痛难忍。我想告诉她说明知道家里缺了两位挚爱之人，我却依然前来，这简直就是一场酷刑。我想告诉她说一年前她还有丈夫、有母亲，可如今孤身一人，这让我很沮丧。我想告诉她说一想到她独自哭泣，我就承受不了。所以，我来看她了……我希望把这一切都告诉她，我希望我们能谈一谈，真的。我希望我们能围坐在一张桌子前，把心里话都说出来。但是，她的愿望呢，是和我聊漏水、聊家里的光线、聊她的朋友安娜。或许她是在和我聊爸爸、聊外婆，但是她装得像在聊漏水、聊家里的光线、聊她的朋友安娜一样。我必须好好和她谈谈。

第一个夜晚过得仿佛我们之间从未出现过裂痕一样。我们一起做饭、一起边吃饭边谈论熟人、一起倒在新沙发上看 DVD。当我为了确认某些事情依旧未变而向她道晚安的时候，她关掉了电视，对我说道：

"明天早上，我去看你爸爸和外婆。我每周日都去，你想去吗？"

我摇了摇头。我还没准备好。

"妈妈，我不想。对不起，我不能去……"

"亲爱的，我理解。你慢慢来……等你准备好再说。"

我朝楼梯走去，感觉到她的目光在看着我。我咬紧了牙关。紧紧地咬着。等到了房间再说。母亲为子女们受的苦要比为自己受的苦更多，我来这里不是为了把我的痛苦包袱甩给她。

"茉莉亚？"

我转过身，咬紧牙关。

"亲爱的，你知道吗？我经常会想一件事。对于你爸爸的死，我们找不到任何慰藉。他还年轻，身体也很好，所以这不公平，也无法理解。但是对于你外婆……虽然让人很伤心，但是我相信她在那里过得更好。她累了，你知道的……好了，去睡吧，你需要休息。明天，记得提醒我给你讲讲普兰夫人的事，你知道的，就是住在十七号的那个邻居，我相信你会发笑的。晚安，亲爱的。"

咬紧牙关。咬紧牙关。咬紧牙关。

~ 55 ~

信箱上没有名字了。这里不再是她的家。谁的家都不是。

我把手贴在白色的金属大门上，然后推开。在门真正地发出嘎吱声前，我便已经听到了。我像以前一样，把门固定住了，以防它在我身后"砰"的一声合上。

和以前一样，我最先看到的是樱桃树。我想象着前不久这些充满甜味的果实把树枝压弯了腰，我想象着曾经的承诺：承诺会让红色的汁水流到我的下巴；承诺会给我做一个新鲜出炉的水果蛋糕；承诺会给我做个樱桃耳环；承诺会想个计策把贪吃的乌鸫鸟吓走。然而今年，红色的汁水流进了它们的嘴里。

雏菊在风中跳着舞。我闭上眼睛回忆着。我会把这些白色小花摘走。用指甲将它们齐根掐断，然后将花梗插入黄心中直到花梗被花瓣完全覆盖。外婆，你瞧，这是给你的花环！

还有三叶草。我曾经会花上好几小时去观察这些三叶草，总希望能从中找出多一片叶子的，这样的话，多出来的那片叶子便能保佑我幸福、好运。如果我当时找到了，那她现在应该还在。我用指甲刮了刮门上的玻璃，这是我们的暗号，之后我会把门打开，而她会带着她那可以抹去一切丑恶的微笑朝我走来，然后用她那从来不会变大的细小声音对我说道："亲爱的，进来，很高兴见到你。"我们会一起做些事情，不论什么事情都可以：玩一局 Scrabble①、吃一块蛋糕、抚摩一下、吃一块点心、读几首诗、进行一次讨论。不管什么借口，只要能

① 西方流行的英语文字图版游戏。

让我们待在一起打发时间就好。我会在无意间撞上她看向我的眼神，她的眼神里充满了爱与不安，而这份爱与不安只为我们真正在意的人而存在。她也会在无意间撞上我的眼神。在一个深深的吻、一个长时间的微笑或一个寻常的称赞背后，可能会隐藏着我们想说而没说的话语，之所以没说，是因为那句话只有三个字，并且我们不会在毫不特殊的情况下说那三个字。

吊椅没有被遮起来。上面的布料发白，也被弄脏了，金属杆也生锈了。车库的门很脏。混凝土石板上粘着风干的泥块。冬天经过了这里。小灌木低下了头，小草平躺在地上，槭树为鸢尾花遮阴挡阳，而鸢尾花沉着脸。外婆不在了。我的回忆也不在了。

我最后一次踏上了返程之路。我在心里对着这个地方说永别，这个地方见证了我的四肢爬行、我的牙牙学语、我的踉跄失足、我的放声大笑、我的哭泣、我的睡姿、我的嬉戏、我的爱恋，以及我的成长。

我把手贴在白色的金属大门上，然后拉动起来。在门真正地发出嘎吱声前，我便已经听到了。我像以前一样，把门固定住了，以防它在我身后"砰"的一声合上。另外，我确信我们不应该等待合适的场合才将那三个字说给在意的人听。

~ 56 ~

我坚持只让她送我到机场停车场。她却坚持要把我送进去。我们在"她想多照顾一下女儿的需求"与"我想隐瞒谎言的必要性"中找到了一个折中方案——我们在机场门口告别。我并不是去很远的地方，但是当她把我抱在怀里时，当我感觉到她正试图压抑自己的啜泣声时，我很难过，仿佛我要去世界的另一端，并且一去不复返。

我带着塞满了蛋糕的包和一颗充满了矛盾情绪的心回到了自己的公寓。

这个周末，它做得很好。它很温柔，很轻柔，就像一沓垫子，就算我们摔在上面也不用担心受伤。它充满了腼腆之情和难言之隐。更重要的是，它充满了一份无条件的爱意，这份爱意能让母亲与子女在眼神交会时紧紧地联系在一起。在我家，这份爱意并不会表现出来。我第一次和我母亲说"我爱你"的时候，是超级奶奶去世以后，在电话里说的。挂断电话之后，她给玛丽昂打了通电话，对她说要她看着我，母亲觉得我想要自杀。在我家，所有的爱意都隐藏在小细节中：在被掀开的被子中（这床被子曾经盖在某个熟睡之人的身上）、在一部电影中（有人想看这部电影，但他选择等其他人一起看）、在一个微笑中、在最后一块让给他人的巧克力蛋糕中、在依偎在他人肩膀上的脑袋中、在一阵笑声中（虽然那个笑话并不好笑）、在一张保存完好的包装纸中（因为纸上有她的字迹"给我亲爱的小姑娘"）。

我希望她能原谅我。

玛丽娜不在。她发了一条短信通知我："我在格雷戈家过夜，如果你需要我的话，告诉我，我就回来。"我相信与其他人相比，她的陪伴更能将我周日晚上的沮丧打得落花流水，但是我不想在他们做爱的时候打扰他们。我给自己倒了一杯热巧克力，然后把包打开，把东西收拾好，我套上了我的睡衣，接着打开了电脑。

他的名字出现在一堆不知名店铺的促销信息、时事通讯，以及一群即将寿终正寝的慷慨人物（这群人要么愿意无条件地将上百万财产送给我，要么希望我把我的银行账号信息发给他们）所发的邮件中。

发件人：拉斐尔·马林 – 贡萨尔维斯
主题：消息

幸好没人看着我，我打开邮件的时候，脸上肯定挂着一副农村傻妞的表情。

茉莉亚：

你好！

我希望你最近一切都好。

我希望我的邮件没有打扰到你，我在柽柳网站上找到了你的邮箱地址。我安全回到了伦敦，虽然我的生活又恢复了匆忙的节奏，可是我很想念我外婆。我经常给她打电话，她告诉我她一切都好，可即使她过得不好，她也会和我说同样的话，所以我很不安。

如果我时不时地向你打听一些消息，你会同意吗？虽然我不太了解你，但是我感觉可以信任你。

我希望你能回复我。我会尽快回去待几天。

致以真诚的祝福！

拉斐 [①]

---

① 此处为"拉斐尔"的简称。——编者注

邮件是三天前发的。他肯定以为我对此不感兴趣。我点击了
"回复"。

拉斐尔：

晚上好！

我最近一切都好，谢谢！希望你也一样。

你能给我写信，真好。我很高兴可以告诉你关于你外婆的消
息。上周，我借着机会和她待了一段时间，她正在慢慢地融入。
我必须让你知道，她甚至决定留在这里了。虽然我不能说她现在
欣喜若狂，但是她已经和好几位老人成了朋友，并且她很乐意参
加各种活动。她甚至承认过她从未料到会这样。

当然了，她也说她很想念自己的房子，并且她很难适应自己
的行动不便，不过这一切都很正常。另外，她积极看待生活这一
点很鼓舞人心。

你稍后要来看她，这个想法很好，我确信见到你，她会很
高兴。

如果你想问我一些事情的话，请别犹豫，如果你方便的话，
也可以打电话给我：0656874485。

祝你晚上愉快！

茉莉亚

发送。

关电脑。

停止傻笑。

我在想我得睡多少次觉，才能等到"尽快"。

七月

生活，不是等待暴风雨过去，

而是要学会在风雨中跳舞。

——塞涅卡①

July

~ 57 ~

小巴停在停车场上的时候，安娜－马莉正在给集合在台阶前的老人们做着最后的嘱咐。

"去年，一切都进行得非常好，这也就是为什么我们今年又组织一次。虽然不是同一批少年，但他们来这儿的目的都一样：出门看海，很多人是第一次来。大家多包容一些，他们中有些人可能会有点粗鲁，但毕竟他们过得并不容易。另外，他们的感化师会在这儿看着他们。谢谢你们同意参加这次交流活动，好好享受吧！"

少年们从小巴上下来了，朝我们走来。与此同时，我们也朝他们走了过去。这让我们觉得自己身处《西区故事》①里。

一个穿着白色跑步服的棕发高个男人行了个屈膝礼。

"亲爱的险僧（先生）们，笑姐（小姐）们，你们好！在如此热情的一天，你们身体怎么样了？"

他的同学们放声大笑。

"孟迪尔，你在搞什么？你为什么要学小丑说话？"

"呃，什么？"他辩解道，"十九世纪的时候，他们都这样聊天。我

___

① 第三十四届奥斯卡最佳影片，影片中有两个少年流氓集团。

在适应，大人！"

整个队伍都开始讲话。一位感化师介入了，要求他们安静下来。几经提醒后，大家沉默了下来。正当安娜－马莉准备介绍情况的时候，一个细微的、颤抖的声音在老人中响了起来。

"嘿，老兄，你觉得我们落伍了？"

我的对面，一双双眼睛都瞪得大大的。我很高兴格雷戈把这开场的一幕录了下来，以后心情不好的日子里，我会拿出来从头看到尾。

所有老人都看向了罗莎。她耸了耸肩。

"什么？我和我外孙一起看过加梅勒·杜布兹①的所有电影。"

少年们哈哈大笑。老人们也跟着笑了起来。这一天定会让人终生难忘。

介绍环节在公共生活厅中进行。先从老人们开始。姓名、年龄、对今天的期待。之后，轮到少年们自我介绍了。姓名、年龄、对今天的期待。前者大部分都期待着能够交流、传承和分享。后者都期待着看海。前者必须由他人示意他们打住，以免他们把整个一生都讲完。后者则必须由他人督促，以便他们能在两声尴尬的笑声中多讲一些。

安娜－马莉解释了接下来的时间安排：所有人准备好以后，坐小巴出发；抵达海滩；游泳，做游戏；野餐；游泳，做游戏；十六点返回桉柳。

"有人有问题吗？"

没人有问题。

轮到感化师琳达发言了，她在提醒着规则。必须待在一起；绝对

①法国喜剧明星，主演过《天使爱美丽》。

不能离开感化师擅自行动；有秩序地下水；不能去无可下脚的地方；跑步的时候要注意，不能撞到别人；不能大声尖叫；不能往同伴嘴里塞沙子；不能把别人的头按下水超过十分钟，如果脸色发青，则意味着那人不舒服。你们好好享受，好好玩，然后晚上的时候带着满满的回忆走。

"你们有问题吗？"

"有，"少女马莉举手说道，"如果我们看到一条鲨鱼的话，还能大声尖叫吗？"

La Grande Plage^①海滩上挤满了人。七月与阳光前脚开始相会，度假者们后脚便来了。我们好不容易在沙滩的一个小角落里找到了片空地，插上了遮阳伞，放好了便携冷藏箱。就差把沙滩垫铺上了。

"我们可以围成一个圈，"露易丝提议道，"这样我们大家交流起来就更方便了。"

老人们点了点头：这个想法不错。少年们则面面相觑，仿佛刚才是提议让他们吞砒霜。作为回应，他们将包摔在地上，扯着衣服，催促着他们的感化师。

"走吧，头儿，我们去游泳！"

"我们要等大家都准备好以后再去。"感化师尤尼斯回应道。

"我特别烦，可能会烦上好几小时。"一位少年发着牢骚。

他并没有烦上好几小时，仅仅十分钟而已。老人们的脸上写着他们对少年们态度的失望。我怀疑他们是在故意拖长准备时间。他们慢慢地脱下了衣服，慢慢地叠起来，慢慢地放好，慢慢地整理着泳衣，

①比亚里茨著名的海滩。

慢慢地涂抹着防晒霜，慢慢地戴上泳帽，最后慢慢地确认了一下没落下任何东西。吕西安娜低声抱怨道：

"去年的孩子更有礼貌。早知道的话，我就找个凉快的地方待着。"

等老人们结束了以后，少年们鼓起了掌，然后便跑向了管制游泳区，很明显，他们并没有意识到大家的沙滩垫不是用来当脚垫的。

他们碰到水时，爆发出了一阵阵尖叫声。

"他×的！水太冰了。"

"哦，还好啦，你别唠叨了。"

"我们要像《泰坦尼克号》里那男的一样死掉。"

"下水之前先把脖子打湿。"

"你来啦，泰坦尼克号。"

"水太冷了，我都缩回龟壳了。"

"不，我永远都不会下水。这片海滩，是为北极熊准备的。"

海水没过了他们的膝盖，他们抱怨着，又大笑着。孟迪尔比其他人胆子都大，他踮着脚尖往前走，仿佛这么做能把时间拖长一点。当海水没过他胸膛的时候，他朝他的小伙伴们转过了身，他是如此自豪，仿佛他游过了大西洋。

"怪诞少年们，咱们谁是老大？"

怪诞少年们警觉地告诉了这位老大他身后扑来一片大浪。大浪拍打着他，他的笑容消失了，之后，他整个人都被浪花卷了进去，他时而从浪花中露出一只胳膊，时而露出一只脚，时而露出一绺头发。其他少年都很开心，老人们也是，之后，孟迪尔从水涡中冒了出来，在两队人的喝彩声中整理了一下自己的泳裤和头发。

露易丝走到了年轻女孩索尼娅的身边。

"秘诀就是你要告诉自己你很性感。如果你的信念特别强，那么你会觉得她真的很性感。"

索尼娅尝试着，与此同时，皮埃尔朝雷亚娜走去。

"我第一次来这儿游泳的时候，我以为自己要散架了。但是下水成功以后，我的四肢依然完好无损。有些事还是值得坚持一下。"

渐渐地，两代人混成了一片。前辈们在助新手们一臂之力，而少年们将自己的生气传送给了老人们。此刻，我一定动了真情，因为这传送的一幕触动了我。他们都是昨日的少年，明日的老年。他们都处在现下的过去与未来。海水没过了所有人的胸膛，突然，一阵尖叫声响起。

一条鲨鱼？

一具尸体？

一场海啸？

都不是。

只是伊莎贝拉无意中撞见格雷戈和玛丽娜在水下手牵着手。

~ 58 ~

今天早上，两辆小巴将我们送到了海滩。一辆坐着青少年，一辆坐着老年人。

今天下午，两辆小巴将我们送到了柽柳停车场。一辆坐着青少年和老年人，一辆坐着老年人和青少年。

吕西安娜靠近了我。

"我改变看法了。实际上，比起去年那批人，我更喜欢今年这一批。"

今天，便携冷藏箱和沙滩垫都围着蓝色遮阳伞及白色遮阳伞铺成了一个圆，大家仿佛成了同龄人。

最初的时候，他们之间有过不信任，有过保护层，有过傲慢。之后，随着分针的转动、时针的转动，他们之间建立起了跨越代际的友谊。

为了躲避海浪，我们跑了起来；之后，我们又跳进了海浪，不管怎样，我们是以最矫健的身姿跳进去的；我们任由湿沙将我们的双脚埋起来；我们建造了一座看起来就像被炮轰过的城堡；我们吃了贝奈特饼①；我们聊了反语②和古法语；我们对比了欧元和以前的法郎；我们问了自己在大西洋的另一端是否有人和我们做着同样的事情；我们捡了贝壳；我们欣赏了头顶上海鸥们的舞会。

公共生活厅里，大家都围坐在一张桌子旁，喝着下午茶。一小时之后，少年们便要走了。

"你们知道吗？"罗莎说道，"我刚来这儿不久。我今天差点就不来了，我之前以为我的胯骨不会让我享受这次活动。可是，我想了想，我必须来，只为给失足少年们带去一些东西。其中有一点我想对了，那就是戴着一副塑料胯骨跳进海浪里真不是件容易的事，好在格雷戈一直都扶着我。不过，剩余那一点，我就太过自大了……我并没有给

---

① 一种法式无孔甜甜圈。它的弹性口感类似于油条。
② 法国年轻人的一种潮流，将一个单词的音节从后往前颠倒，比如 fou（发疯）会说成 ouf。

你们带来什么东西，可恰恰相反，你们给我带来了一些东西。"

"您是认真的吧？"索尼娅问道，"我们给您带去了什么？"

"我很认真。一整个白天，我看着你们面对海浪、湿沙和海鸥时，眼里都闪烁着惊叹的光芒。我从出生之后就十分熟悉这些东西，所以它们就变得很寻常了，我也就不再注意了。就好像这些东西已经到手了一样，你们明白吗？"

雷亚娜蹙了蹙眉。

"那这些东西是谁的呢？"

"什么是谁的？"老妇人问道。

"呃，我吧，我什么都不知道。是您说的'就好像这些东西是谁的一样'①，所以我才问您这些东西是谁的。"

在场的各位都需要几秒钟才能厘清头绪。

"你呀，你真是怪诞少年王。"布莱斯大声说道，"acquis②，来源于动词 acquérir，你是把你的动词变位③书吃掉了还是怎么回事？"

大家笑了起来。罗莎继续说道：

"所以我想感谢你们。多亏了你们，我才意识到自己能够和那些珍贵的东西生活在一起，是多么幸运。另外，我也不想再抱怨生活了。"

好几个人都点了点头，对这位老妇人的感想表示了赞同。我也是其中一员。今天，我带着"第一次"这个过滤器体验了许多事情。听着那些欢快的尖叫声，以及大笑声，我的幸福感增加了十倍。

---

①雷亚娜说的"就好像这些东西是谁的一样"法语写作"C'est comme si c'était à qui"，而罗莎说的"就好像这些东西已经到手了一样"，法语写作"C'est comme si c'était acquis"。两句话发音一样，所以产生了误解。
②acquis 的中文意思是"到手了"，它是动词不定式 acquérir 的过去分词。
③动词变位是动词词尾发生一定的变化，用以表达不同的时态、语态等。

"为什么你们不聊聊过去的自己?"索尼娅问道,"就好像你们死了一样……"

"我们没死,"皮埃尔回应道,"但是我们的生活已经过去了。"

"胡说!"孟迪尔大叫道,"我曾祖父现在 102 岁,可我弟弟 3 岁的时候就死了。我们不可能知道自己还剩多少时间。生活,就在现在,不在昨天,也不在明天。"

"哈!"门口响起了一个嗓音,"你们的小型舞会看着很欢快呀……我几乎都要后悔没参加了。"

莱昂带着他那一如既往的讥笑站在门口看着我们。露易丝耸了耸肩。

"没错……老人中间也有怪诞王。"

我们朝着远去的小巴大大地挥动着手。少年们贴着车窗玻璃对我们说再见。上车之前,他们道了道谢,并承诺会再次到来,我们都很清楚这不是真的,但我们依旧说了"好的"。虽然大家想紧贴在对方臂弯中告别的意图已经很明显了,但最终紧贴在一起的是手。这一次,这一举动无疑更多是出于对对方的尊重,而非不信任。

当小巴消失在视野范围后,大家正转身准备继续自己的日常时,格雷戈拦住了我们。

"稍等!感化师琳达给了我这个东西。她和我说孩子们写信会更自在一些。"

他将一张白纸展开,然后将它举起以便大家都能看到。那句话是用黑色毡笔写的,周围画满了爱心。

"感谢你们所做的一切!老伙计们,你们酷毙了。"

每个人的名字都署在了上面。

大家都没有反应过来，只有格雷戈、玛丽娜、罗莎和我大笑了起来。

"我们毙了什么？"皮埃尔问道。

玛丽娜平复了心情，回答道：

"这句话的意思是'老爷爷老奶奶们，你们真棒'！"

~ 59 ~

伊丽莎白什么都没有怀疑。皮埃尔告诉她说自己今天不能来看她了，因为要做体检。他很抱歉没有注意到日子，他会打电话来祝她六十周年结婚纪念日快乐。六十年，这并非什么都不是！伊丽莎白被失望蒙蔽了双眼，以至都没去找其中的破绽。

"就算你给我打一千次电话，我也不会接的。"她宣布道。

皮埃尔笑着把她的反应告诉了我们，但是，在帷幕落地之前，我们不能太过骄傲。

由于这件事是我发起的，所以我负责了很大一部分的准备工作。玛丽娜和格雷戈协助了我，他们为这件事付出了不少心血，他们必定也受到了轻微的影响。我们制造了一份惊喜，应该会让伊丽莎白激动得说不出话来。

我敲了敲她的房门，她现在住在康复中心。她用细小的声音邀请我进去。

"伊丽莎白，您好！最近好吗？"

她那张令人琢磨不透的面孔回答了我：不太好。她坐在床上看着对面的电视，漫不经心地换着台。

"今天是我们的结婚纪念日，"我正往椅子上坐的时候，她说道，"你想象一下，我亲爱的丈夫宁愿去给他的肠子拍片，也不来和我庆祝。"

"我知道这件事。他也没办法，下次预约的话得排到半年以后了。"

我认真地考虑着要把一项新技能添加到我的简历中——撒谎专家。

伊丽莎白摇了摇头。

"我就应该趁那个机会和他离婚，就是这样。"

我肯定听错了。

"什么？"

"没错，十年前我差点就离开皮埃尔了。"

"啊！不是吧？如果你们也离了的话，那你们要我们怎么继续相信爱情？你们可是理想夫妻。"

"对，是这样，可恰好是对完美的追求让我们差点分开了。十年前，我再也忍受不了皮埃尔身上的任何一点东西。他身上我所爱过的所有东西，或者是我从来没有注意到的东西，都能激怒我。他走路的姿势、他咀嚼时发出的声音、我出门购物时他向我索吻的方式、他以自我为中心的那种方式、他的笑容……其实很简单：就是我再也受不了他了。当时，我很羡慕我的姐姐，她从来不埋怨她丈夫，并且她能在她丈夫身上找到世界上存在的所有优点。最终我觉得这一切都不正常，我不爱他了。我只看到了消极的一面，于是我几乎变得很恶毒，一直对他很粗暴。可怜的他并不明白，他还一直那样……我预约了一位离婚律师进行咨询。我姐姐陪我去的，虽然她并不赞同我的决定。"

我被她的坦白吓得惊恐万分。他们经常和我说婚姻并非一直都那么容易，但是我想象不到会艰难到哪种地步。

"是什么让您改变了主意？"我问道。

"真相。从小时候开始，大家就对着我们念叨理想爱情。理想爱情不会经历任何危机，并且能抵挡一切，会有怦怦跳的心、触电般的感觉、浑身的战栗、满腔的激情……律师迟到了。我在等候室和我姐姐讨论着。她对我说：'你是怎么想的？你觉得让每次朝我走来的时候，我都会浑身战栗吗？你真的以为我从来没想过要吼他，要收拾行李走人，不想再见到他吗？你真的相信爱情就是本言情小说吗？'等候室里还有其他两个人——一男一女。我们之间的谈话最终演变成小组发言。那位女士比我们俩还要年轻，她丈夫和全市的女人出轨了，所以她要离婚。那位男士刚刚被他妻子甩了，他很震惊。我想到了皮埃尔，这让我想哭。这样对他不公平，对我也不公平。我太想他了。爱情一直都在，只是被几次不愉快给藏起来了而已。因为要和一个人一直生活在一起，所以我们只看到了他不好的一面。就像我们买了件新衣服一样：最初的时候，我们很喜欢，之后，我们觉得它褪色了，最后我们再也忍受不了了。这就要求我们做出巨大的努力，不被负面的小细节污染到。最重要的是，千万不要相信爱情必须完美。和一个人分享自己的日常、自己的思想，以及生活，这一切并非毫无意义。另外，如果没有低谷，我们也就欣赏不了高峰。"

"呃，好吧。我从来没有想过这些。"

"露易丝，她喜欢织毛衣，有一天她做过一个美丽的比喻。爱情，就像织毛衣：我们会平静地织上一行又一行，我们会织出美丽的图案，并为之自豪，有时，我们会把目光集中在漏掉的那一针上。但归根结底，剩下的部分依然是一件温暖舒心的毛衣。"

我沉浸在她的话语中难以自拔，以至我差点忘记了自己出现在这里的原因。

"好了，走吧，我带您出去转一圈。天气特别好，得好好享受一下。"

"我不想去。另外，不管怎样，我走路也不能走太长时间。"

"可以的。走吧，您会改变主意的。"

"不，不会，真的不会。我宁愿看电视。你人真的很好，会定期来看我，可是你今天来得不巧。"

我没有预料到这种情况。我绝对得让她动起来，希望不用求助麻醉药。我站了起来，将轮椅推向了床边。

"好了，站起来吧！您去浴室稍微整理一下头发，然后我们出去。我告诉您，我可比您倔多了。"

二十分钟以后，我推着轮椅跨过了门口。伊丽莎白一言不发。在大楼的拐角处，通往停车场的路上，她发出了一声尖叫。

所有人都来了，站在我们的正对面。皮埃尔站在第一排，手里拿着一束花。他们的子女、孙子、曾孙，柽柳的老人们，以及工作人员都来了。总之，有将近五十个人来为他们六十周年爱的纪念日进行庆贺。伊丽莎白转向了我，眼里满是泪水。

"我当时就应该怀疑他会找一个借口不去做内窥镜结肠检查。"

被装饰过的桌上摆放着我们昨天在手工烹饪课上所做的清爽饮料及糕点。树上则挂着彩旗。康复中心的好几位病人也加入到了这场庆祝会中。当我吃着第三块提拉米苏的时候，皮埃尔朝我走了过来。

"茉莉亚，非常感谢你。这比完美还要更胜一筹。"

"说实话，能准备这一切，我也很高兴。另外，格雷戈和玛丽娜也帮了我不少忙。万一我离开桉柳以后找不到工作，我还可以转行当活动策划人。不过，那我就得离提拉米苏远点了……"

"茱莉亚，请听我说，"他更加认真地说道，"我不知道该怎么说这些话，但我还是想说。你想象不到你给我们创造了多大的幸福。没有你，我们肯定就是看一部德国电视剧，然后再吹根蜡烛。我们永远不会忘记今天。到了这个年纪，我们都有点麻木了，我们体验过巨大的幸福：我们的婚礼、我们孩子的出生，之后，孩子的孩子出生……虽然这一切很难进行比较，但是今天，我的感触很深。我从我妻子的眼里察觉到了她和我一样。你看着她，你也在她的眼睛里看到了吧？"

我看着伊丽莎白。她站在那儿，被她的女儿挽着胳膊。一个小男孩牵着她的手。如果"满足"也有一副面孔的话，那便是这位老妇人此刻的面孔。

"我知道你只是在遵守你在协议里的那部分。"他继续说道，"说到协议，我还没在莱昂身上找到些什么，不过我会继续找。你本来完全可以做一些简单的事，可是你偏要鼓足干劲。你肯定在他身上花了不少时间。"

"爸爸！你过来，我们照张全家福。"皮埃尔的儿子呼喊道。

这位老先生微笑着道了下歉，朝人群走了过去。几步路之后，他转过了身。

"茱莉亚，你是一位高尚的人。你值得经历一份和我们一样的爱情，因为那是唯一能令人幸福的东西。我真诚地希望你能找到。"

他和家人会合了，那张照片会挂在他每位家人的家中。

我呢，我要再拿一块提拉米苏。

~ 60 ~

发件人：拉斐尔·马林–贡萨尔维斯
主题：消息

茱莉亚：

你好！

我有段时间没问你关于我外婆的情况了，虽然我经常和她通电话，但我还是希望能得到你的专业意见。

我差点就打电话给你了，不过我意识到已经晚上十二点多了……我刚下班。这段时间，我每天晚上都是这个状态。正如伟大的哲学家阿列亚齐所说的，时间飞逝。

我相信你会告诉我她是否真的适应了新生活。她和我讲了那天和青少年待在一起的事，她很喜欢。她还告诉我说你经常过去和她聊天，她很感激。我也是。

我希望你一切都好，希望你不会太想格雷戈，希望你的睡衣从恐惧中平复了心情。

啊，差点忘了！我下周末南下，你一个字都不要告诉罗莎，这是个惊喜。

致以真诚的祝福！

拉斐

当我看到邮件的时候，是凌晨一点。从今以后，我每晚睡觉之前都要查收一下邮件。玛丽娜刚走，我们今晚一边吃着奶酪，喝着热巧克力，一边上演着《老友记》①的陈旧桥段。啊，对了，我们也喝了酒，一点点而已。

发件人：茱莉亚

主题：回复：消息

拉斐尔：

你好！

我是绒绒，茱莉亚的睡衣。很高兴终于有人关心我的情绪了。我更习惯别人在需要的时候把我利用起来，而不是将我扔到衣筐里，或者用一些不适合我材质的洗衣粉把我给洗了。现在，我彻底被放在架子上了，待在一顶软帽和一件大衣中间，我在等待着下一个冬天的到来。我特别认真地考虑过，我要加入 FLPD（"遇难睡衣解救阵线"）。

罗莎一切都好，我听茱莉亚说起过。她欣喜若狂地参加了所有活动，她和其他老人相处得十分融洽。见到你，她会很高兴的，这会是一场美丽的惊喜。

我要和你说永别了，我几乎不可能再有见到你的那一天。如果你希望我开心的话，那就好好照顾你的睡衣吧，它们很敏感。

绒绒

呃，好吧。我可能喝了不止一点点。

① 一部美国电视情景喜剧。

~ 61 ~

即便这不是个圈套，也差不了太多。

今天下午，格雷戈向我提议今晚他、玛丽娜和我去昂格莱的金沙海滩野餐，我欣然接受了。这会让我想起年少时期和小伙伴们在一起的那些夜晚，我们围着吉他和非洲鼓坐到天明。然而，我当时不明白的是，来这儿过周末的拉斐尔居然也要加入我们背包客的队伍。虽然他的存在不会影响我的决定，但是我开始怀疑这一切都是我的朋友们策划好的。

"我们可以生火吗？"格雷戈提议道。

"不行。"我回答道，"很明显，沙子下面有很多战争中遗留下来的弹药，生火会爆炸的。"

"你真是个扫兴鬼。"他说道。

玛丽娜插了一句：

"没错，可是她也有很多优点。她宽宏大量、为人风趣，还很聪明。另外，如果她收拾一下自己的话，会很漂亮。"

我等着她继续往下说："一共才需要区区九十九欧，这是笔好买卖，先生。另外，如果您买的话，我们给您提供十年保修。"可是她并没有，她只是笑了笑。她对自己感到很自豪。幸运的是，拉斐尔看起来并没有发现他们的小伎俩，他正凝视着沉入海底的落日。我站了起来，从包里抓起三明治，然后坐到了他旁边。德纳第夫妇[1]就快心肌梗死发作了。

"见到你外婆高兴吗？"我问他。

---

[1] 法国文学家雨果的著作《悲惨世界》中的人物，是收养珂赛特的酒馆老板和老板娘，为人善于耍心机。

226

"是的，见到她真的让我好受多了，虽然她第一句话就是关于我长白头发这件事。"他笑着回答道。

"根本看不见你的白头发呀！"玛丽娜说道，"是吧？茱莉亚。"

我愤怒地看着她，她咯咯地笑了起来。我要淹死她。

"不管怎样，"他继续说道，仿佛什么都没发生，"看到她这样，我就放心了。我冲我母亲发过火，因为她决定要把我外婆放到这儿。我当时确信我外婆会任由自己在这儿自生自灭。可恰恰相反，她开始制订各种计划。我给她解释电脑可以用来做哪些事情后，她甚至让我给她装一台。"

玛丽娜坐在格雷戈的腿间。格雷戈则用胳膊抱着她。我们四个人一起欣赏着落日跳水的那一刻，技术分十分，艺术分十分。拉斐尔凑到了我耳边。

"绒绒最近好吗？"

×的！我之前希望最好的情况就是那封可悲的邮件在半路上失踪了，最坏的情况就是他把那封邮件给忘了。所以，我们现在的情况就是要比最坏的情况好一些。既然这样，那就没有必要再笑脸相迎了。

"恐怕它不好。我早就不让它碰我的电脑了，我早就猜到我不能相信它。我惩罚它了，把它卷成一团放到它最凶恶的敌人旁边了，也就是我的亮片爱心睡衣旁边。"

"太恐怖了！"他装腔作势地说道。

"是的，我知道。它太艰难了。你要薯条吗？"

这一令人羞愧难当的睡衣故事至少让我们有了可聊的话题。格雷戈和玛丽娜正忙着检查对方的扁桃体（他们肯定以为接吻和打哈欠一样，只要看到别人接吻，那自己也会想），所以我和拉斐尔才有时间多了解彼此。玛丽娜或者格雷戈会时不时地停止她/他的洞穴探索活动，以便找出我和拉斐尔之间的共同之处。我们至少能肯定的一件事是他俩估计会越找越偏。

拉斐尔 32 岁，我也 32 岁。"太疯狂了，你们是同一年出生的。"

拉斐尔是一位美术图案设计者，他在伦敦一家设计电子游戏的新兴信息通信公司上班。"茱莉亚很会画《超级马里奥兄弟》[①] 里的蘑菇。"

拉斐尔讨厌醋酱薯条。"茱莉亚从来不会给她的生菜加佐料。"

拉斐尔和一位法国朋友合租。"太奇怪了，我们三个也经常在晚上进行室友聚会。"

拉斐尔喜欢伦敦，但他也很想念大海。"太巧了！茱莉亚也喜欢大海。"

我试图暗中让他们停下来，我甚至可能会用我的鞋跟踩断玛丽娜的胫骨，但是我什么都没做，他们以为自己很机智。拉斐尔肯定注意到了我的绝望表情，因为他冲我眨了眨眼，然后说道：

"不过，我可以用我的老二打飞机。我打赌你已经坐过飞机了，对吧？茱莉亚。"

虽然我试图保持严肃，但是我那两位同事的震惊表情让我再也忍不住了。拉斐尔看起来完全不打算为他刚才的言辞负责，所以我笑得更大声了。是时候让邦妮和克莱德[②]为他们那失败的计划闭幕了。他们仿若一人地站了起来。

"我们去买冰激凌，很快就回来。"格雷戈说道。

"你俩可要老实一点哟。"玛丽娜故作媚态地说道。

在我们反应过来之前，他们就溜走了。

① 一款电子游戏，主人公叫马里奥，靠吃蘑菇成长。
② 美国历史上著名的雌雄大盗。

很明显，"很快"对大家而言并非同一个意思。一小时之后，天黑了，其他人也来到了这片被聚光灯照亮的海滩，我们把薯条吃完了，表面上能聊的话题也都聊完了，比如，工作、学习（聊了一点）、几个搞笑的趣闻、一些明面上的计划。隐藏在表面下的话题，则是家人、爱情、伤口，以及私人计划。我们相处得很融洽，他会逗我笑，貌似我也会逗他笑。我们之间的共同点要比玛丽娜和格雷戈所想的更明显，我尝试过在某些方面去信任他，但我并不想向他透露太多事情。这或许是因为他是我病人的外孙，所以某种程度来说他是顾客，或许也是因为不信任，或许也是因为我觉得这样做会很危险。我们之间还有一个共同点，因为他现在跳了起来，以便结束这尴尬的局面。

"走吧，我们去游泳！"他说道。

我皱了皱眉。

"你中风了？让我看看，把你的胳膊抬起来，然后跟着我念……"

"等等，我没开玩笑。你看，有很多人在游泳，你难道不想吗？"

"你是认真的？不是。"

"你害怕了？"

"才没有呢！"我大叫道，我的声音有点太大了。

"那就去呀！会很棒的，你会喜欢的。"

所以如果我会喜欢的话……我过度兴奋地站了起来，小心翼翼地脱着长裙，以免我的乳房从内衣里掉出来，我整理了一下泳衣，收了收腹，然后跟着他朝海浪走去。

实际上，我真的害怕了。我本来可以向他坦白，但是海浪的大小（小）和海水的温度（正好）都不允许我拒绝他的邀请。我也不能告诉他说我害怕有鲨鱼。要不然，他会发笑，会觉得自己是对的：从来没有人在巴斯克地区见过吃人的鲨鱼。可是他并不知道自从我小时候看过《大白鲨》之后，一下水就会极度不安，即便是在游泳馆里。如果我不知道自己身下有什么东西，我就会焦虑到歇斯底里。所以大半夜，在海里游泳……

"你瞧，海特别美吧！"拉斐尔说着便跳进了浪花里。

"也很美味。你过来，我们出去吧？"

他笑了笑。海水没过了我的腰部，我开始放松了下来。我们不是唯一游泳的人，还有一些人离海岸更远，鲨鱼很懒，所以它们肯定会袭击离自己最近的人。这样的话，我就有时间跑出来，保住自己的四肢了。每当海浪朝我扑打过来时，我都会跳起来，海水具有一种安慰的效果，所以我几乎要完全放松下来了。拉斐尔用下巴示意了一下又有一股海浪靠近，比之前的都要大。

"抓吗？"

这个问题问得太委婉了，他根本没给我选择。当海浪袭来的时候，他正抓着我的手，朝岸边走去。我们滑倒在水面上，我们飞了起来，浪花又把我们抓住了，我被卷入一股水涡中，一直保持着洗衣机脱水的姿势。最后，我被冲到离海水只有十厘米的岸上，我的头埋在沙子里，拉斐尔的状态和我一样。我噌的一下站了起来。

"我们回去吧？"

他笑着跟在我身后，我什么都不怕了，我就是很兴奋，我都忘了玩水原来这么有意思。我们摆好了姿势，等待着下一股海浪的到来，拉斐尔牵着我的手，我感觉到他正用大拇指轻抚我的手，我看着他，他看着我，我笑了笑，他也笑了笑，我看到一样东西在他身后滚动，他笑了笑，我吓得不能动弹，他笑了笑，我尖叫道：

"鲨鱼……"

之后，我跑着要从水里出来，不过海水突然就变成了我的敌人，它拖慢了我的速度。

之后，我才知道那只是一个年轻人的脑袋，他当时游得比较远。我们都想象不到会有那么尖的一个脑袋。格雷戈和玛丽娜真是会挑时间回来，他们没有带回冰激凌，却带回了满内裤的沙子。他们看到了最后一幕，拉斐尔给他们讲了讲开头，之后，他们三个人都笑哭了，接下来一整晚他们都叫我帕米拉①，因为这能让他们想起我的慢速冲刺。

玛丽娜向我道晚安的时候，紧紧地抱住了我。她轻抚着我的后背，给了我一个抱歉的眼神，然后便冲进了自己的房间。她真可怜，她受到的打击得多大呀！她需要一些时间才能明白不论他们付出多少努力，都永远找不到一个足够疯癫的人来喜欢我。

~ 62 ~

"今天您感觉怎么样？"

"我很好，丽兹。你呢？"

古斯塔夫整理过自己的房间。几乎整理过。海报把墙给抛弃了，烟灰缸也几乎清空了，一直飘浮在空气中的酸味和薄荷味也稍微变淡了，连环画都叠起来了，虽然衣服没有再扔在地上，却在床脚下堆成了紧紧的一坨。整个房间看着更加敞亮了。我注意到了一个小细节，

① 加拿大演员，曾经在《海滩游侠》一片中出演过手持救生浮标在沙滩上轻盈慢跑的镜头。

这让我不由得笑了起来。

"我看到您多加了个枕头。"

我不觉得他会脸红。

"我脖子酸，枕两个枕头会睡得更好。"

"当然啦，"我走到了床边，"可您脖子酸也要吃避孕药？"

这回，他的脸还是没有红，只是变紫了。

"是医生给我开的……"

"希望您不是在街角的毒品贩子那儿买的。"我笑着回应道，"古斯塔夫，您不需要觉得羞愧，这可是爱情。"

他叹了口气。

"我知道，我知道，可露易丝不希望走漏风声。我觉得她想慢慢来……可我想剩下的每一分钟都和她在一起。"

我从来没见过他如此认真。或许在他看来，生活不再是个玩笑。

"茱莉亚，我们没时间慢慢来了。你愿意帮我吗？"

"帮您？"

"是的。我知道你在筹划伊丽莎白和皮埃尔的结婚纪念日中很出色。皮埃尔不停地说他们很感激你。没错，那个活动的确很成功。"

我不知道他在想什么，但是他的眼睛里闪烁着兴奋的光芒。我几乎可以看到他那皱巴巴的皮肤下藏着一个八岁小男孩。

"我希望你帮我组织一场令人难忘的求婚仪式。"

"求婚？"我大声说道。我抑制着自己，免得扑上去搂住他，这个想法真的太让我高兴了。

"是的。我希望露易丝成为我的妻子。我希望我们生活在一起。我不想再偷偷摸摸了。我尤其想让她快乐，想在她眼里看到满天繁星。"

多么美好的想法呀！他们在这个年纪结婚，不是为了证明什么，也不是为了创造什么（回忆除外），纯粹是想结合在一起，成为一家人，真美好！很高兴我能够参与到这项计划中。

我开始思索着哪种求婚方案最配得上他们的爱情，突然，一个最重要的问题摆在我们面前。

"您觉得她会同意吗？"

"我不知道。可我只有问她了才能知道答案。有时候，你可真蠢。"

啊！古斯塔夫还没完全改变。

"那您的女儿呢？她同意吗？"

他正对着我坐了下来。

"我不知道。我承认这是我最担心的一点。"

～ *63* ～

发件人：拉斐尔·马林 – 贡萨尔维斯
主题：致帕米拉

茉莉亚：

你好！

你最近好吗？

我知道我才离开三天，可我还是有点担心我外婆。我感觉她看到我走时很伤心，她几乎都没和我说再见，就看向了其他地方。

　　虽然我猜到了她并不是不幸福，她的日子过得也很充实，但我还是想确认一下她不会太牵挂我。我非常想念她。

　　我希望你一切都好，周六晚上的时候，我和你们三个过得特别愉快。

　　再会！

拉斐

　　附言：当心点，你身后有条鲨鱼。

　　我点击了"回复"，开始敲打我的留言，之后我停了下来，将他的邮件重新读了三次。

　　虽然我对自己真的没有信心，但我心中的疑惑是如此之多以至我得去问问玛丽娜的意见。

八月

与其他时刻相比，当下的一大优势是：它属于我们。

——查尔斯·凯莱布·科尔顿[1]

August

① 英国牧师。

~ 64 ~

"你说的那个小绒球是谁？"玛丽娜顶着个鸟窝头，睡眼惺忪地呻吟道。我相信我已经把她弄醒了。

她擦干了脸上的水，然后坐在床上。

"你把来龙去脉说给我听听。"

于是，我向她解释了：拉斐尔的这封邮件不同于以往，我感觉里面隐含着另一层意思，里面有小绒球的影子。

"可是小绒球是谁？×的！"

"你从来没看过《面包师之妻》吗？"

"做金色的布里欧修的那家店的面包师吗？他老婆叫小绒球？"

我哈哈大笑起来。我爱死这个女人了。

"当然不是啦。《面包师之妻》是帕尼奥尔①的一部宗教电影，我给你简单介绍一下，那是关于一位面包师的故事，他的妻子为了另一个男人离开了他，他特别惨。最后一个镜头最令人印象深刻。他老婆回来了，他也原谅她了，可是当他们的猫小绒球回来喝牛奶的时候，他说了一大段话：'臭娘们、婊子、垃圾！你和那只杂种猫在一起的时

①法国剧作家，法兰西学院院士，电影导演。

候，有想过可怜的绒球吗？'我知道，我的马赛口音学得不好，但是，你已经明白了主要的情况。他对那只母猫说的话，就是他要对他老婆说的。"

玛丽娜看着我，仿佛我正在变形。

"我根本不懂你在讲什么。你喝酒了？"

我把打印出来的邮件递给她。她读着。

"呃，所以呢？"

"所以我在想他真的是在说他外婆吗？"

"要不你就是嗑药了……"

"当然没有，你看！"我指着文章对她说道，"这里，你看，他问他外婆想不想他的时候，可能是想知道我想不想他，我！"

有那么几秒钟，玛丽娜没有任何反应。我在想她是否还活着。之后，她笑了笑。

"可能你是对的……'她看到我走时很伤心''她的日子过得也很充实''我非常想念她'。"

她跳了起来，现在完全醒过来了。

"没错，就是这样。就是小绒球。"

我带着玛丽娜的叮嘱回到了自己的房间：立刻给他打电话，然后告诉他我为他疯狂。毋庸置疑，她没睡醒。

我不知道我是否对了，我不知道他是否真的在字里行间隐藏了什么东西。我不停地告诉自己，我之所以会有这种感觉，可能是因为这样让我觉得很开心。与此同时，我刻意撒在其他人道路上的门锁扰乱了我的心智。我不知道我想要什么，我甚至不知道我不想要什么，并且我不知道我怎么才能知道我想要什么、不想要什么。所以我还是要保险一点。

拉斐尔：

晚上好！

我一切都好，谢谢！你呢？

我不觉得你这次走的时候，你外婆的情绪波动要比上次大，但是如果你这么觉得的话，我明天去确认一下。她很想你，真的，但是正如你所说的，我们正在分散她的注意力，让她的日子变得充实起来。我向你保证，如果我感觉她很沮丧的话，我会通知你的。

没错，那天晚上特别棒，格雷戈和玛丽娜也很喜欢。我们以后继续。;-)

祝你晚上愉快，回见！

帕米拉

附言：当心，你的内裤里有一架飞机。

~ 65 ~

伊丽莎白和皮埃尔像连体人一样坐在长沙发上。

"我真高兴能回来！"这位老妇人不停地重复着，"我想对你说就连这儿的食物我都想念。"

皮埃尔按了按她的手。

"我又活过来了。"他说道,"如果我们没有重新恢复单身的话,就想象不出我们所谈论的两人生活意味着什么。我所有的生活习惯中都包含了我妻子的存在:睡醒、刷牙、看电视、吃饭、欣赏风景……如果只剩我一个人的话,我就什么都不知道该怎么做了。"

我觉得他们重新找回幸福后表现得有点太过了。我适应不了。我父母都很腼腆,我记忆中从没见过他们拥吻,结婚照上的或者为了互道早安／晚安而在嘴角处留下的轻轻一吻除外。他们并不会因此而减少对对方的爱,他们只是选择通过其他的方式来表达自己的爱意。那天晚上,在沙滩上,玛丽娜和格雷戈的拥抱让我觉得很尴尬。看来爱情把我伤到了。我必须钻研钻研了。

我站了起来,并建议伊丽莎白和皮埃尔好好享受一下他们的重逢。

"您刚回来,我们以后有的是时间聊。如果您有需要的话,您知道去哪儿找我。"

我示意伊丽莎白不用起来,因为她的股骨颈依然很脆弱,但是皮埃尔站了起来,朝门口的柜子冲了过去。

"等等,我差点忘了。"他说着便把一台老旧的数码相机递给了我,"我觉得这里面有你想要的一切。"

房门刚合上,我便开始浏览着褪色小屏幕上的照片。虽然照片不是很清晰,要在电脑上看才会好一些,但是我的猜测让我惊讶不已。

"不是吧?"

之后,我微微一笑。

莱昂!接招吧!

~ *66* ~

一年了。

一年前，在我父亲去世以后，前尘已逝，今生方始。

从早上睁眼开始，我便一直在哭。幸好今天是周日。我母亲试着联系了我三次，可我没勇气接。这一次，我的牙关咬得不够紧。晚上，我再给她回电话。玛丽娜敲了敲我的房门，力度比以往要更轻柔，仿佛她敲门的时候带着满腔的柔情。但是我没有开。几分钟之后，她往门下塞了张纸——一个大大的爱心和一句"我在"。我哭得更猛烈了。

某一天，我和玛丽昂通电话了。她告诉我说我很厉害，把这一切都战胜了：爸爸、外婆和马克。我不厉害。如果可以选择的话，我会离开我的身体，让它独自去面对这一切。如果可以选择的话，我会闭上眼睛，一直睡到这一切都不会再让我心痛为止。可是我没的选。每天早上，太阳照常升起，海浪依旧翻滚，而我的身体也继续运转着。我必须一路走下去。人生按不了暂停键。

我翻出了老照片。我经常这么做，以便可以想想其他的事情，而不是一直被淹没在痛苦中。但是今天，我想和他待在一起。仿佛我不再惧怕自己的痛苦。我相信我正在这里成长着。

我和一群年龄是我的三倍的人生活在一起。悲剧，他们也曾经历过。他们和我一样也曾认为自己再也站不起来，认为自己没那么坚强。他们的心或许碎成了上千块，他们的伤口肯定深得不能结痂，但是即便如此，他们仍然微笑着、大笑着、活着。更难得的是，他们依然幸福着。他们从这些痛苦的经历中汲取了一股力量——一股看见本质的力量。

我在他们身边学会了回弹。

我从未如此重视过小细节的存在，以至从我记事开始，一切都止步不前。但是现在，我知道它们的价值了。我越来越相信幸福就是由人生道路上所积攒的点点滴滴组成的。

虽然我还没能从这些磨难中汲取正能量，我对自己的意志力也并不自信，但是我正在衡量自己认识生命价值的概率。

这一切都是柽柳教给我的。

我翻开了相册沉甸甸的皮质封面。里面的每一页都用塑料薄膜保护起来了，当我翻阅的时候，每一页都粘在一起了。这是我的相册。从我出生以后，我父母便会把我的照片贴在这里，我十八岁生日的那天，他们把这本相册送给了我。我妹妹也有一本。当我看到我年轻的父亲抱着他的孩子自豪地摆了个姿势时，我哭了。当看到他那张长了胡子的脸时，我笑了。当看到他和我母亲是如此幸福时，我哭了。当我看到我中学时的那张脸时，我笑了，那时的我牙齿上都是箍环，鼻梁上架着副眼镜，眉毛粗得就像胡子。当我看到外婆在教我织毛衣的那张照片时，我哭了。当我想起我给父亲化妆的那一次时，我笑了。我轻抚着照片，我希望这就是他的肌肤。他的胡子总是有点扎人，每次亲他的时候，我都会抱怨。我希望我永远都不会忘记这些事。

玛丽娜敲门的时候，我正从盒子里抽出第 N 张纸巾。我没有理她，我还没准备好。等我晚上给我母亲打完电话以后，我会去感谢她的陪伴。如果她愿意的话，我们可以就着奶酪、巧克力和葡萄酒看《老友记》。但是现在不行。现在，我要我的爸爸。她固执地敲着。我叹了口气。她很善解人意，但希望她能理解我。她继续敲着，敲得更用力了。之后，一个声音说道："茱莉亚，开门。我是卡萝尔。"

不是玛丽娜。我开了门，我妹妹流着泪正试图对我笑。她的胸前紧紧抱着件东西，我立马便认出来了，是她的相册。

痛苦会拉近分担之人的距离。巧的是，痛苦也因两人的分担而变得不那么沉重了。

我们仔细翻看了两本相册的每一页。我们哭了，哭得很多，我们笑了，笑得也很多。回忆并不痛苦，回忆只是为了让我们知道回忆属于过去，属于它们本来的样子。我们聊了爸爸，我们聊了外婆，我们批判了马克，我们用光了三盒纸巾，吃光了三盒巧克力。我们轮流给妈妈打了电话，以免她起疑。

她离开的时候，天已经黑了。她抱住了我，低声对我说她不怪我。之后，她下楼了，而我又看到了七岁的那个她，那时的她，马尾辫总是左右晃动着，她的牙缝也很大。这就是我的妹妹。

我父亲是八月八日去世的。八，八。无穷无尽的八 [1]。我相信他在天上会为自己的这两个无穷无尽的数字而感到自豪。

~ 67 ~

莱昂今天的表情和心情不好的日子里的表情一模一样。所以，他今天的表情和平时每一天的表情都一模一样。当安娜 - 马莉问他他儿子的断言是否属实时，他紧绷着嘴，皱着眉，盯着地面。

①这里"八"的阿拉伯数字写法同无限符号相似。——编者注

"好了，爸爸，"他儿子恳求道，"你不需要害怕。把你和我说过的话再说一次。"

莱昂摇了摇头，愤怒地看着我。他差一点点就可以喷火了。

"都是我编的。"他最后承认道。

"什么？"他儿子惊呼道，"有人给你施压了，是这样吗？"

莱昂的神情变得十分悲痛。

"你真是遗传到坏的那一半了……你觉得我们是在黑手党手里吗？"

他儿子惊慌失措，不停地摇着头，仿佛一只被放在汽车后窗板上的小狗。如果他继续这样下去的话，他的伤疤会崩开。

"可是您为什么要这么做？"安娜－马莉问道。

"为什么？为什么？所有事情都总是需要理由吗？我当时很无聊，就是这样。我现在可以回房间了吗？"

"可以。"院长坚定地回答道，"希望您可以找到其他事情干，我们以后不会再容忍这种指责了。"

莱昂沉着脸离开了办公室。我内心窃喜着，又想到了他发现我知晓一切后的反应。那是三天前。

当我敲响了他的房门时，他用他那没完没了的体贴迎接了我。

"你想要我怎样？我相信你已经明白我不想再接受你那些假慈悲的面谈了。"

我给了他一个嘲讽的眼神。

"您，好吧，可也许马迪奥需要找人倾诉呢？"

他的表情立马承认了一切。他的脸色变得如此红，以至我相信蒸汽马上要从他耳朵里跑出来了。这一幕并没有持续太长时间，他很快又重新戴上了轻蔑的面具。

"我不认识马迪奥。你让我自己安静安静。"他狠狠地回应着我，说完便要将门关上。

我将脚伸了进去，然后强行进入他的房间。奇怪的是，他并没有真正地反抗我，而是任由我进来。我很不自在。当坏人的时候，我就从来没自在过。我一点也不喜欢伤害别人，即便他们很令人不爽，并且让莱昂直面他古怪行为的这一想法也让我高兴不起来。然而，我没的选：如果我希望他停止对柽柳的要挟，那我就必须深入到他的后方。

皮埃尔是个效果惊人的侦探。当我让他试着找一些莱昂身上的敏感点时，他想起了有一次莱昂轻敲平板电脑的时候表现出了一丝窘迫。虽然皮埃尔对科技一窍不通，但是他猜想如果莱昂有敏感点的话，那他一定能在这个联网的东西上找到。于是，他利用莱昂去修脚（只有这个时候，他才会同意不带平板）的时候溜进了他的房间（出于安全考虑，老人的房门从来都不会锁上），打开平板，随意地在图标上乱按一通，然后拍下照片。最终的结果远超我的预期。

"莱昂，我不是您的敌人。我本来不想走到这一步，但是您让我没的选。我不希望伤害您，我只是想找一个解决办法。您知道吗？我知道关于马迪奥的所有事。我向您保证，如果您停止您的虚假指控，我就不会告诉任何人。以后我们也绝对不会再谈这件事。您同意吗？"

他无动于衷地看着我，之后坐到了按摩椅上，然后不紧不慢地启动了一个程序，回答道：

"千万不要认为你赢了，你耍阴谋还嫩着呢。如果我决定不将我受到的虐待说出去，那只是因为我不想浪费时间。你的小小威胁影响不到我，因为我根本没什么可以自责的。"

莱昂，还是老样子，一点没变。

"没错，您又没做任何违法的事，"我赞成道，"但我确信您不希望大家都知道您的事。那叫剽窃，您知道吧？"

他轻蔑地笑了笑，之后又冷笑道：

"你不明白。我一生都活在名人的阴影下……我和演员打过交道，我经常和导演来往，可是我呢，没人看到我。今天，我在Facebook上有五万六千个粉丝，在Instagram（照片墙）和Twitter（推特）上有八万个赞。每天早上，我的第一个动作就是抓起平板，确认一下收到赞的数量。这就是我心情的晴雨表。我会上传照片。我会带着那些粉丝去巴哈马①旅游，我会向他们展示我最新的购物成果，我会让我的猫出镜，我会给他们介绍我的弟弟，我会向他们展示我的腹肌，我会给他们晒自拍，我让他们充满了幻想。他们和我说我长得很帅，说他们喜欢我的猫，说我拥有梦幻般的生活，说他们想成为我。有些人嫉妒我，有些人讨厌我。但我并不理他们，可是我的粉丝帮我解决了。有时，我会去看他们的照片，看看他们长得像什么。我同情他们，他们要么丑，要么胖，要么老，要么穷。有些人打四份工。我明白他们更想过上我这样的生活，而不是他们自己的……"

"但是这不是您的生活，"我大叫道，"您剽窃了别人的。"

他看着我，仿佛我怎么会傻到不能理解。

"我没有剽窃任何人的生活，我只是把他心甘情愿公开在自己Instagram账户上的照片复制了而已。另外，是我自己想出的那个名字，马迪奥，还有他的年龄、住址、猫的名字……"

"您就不怕有一天被别人发现吗？"

①大西洋西岸的一个联邦制岛国。

"你真的认为我是很草率地选择了马迪奥吗？马迪奥除了身材完美，他还喜欢住在保加利亚①，在那里，完全没人认识他。他不会因为自己的八万个赞就被认出来……"

我在同情和厌恶中徘徊。这位老先生因为不喜欢自己的生活而创造了另一种生活，这一点虽然很可怜，但是他欺骗了上千人，并且他还在没有任何羞耻心地撒着谎。他的最后一句话帮我做出了选择。

"也许你现在开始尊敬我了，毕竟我在 Facebook 上有五万六千个粉丝。"

~ 68 ~

发件人：拉斐尔·马林 - 贡萨尔维斯
主题：嗒嗒 嗒嗒 嗒嗒嗒嗒嗒嗒嗒嗒 *

茉莉亚：

你好！

现在凌晨十二点多了，我刚回家，白昼越来越长了，气氛也变得紧张了，我们刚刚又被竞争对手偷走了一笔大订单，我需要透透气。所以，我订了票，下周末我就会过去。

①欧洲巴尔干半岛东南部的一个国家。

我外婆最近好吗？我很想她，一想到她独自一人坐在小小的房间里，我就很心痛。我希望将来可以经常去看她。每次相见都会让她很开心，也会让我好受很多。

你呢？你最近好吗？今年夏天你不去度假吗？

回见！

拉斐

＊希望你认出了这是《大白鲨》里的音乐。

有小绒球的影子还是没有小绒球的影子？

我没那天晚上那么肯定了。如果他的邮件一语双关，那他真的是隐藏得太好了。可如果情况不是这样的话，那他给我发邮件聊他对外婆的情感这件事依然是个问题：他或许认为我也是他的心理医生。

这一切真是无从知晓！

拉斐尔：

你好！

对于你的疲惫和客户的流失，我感到很抱歉。希望这一切不会让你陷入艰难的境地，如果是的话，也不用担心，因为我觉得你已经准备好开启你的电影音乐模仿生涯了。

你能来真好！你外婆会很高兴见到你的。她经常聊到你，她很想你，她为她这个生活在伦敦的外孙感到自豪。某一天，她看到你瘦了十分担心，所以她一直在想你是否能吃饱……

她过得并非不幸福，所以你不用担心。看起来孤身一人也没让她感觉太难受。事实上，有时候，我会无意间看到她的眼神变得茫然，那时候她肯定是在想你，你们之间的关系真美好！但我向你保证她没有表现出任何一点抑郁的迹象，所以你可以安心地睡了。

我不去度假，我的合同马上就要到期了。不过没关系，我觉得在比亚里茨一年四季都像在度假。

回见！

茱莉亚

我刚准备在谷歌上搜一圈以便确认我下巴上那颗不请自来的红点不是癌症征兆的时候，他就回信了。

嘿！

我不知道你的合同马上就要到期了，真遗憾……我外婆已经适应你了，你的离开会让她觉得空虚的。

你可以让她放心，我吃得很好，也没有瘦太多。证据在附件里。

亲吻！

拉斐

信尾的"亲吻"稍微扰乱了一下我的心智，怀着这份心情，我打开了附件。第一个附件是一张他正在吃超大汉堡的照片，第二个附件是一张他模仿健美大赛运动员的照片，他光着上身、收紧小腹、绷紧胳膊。

我大笑了起来，这张照片太搞笑了，并且它没有让人产生任何疑惑——拉斐尔正在追求我。

~ 69 ~

我正准备离开的时候，罗莎来办公室找我了。

"茉莉亚，我想请你帮我个大忙，但是，你必须保证会帮我保守秘密。"她小声说道，"这是一个很沉重、很沉重的秘密。"

好吧！她会告诉我她把所有情人的尸体都藏在床下了，然后我们会一起捧腹大笑。

"说吧，罗莎！我能为您做些什么？"

她看了看四周，寻找着可能会窃听她秘密的潜在奸细，然后低声说道：

"你来我房间。敲七下门，这样的话，我就会知道是你。一会儿见。"

之后她迈着小碎步急急地走了，她的拐杖在走廊里砰砰作响。

一分钟后，我在蓝色的房门上敲了七下。

两分钟后，我又在蓝色的房门上敲了七下。

四分钟后，我在蓝色的房门上敲了十五下，然后喘了喘气。

五分钟后，我看见罗莎突然出现在走廊的尽头。

"你是怎么做到的，居然比我先到？"她气喘吁吁地问我，"你跑过来的？"

"没有，我走过来的。"

她朝四周看了一眼，打开了房门，然后将我拽了进去。

"你确定没人跟着你？"

"我觉得没有，德里克探长 ①。"

她房间的一角出现了一个独脚小圆桌。桌上面的一个庞然大物被一些毛巾盖住了。罗莎正准备将毛巾扯掉，揭晓谜底的时候，严肃地看着我。

"我最后问你一次，你确定能够保守秘密？"

好吧，我害怕了。我看不出毛巾下面藏着什么，而罗莎的神秘行为让我想到了更糟的事：一公斤可卡因、一颗炸弹、一个海狸鼠标本、一颗人头……我们完蛋了！

"我确定。您说吧，要不我就该晕过去了。"

这位老妇人用她那青筋突起的修长的双手缓缓地将毛巾拽了下来。毛巾下面，一个大大的纸盒箱将揭晓悬念的时间又拖长了一点。我朝她看了最后一眼，告诉她我准备好了。于是，她将纸盒箱抬了起来。我舒了一口气，笑道。

"但是为什么要为一台电脑搞得这么神秘？"

我之前还在想人们可以把一具尸体埋在哪儿。

"嘘！小点声。你知道的，隔墙有耳。"

"您给我解释一下吧，好不好？"我小声问道。

罗莎搓了搓手。

---

① 德国电视剧《探长德里克》里的主人公。

"这东西是我外孙拉斐尔送给我的。他和我说我们可以用这个参观国家、互相寄信、听唱片。"

"但是您知道怎么用吗？"

"他给我解释了，我都写下来了。"她抓起一张被笔记染黑的纸回答道，"你看，得按绿色键开机，然后点击星球图案，接着在 gogole[①] 打字。之后，就可以在季节河上冲浪了。"

我在发笑与跳窗之间徘徊。有活干了！

"确切来说，您希望我怎么做？"

"呃……有一天，我看了索菲·达文特[②] 的节目，你知道吗？就是无线二台下午的一档节目。我很喜欢这个女人，我觉得她真的在听嘉宾说话，而不像其他主持人只会打断别人的话。你知道吗？她是波尔多人。这我一点也不觉得奇怪，波尔多人很懂得生活，我就认识好几个……"

"罗莎，我们能言归正传吗？"

"能，能，对不起。我刚才说到哪儿了？啊，对。他们在节目里聊一些寻找爱情的启事。他们说我们可以在电脑上传一个，然后全世界的人都能看见。如果地球上所有男人都能看到的话，那我也有机会找到一个，不是吗？"

"您希望我帮您在约会网站上注册？"

她腼腆地笑了笑。

"是的，就是这样。我之前不知道该问谁。你对我一直很好，另外，你的职业要求你必须保守医疗秘密。我知道这件事只会有我们俩

①"谷歌"搜索引擎的误读。——编者注
②法国记者、电视主持人和喜剧演员。

知道。你愿意帮我吗？"

她的眼神看起来就像一个在晚餐之前要糖吃的小女孩。我又怎么能拒绝她呢？

我坐在罗莎身旁，面对着屏幕，教她在一个约会网站上进行操作。年轻的时候，我稍微尝试过，对此所保留的记忆都放到了"尽快忘记"的架子上，不过老人的想法很可能没有年轻人那么扭曲。或许过了一定的年纪，男人就会在索要女网友胸部照片之前，先和她聊上几句。

"要选择一个用户名。"我嚼着一块她给我的饼干说道。

"用户名是什么？"

"用户名，就是您喜欢的外号。"我回答完后，便把饼干吐在了手里，"您的饼干的味道真奇怪，您确认过包装袋上的日期了吗？"

"这是我上个月在手工烹饪课上自己做的。"

"好吧。所以一会儿在才艺清单上，我们不要勾选'厨艺'这一项。您想好用户名了吗？"

"不算吧……罗罗，可以吗？"

"您看看别的女人注册的用户名：温柔罗曼蒂克78，美丽红发Du77，书之友54……我们得找一些更新颖的名字，既要能够显示出您的特征，还要能够让别人产生想认识您的欲望。您要是喜欢的话，还可以加上数字。"

她默默地思考了几分钟，正当我将茶杯递到嘴边时，她的表情一亮。

"我想到了。吃货69，这个很好。"

我差点被呛到，并且我还将滚烫的液体喷到了屏幕上。

"您没开玩笑吧？您是想把所有心术不正的人都吸引过来还是怎样？"

"可是你为什么会这么说？"她小声地说道，十分诧异，"你告诉要选个能够定义自己的名字，我喜欢吃。我九月六日出生的。我不明白哪里不对了。"

最后，我们选择了用户名：享乐女人64。年龄：八十一岁。兴趣爱好：阅读、散步、听古典音乐、玩填词游戏、看电视猜词节目《莫特斯》。眼睛颜色：黑色。头发颜色：欧莱雅巴西色。职业：退休。只剩下写一段文字让男人产生想认识罗莎的欲望了。

她意味深长地笑了笑，抓起了一个上锁的小木盒，打开之后，从里面拿出了一张纸，她将纸展开，然后放到我眼前。

我喜欢夕阳。我喜欢看书，并且总是从最后几页开始看，以免没时间看到结局。我喜欢美食。我喜欢世界上美丽的东西。我喜欢玩Scrabble。我喜欢猫。我喜欢和亲人待在一起。我喜欢刚刚绽放的玫瑰。我喜欢狂风暴雨下大海的气味。我喜欢照顾自己。我喜欢发呆。我喜欢相信有一天您会给我写上只言片语，好让我们将"喜欢"这个动词从单数人称变成复数人称。

我吃了一惊。她的文字太完美了，无须删减任何东西。我也不需要再问自己拉斐尔的天赋源自哪里了。

"我在脑海里润色了一会儿，"她盯着屏幕坦白道，"我希望我能有很多追求者向我求爱。哦，茉莉亚，你看。电脑说，我爱生活45想联系我。"

我快速地向她解释了网站的操作步骤，然后在她向第一位追求者索要近照的时候离开了房间。

~ 70 ~

安娜－马莉示意我坐下。她从发环中抽出了铅笔，然后挠了挠后脑勺。她似乎在寻找合适的措辞，之后她说道：

"我接到了蕾雅的电话，就是因为产假而被你顶替的那个心理医生。她几个星期前生了个儿子。一切都进展得十分顺利，不过她有产后抑郁，并且她觉得待在家里不适合自己。所以她问我她能不能尽早复工。"

我感觉自己就像走在人行道上的一位路人，我抬起头欣赏风景，结果一根柱子狠狠地砸到了我的脑瓜上。我被砸晕了。

我知道我的合同马上就要到期了。我应该为此而感到高兴，毕竟，这只是段过渡期，能坚持这么长时间已经是个奇迹了。我来到这里，其实是一种倒退，我当时几乎十分确信自己做出了一个错误的决定，并且马上便会后悔。然而，之后，我有了玛丽娜，有了格雷戈，有了露易丝、古斯塔夫、超级奶奶、伊丽莎白和皮埃尔，吕西安娜、伊莎贝拉……虽然我试图去做好准备，但一想到有人居然可以要求我在预计日期之前离开，我便想哭。

我的表现肯定很明显，因为安娜－马莉又说了：

"我同意她尽早复工，但是我也告诉她说我不能缩短你的合同期。"

她难道就不能先说这句话吗？她真是个虐待狂。

"我无权这么做，"她继续说道，"另外，我也不想这么做。你知道吗？我犹豫过要不要请你。你没有任何和老人打交道的经验，我必须要向你坦白，如果这不是个实习的话，如果有另外一个人应聘的话，我不会选你。不过，当时情况紧急，而且你是唯一一个应聘者，我没的选。你给我的第一印象让我很不安，你迟到了。"

我希望除此之外，她能对我说点好听的，要不然的话，我会向她告辞几分钟，然后用窗帘上吊。

"茱莉亚，你工作做得不错。你很投入，你并不厌恶参加各种活动，你也不计较自己的时间。除此之外，你很宽容大度。你尽你所能地去让老人们过得舒服，你很讨人喜欢，你给柽柳带来了许多东西。我不想让你感觉我插手了你的生活，但是我觉得柽柳同样给你带来了许多东西。"

我点了点头。

"您想象不到柽柳到底给我带来了多少东西。"

"能看出来的。实话和你说吧，蕾雅给我打电话的时候，我希望她会告诉我她不想回来了。我很希望将你留下。可惜，我们的预算不允许我们请两位心理医生，而且是蕾雅先到这儿的。她拒绝了我的提议，她坚持只能她一个人管理病人。所以她会按照预计的日期回来，所以我们还剩差不多两个月的时间可以相处。你开始找下一份工作了吧？"

"还没有。我得开始找了。"

"如果我听说了什么消息的话，会通知你。如果你需要一封推荐信的话，请别犹豫，我很乐意写。"

"谢谢您，这让我很感动。"

她将铅笔重新插回了发环，然后对我微微一笑。

"是我应该感谢你，茱莉亚。我相信这里的所有人都会很想念你。"

我从办公室里走了出来，大脑有点昏昏沉沉的。两个月后，柽柳便只会是一种回忆。

~ 71 ~

"你相信他们会被鲨鱼吃掉吗？"

"打住，你太搞笑了，我肚子都疼了。"

拉斐尔猛吸了一口烟。我们肩并肩地坐在院子尽头的长椅椅背上。悬崖下面，十几位冲浪者跨坐在他们的冲浪板上等待着完美的海浪的到来。

遇见拉斐尔的时候，我刚从沙滩上回来。他从宿舍楼走了出来，而我正准备进去。他提议我和他一起抽根烟。我恰好刚抽完一根，并且我的身体从外到里都是沙子，我的皮肤因海水而发痒，我看起来应该就像一个多年以后在箱子底被发现的洋娃娃，即便如此，我还是说了"好"。

"所以呢？这次休息让你好受一些了吗？"

"我很难受。我喜欢伦敦，我喜欢我的工作，但现在一切真的太艰难了。我每天数着日子。"

"有这么艰难吗？"

"有。如果你不介意的话，我更希望不去想这些事。"

"我不介意。你待到什么时候？"

"明晚……那你呢？你很快就要走了？"

"是的……还剩不到两个月。"

他点了点头。

"两个月……你知道自己之后要做什么吗？"

"完全不知道。我没注意到时间过去了，我该找工作了。我也得找房子了。"

"你单身很久了？"

他在两口尼古丁的间隙中突然问道，仿佛抽筋了一般。他的问题就像一把钻头钻入了我的保护层。

"几个月而已。"我起身回答道，"我得去洗个澡了，一会儿见吗？"

"我和你一起，我外婆希望我教她在网上做些微笑表情。"这回轮到他站起来了，"我觉得这样可以打发时间……"

我们沉默无语地穿过了院子。他的问题让气氛冷淡了下来，我想说些事情缓解一下，可又找不到任何轻松的话题。他让我很不安。我们并不会天真到问这种问题，毕竟，我们不是三岁小孩。成年以后，我们长个了，长毛或者长胸了，我们还经常长痘，但最重要的是我们长出了过滤器。我们不会在公共场合挖鼻孔了，我们不会再对别人说他们长得丑了，尤其是当他们的确很丑的时候，我们不会在邮局排队的时候脱裤子了，并且我们不会问刚认识的人他们是否单身。除非我们另有企图。

我应该为此而感到高兴。我越观察拉斐尔，他就越符合我对完美男人的要求，而这也恰恰是问题所在。当我等候他的邮件的时候，当我等待他的到来的时候，当我期盼他微笑的时候，我感觉十分美好。然而，时机不对。他出现得不是时候。就像刚开始洗澡，快递员却来了。就像刚涂好指甲油，却想尿尿了。就像面试的时候，齿缝间却有一块菜叶。他出现得不是时候。现在的我依然很脆弱：如果有人伤害我的话，我会崩溃。所以他让我感觉害怕。万一他不能给我带来预期的效果呢？

"你想要个西红柿吗？"

我只想到了用这句话来消除尴尬。我为自己感到痛心。他迁就了我，跟着我来到了菜园，我们摘了两个西红柿，却仿佛抓到了两个救生圈。我正准备转身回房间。

他却问我："菜园是谁在打理？"

"是古斯塔夫。大概是他刚来的时候，问过了他能不能借用院子的一小块地吧。食堂也会用些他种的水果和蔬菜，我从来没吃过那么好的草莓。"

拉斐尔古怪地笑着看着我。

"古斯塔夫？就是那个撑着步行器，总讲笑话的老爷爷？"

"就是他。怎么了？"

"因为我想知道我们晚上听到的声音是谁的。"

~ 72 ~

当院子里传来一阵声响时，快十二点了。拉斐尔示意了我一下——该出发了。

刚才，他去找他外婆之前，问我这些声音是偶然能听到还是某些特殊的日子才能听到。我思考了一下，觉得虽然这些声音是零星出现的，但往往集中在周六晚上。所以他建议我今天晚上搞个突然袭击。我同意了。他说我们深夜的时候碰面，这样便不会错过那些声音，也好制订一下计划。我同意了。他还说我们可以在我的房间里碰面。我同意了，但心里感觉怪怪的。

我们摸黑下了楼，唯一用于照亮楼梯的只有拉斐尔的手机屏幕，因为我们必须谨慎一些。我不知道他怎样，但是我感觉自己和第一次翻墙去海滩找小伙伴的那晚一样兴奋。当然了，那也是最后一次翻墙，因为我父亲在院子里等着我，很明显，之前他就对我穿着连衣裙去睡觉的那一举动产生了怀疑。我的心怦怦直跳，我的身体像触电了一样，我抑制着自己以免发笑。拉斐尔轻轻地关上了宿舍楼的大门。

"我们跑着穿过去。"他在我耳朵边小声说道。

他抓起了我的手。我颤抖了一下。

我们手牵着手跑着，我们离主楼越来越近了。跑到半路的时候，我意识到我正在踮着脚尖跑。我的脑子和我，我们都死机了。

"我们沿着墙走，一直走到楼后面。"他低声说道，他的声音更小了，离我也更近了。

因为不能让别人听见我们的动静。

我们蹑手蹑脚地朝院子走去。快到的时候，却传来了一阵笑声。我们背靠着墙，一动不动。我的心脏跳到了嗓子眼里和耳朵里。如果拉斐尔搞错了呢？如果那些声音是一群越狱的杀人犯的呢？

"我害怕。"我低声说道。

他摸索着我的手，抓了起来，然后用他的大拇指轻轻地抚摩着。如果这是要让我冷静下来的话，那他失败了。

"加油，我们就快成功了。"他特别小声地说道，"你还想过去吗？"

他的脸离我的只有几厘米之远，我在他的眼睛里看见了自己的眼睛。在半明半暗中，他低声细语地诉说着，他轻抚着我的手，他的气息拂过我的脸颊……有那么一刻，时间都静止了。他的呼吸变得急促起来。而我必须努力地调整自己的呼吸。他的手指插入了我的指缝中。我闭上了眼睛。我的脑海里开始播放着激情电影。虽然我的整个身体都想让我放弃抵抗，但是我的理智一直保持着警惕。

"我想，"我声音嘶哑地回答道，"我们过去吧？"

"出发。"他低声说道。

越靠近菜园，那些声音就越响。我认出了其中一个声音。之后，认出了第二个。拉斐尔果然说对了。一丝微光从矮墙后射了出来。我们悄悄地绕过了矮墙，然后噌地跳到了那群扰我清梦好几个月的人面前。

古斯塔夫正坐在院子里的一张椅子上，安安静静地卷着烟斗。

~ 73 ~

看到我们的时候，他吓了一跳，然后所有的东西都被吓得掉到了地上。

围坐在旁边的皮埃尔、伊丽莎白和露易丝被吓得呆若木鸡。

"啊！啊！"我大声喊道，"抓住你们了，你们这群瘾君子。"

毫无疑问，我这个人根本没有公信力可言，另外，古斯塔夫的号召力不错，因为他哈哈大笑起来，他的烟友们也立刻竞相模仿，之后拉斐尔也模仿了起来。

"你们怎么笑了？"我问道。面对这幅不可思议的画面，我试图保持严肃。

"可是你希望我们哭吗？"伊丽莎白擦拭着眼睛尖声说道，之后，她又开始大笑了起来。

"她会跟我们说这个有损我们的健康。"皮埃尔扑哧一笑。

面对这幅全场哄笑的画面，我缴械投降了。我也开始跟着他们一起笑。露易丝眼睛一亮地看着我。

"你想要我们给你卷根三片叶子的吗？"

半小时之后，我已经重复说了第十次"不用了，谢谢，我不想"。我没有说实际上，我唯一抽过的一根这种烟叶卷的烟给我的感觉并不好，它让我觉得自己什么都控制不了，并且还让我出现了一次难忘的恐慌发作。拉斐尔，他毫不羞怯地深吸了几口，而那四位怪人开始坦白。毒品让他们变得啰里啰唆。

古斯塔夫从来到这里以后便开始种植烟叶。

"我是一九六八年抽的第一根，那会儿我 30 岁。我和我妻子刚在昂格莱买了房子。我们的新邻居都过着团体生活，他们很开放，我们很快便和他们打成了一片。虽然我们的生活比他们的更传统，但是我们这辈子都保留了这个独特的习惯。我妻子生病的时候，我还让她在病床上抽了几次。这会稍微缓解痛苦……我来这里的时候，就问过我可不可以有个菜园。"

自此，他便在西红柿和草莓中间种下了烟叶，并且他会把烟叶放在沙发的双层底布里风干。

"所以，你房间里的气味就是这个？"

一切都变得明朗起来。甚至包括那天晚上的嗷叫声。

"有一天，莱昂听见我们几个的说话声了，"皮埃尔解释道，"我们害怕他揭发我们，所以我们向他提议让他加入我们。那是满月的一个晚上，他假扮了狼人一小时，之后就再也没提过这件事。"

"得了吧！"伊丽莎白放声大笑道，"是古斯塔夫让他相信他认

为是动物爪子推他走的那一幕被拍了下来。他肯定是害怕这件事曝
出来……"

拉斐尔笑了起来。

最初的时候，是古斯塔夫一个人抽。有一天他经过超级奶奶房门
前的时候，他听到她在哭。她刚刚收到一封信，得知一位老友去世了，
她没有说过那是谁，但她很沮丧。肯定是赫尔穆特……于是他建议她
加入自己的队伍。之后，皮埃尔和伊丽莎白加入了他们，接着"奶奶
帮"的第三位成员——露易丝也加入了进去。他们每周至少会聚一次。

"最好是周六。"露易丝解释道，"因为那天晚上是萨拉值班，我们
都知道她睡得跟猪一样死。"

拉斐尔又笑了起来。他情绪高涨起来了！

"可是为什么从来没有人看见，或者听见你们？"我问道。

"没人会注意菜园。"古斯塔夫回答道，"另外，我们也尽量不制造
太大动静，不过，有的时候，会出岔子。不管怎样，所有朝向菜园的
房间都住着我们几个，或者其他听不太清的老人。这也就是为什么我
们选择这么晚聚在一起。那你们呢？你们是怎么知道的？"

"是我，"拉斐尔猛吸了一口这种烟解释道，"虽然我很久没有抽
了，但我在菜园里一眼就认出了叶子。老兄，干得漂亮！这可真有
意思。"

全体狂笑！

"我听到过你们好几次，"我回答道，"我甚至试过要找出这些声音
的源头。"

"哦，我们知道，"古斯塔夫说道，"我们看到过你有一次在溜达，
你把我们吓了一跳。你什么都不会说出去的，对吧？"

他们所有人都在看着我，等着我的回答。我没有想太长时间。

"我向你们保证，我什么都不会说的。再说了，有人信我吗？"

我回到了安全的宿舍楼。从此以后，当我半夜听到院子里有说话声时，我就会知道那是一群老爷爷、老奶奶在自娱自乐。拉斐尔走在我身旁。

"很有可能，"他说道，"那两个老奶奶在食堂吵架就是因为可卡因的交易……"

"是的。阿莱特之所以耳聋，是因为她把 LSD 致幻剂藏在耳朵里了。"

他差点笑得喘不过气来。我打开了楼门，我们走进了沉浸在黑暗中的走廊里。我们两人都没有打开开关。我的脚踏上了第一级台阶。

"晚安。"我小声说道，我不太知道自己为什么要小声说话，毕竟只有我们俩睡在这里，玛丽娜去格雷戈那儿过夜了。

后续来得太快了。拉斐尔冲过了横亘在我们之间的距离，在我的嘴唇上印下了一个短而重的吻，之后他将钥匙插入他房门的锁眼中，消失了，独留我一人面对自己的心跳声。

~ 74 ~

我在 Scrabble 中对阵露易丝、古斯塔夫和伊丽莎白。柽柳根据老人的年龄调整了游戏规则。游戏中没有沙漏计时器，每位选手都可以不紧不慢地拼单词。虽然我们刚刚才开始玩一局，但我已经完成了自己的那一步。

"露易丝，该您了。"已经等了十六分钟了。

她移动着她的字母牌，拼了一个单词，之后又拼了一个，她喘了口气，没有一个单词是合适的。瞧！如果我们这么试的话……

"我能换字母牌吗？"她最终问道。

"可以，当然可以，但是你得跳过这一轮了。"伊丽莎白回答道。

"就算我只换两块牌也这样?"

我当时就应该去参加流苏花边手工课。

十天之后，她终于用古斯塔夫"noces"①中的 o 拼出了一个"allo"②。得四分，看来每分钟并不值钱。

轮到我了。我用露易丝的 a 拼出了"alliance"③。她得分了。

"新手运气都不错。"差劲的选手——露易丝说道。

"要不就是她太没用了，"古斯塔夫讥笑道，"不过，她看着和罗莎的外孙走得很近……"

那两位女士意味深长地点了点头。

"啊！"伊丽莎白回应道，"那天晚上，他们的眼睛都很亮……"

"别胡说，"我惊呼道，"你们都产生幻觉了……好了，伊丽莎白，该您玩了。如果我们继续按照这个节奏玩的话，别人会发现我们是干死在椅子上的。"

这个老先生冲我会心一笑，仿佛他知道我知道他知道什么一样。伊丽莎白拼出了她的单词。

①法语单词，意思为"婚礼"。
②法语单词，意思为"喂"。
③法语单词，意思为"结婚戒指"。

"B，A，G，U，E，'bague' ①。总得分乘 2。"

古斯塔夫不紧不慢地思考着，他思考所花的时间近乎炖一只鸡的时间，之后，他开始排列字母牌。

"用伊丽莎白的 *g* 拼了个 'mariage' ②，字母 *r* 得分乘 2，总得分 10 分。"

露易丝迅速地用一个 "kiwi" ③ 接了上去，得到了分数。之后，我拼了一个 "demande" ④，伊丽莎白拼了个 "fiancée" ⑤。

古斯塔夫的手潜入到桌子底下。是时候了！伊丽莎白冲我兴奋地一笑，与此同时，露易丝在移动着她的字母牌以便拼出一个合适的单词。老先生放下了第一块字母牌，接着第二块，再接着第十块。

"可是你的字母放得太多了。"露易丝十分惊讶，之后她明白了过来。

印有黑色字母的白色方块平摊在托盘上，展示着他的求婚词：

你愿意嫁给我吗？

她站了起来，双手捂着脸，眼睛瞪得大大的。尽管托盘上所有单词中都隐藏着线索，但是她根本没猜到这一出。古斯塔夫撑着步行器，单膝跪地。这一时间是皮埃尔选择的，皮埃尔从一开始便躲在走廊里，他哼唱着婚礼进行曲，播撒着玫瑰花瓣，和桂柳儿乎所有的老人及工作人员走了进来。

露易丝纹丝未动。她动弹不了了。古斯塔夫双眼含着泪。我也一

①法语单词，意思为"戒指"。
②法语单词，意思为"结婚"。
③法国单词，意思为"猕猴桃"。——编者注
④法语单词，意思为"求婚"。
⑤法语单词，意思为"未婚妻"。

样。我们在这对老人的身旁围成了一个圈。

"亲爱的露易丝,"古斯塔夫表露道,"我不会对你说长篇大论,因为我们没时间这么做了。我想在剩余的每一秒钟里都和你生活在一起,我不想再错过你的笑容。我想让你一直幸福到我生命的最后一刻,就像你让我幸福一样。亲爱的,你愿意做我的妻子吗?"

露易丝喜极而泣。她俯身至古斯塔夫的面前(因为古斯塔夫很难再重新站起来)。整个大厅一片肃静。她将满是皱纹的手放在老先生的脸颊上。

"没有任何事情可以再让我这么幸福了。"

大家鼓起了掌,而我擦拭着泪水。我会非常想念他们的。

~ 75 ~

发件人:拉斐尔·马林 - 贡萨尔维斯
主题:无

茉莉亚:

你好吗?

很抱歉周日的时候没和你说再见,我去敲了你的门,但是很明显,你不在。我想和你说的是我度过了一个超级棒的周末。

我外婆告诉我说有一场求婚,我也很想看!

关于我外婆,你觉得她目前过得怎么样?我觉得她有点变了,虽然她很开心，但是之后的每一分钟她都将自己关在房间里。你知道发生了什么事吗？我不希望她觉得我太不知趣。

回见！

亲吻

拉斐

周日他敲门的时候，我在家。我一直保持不动直到他在走廊里的脚步声越来越远。周六那个夜晚让我心烦意乱。他的吻让我心慌。我的感情在动摇着我。我必须将自己保护起来。

拉斐尔：

你好！

我很好，谢谢！希望你也一样。

对于周日的事你不用担心，没什么关系。我当时去散步了。

实际上，是古斯塔夫向露易丝求婚了，那一刻很神奇。格雷戈把一切都拍下来了，他会给你看的。

关于你外婆，我的感觉和你不一样，并且恰恰相反，我觉得她现在很自在，也越来越自信。可能你太牵挂某些事了。

祝晚上愉快！

回见！

茱莉亚

我的税款回信都写得比这封要热情。如此冷淡的态度让我很为难，我不情愿地点击了"发送"。我不想伤害拉斐尔。我只是想尽量避免伤害他。

关电脑的时候，我的手机响了，是玛丽昂。

"嘿，亲爱的。你把你最好的闺密给忘了吗？"她质问道。

"话说，从半年前开始就应该来看我的人，你好吗？"

"好得不能再好了。我有好多事情要跟你讲，不过得等到九月七日。"

"为什么是九月七日？"我把自己甩在沙发上问道。

"因为你要来巴黎！我跟你说，你会爱死我的。你能想象得到吗？那天晚上，我去参加了皮特的生日会，你知道的，就是夏洛特·卡特尔的男朋友。总而言之，是个超级装的家伙，不过我认识了雅克·马丁，很明显，不是死了的那个，而是十五区头发诊所的所长。你知道那家诊所吗？"

"不知道，但是诊所的名字让人没有多少想象空间。"

"没错。另外，你知道吗？那些没头发的人也不太喜欢这个名字。你肯定猜不到：他在找一位心理医生。我和他说你很棒，然后帮你约了七日十一点面试。所以呢？谁是这个世界上最好的闺密？"

这个世界上最好的闺密，是我。因为为了不让玛丽昂扫兴，我假装很高兴，并谢过了她，然而，我只想着一件事，那就是挂断电话，把头埋进枕头里。

九月

无论什么情况，希望总比恐惧走得远。

——荣格尔①

September

① 恩斯特·荣格尔，德国作家。

~ 76 ~

我将《生活是如此甜蜜》的片头曲熟记于心。每天晚上，当它响起时，我会克制自己以免哼唱出来。如果年初的茉莉亚看到我的话，肯定会发笑。

今晚的这一集至关重要，因为我们终于要看到那个令梅拉尼心动已久的神父的脸了。气氛紧张到了极点，老人们的眼睛紧盯着屏幕，双手紧抓着扶手。和平时晚上一样，我和格雷戈依然坐在最后一排的扶手椅上。出乎意料的是，玛丽娜也来了：格雷戈向她保证如果她来的话，就给她个惊喜。

屏幕上，梅拉尼不紧不慢地登上了火车站的月台。悬念持续的时间必须长一些，毕竟观众们才等了半年而已。她问检票员即将抵达的那趟列车是否来自巴黎。

"她说的什么？"阿莱特问道。

"嘘！"莱昂抱怨着。自从我大着胆子阻碍了他的计划后，他便坐到了第一排，以便尽可能地远离我。再远一些，他就能钻进屏幕里了。

火车进站了。梅拉尼掏出一条手帕。露易丝也一样。

镜头切换。萨米亚在哭，因为她告诉她的丈夫博埃他前妻完全疯了，威胁着要把他们的孩子除掉，但是博埃不相信她。伊丽莎白反对道：

"换了我是她，我立马离婚。"

"换了我是她，"我回应道，"我把他的牙齿一颗一颗拔下来，然后再让他吃下去。"

好几位老人转过身来，奇怪地看着我。可能我太牵挂某些事了。

镜头切回火车站。梅拉尼在手机上确认着卢克（也就是卢克神父）所在的车厢号。车门打开了，一只脚出现了，镜头给这只黑色的皮鞋来了个特写，之后画面切换。格雷戈不停地抖着腿。

"你还好吧？"我询问道。

"还好。我只是想快点看到他长什么模样。"

电视里，芭芭拉思考着自己是否要将出轨的事告诉艾哈迈德。皮埃尔摇了摇头。

"这种事绝对不要坦白，这只会让自己的良心好过一点点，但也会伤害所有人。"

伊丽莎白的表情十分惊恐。她正张开嘴准备反驳的时候，画面又切回到了梅拉尼身上。就是现在！我们终于可以看到卢克的脸了。黑色的皮鞋踏上了月台，镜头往上移，他的腿，他的手，他的脖子。所以呢？这位神父，他到底长什么模样？

"他长得真像格雷戈！"当神父的脸揭晓以后，露易丝惊呼道。

我看了看格雷戈，又看了看屏幕，再看了看格雷戈，又看了看屏幕。我不敢相信自己的眼睛。从玛丽娜张大的嘴巴来看，她也和我一样，从这一刻起，所有老人的眼睛都盯着格雷戈。而他自己呢，微微一笑。

"是你吗？"玛丽娜说道。

"呃，是的，是我。"他炫耀着。

"可这是什么时候的事？到底怎么回事？你讲讲！"我惊呼道。

电视画面继续讲述着他们之间的故事，但从现在起，大家关心的是这位出现在《生活是如此甜蜜》中的养老院活动主持人。

"你们还记得我休假的那一周吗？呃，好吧，那会儿我在马赛。年初的时候，我去试镜了，这也就是为什么我耽搁了两天，之后，他们给了我神父这个角色。"

"你之后肯定要经常过去吧？"玛丽娜问道。

他笑了起来。

"我只出现了两集……很抱歉让你们错过了悬念，不过卢克只是来当面告诉梅拉尼他们之间什么都没发生。"

伊丽莎白开始哭了起来。

"她干吗哭？"莱昂嘟囔道，"她难道希望神父活在罪孽里吗？"

"和这没关系，"老妇人吸了吸鼻子，"我难过，是因为格雷戈要离开我们了，现在他是明星了……"

皮埃尔将妻子搂在怀里，安慰着她。吕西安娜愤怒地看着格雷戈。所有人都在等待他的回答。他肯定没料到这一反应吧。

"好吧，我只是想告诉你们，"他低下头说道，"今天早上，我接到了塔伦蒂诺①的电话……他希望我能在他的下一部电影里出演男一号。他给了我时间考虑，但很明显，我不需要。这种事情，根本不需要考虑。"

"他说什么了？"阿莱特问道。

①昆汀·塔伦蒂诺，美国后现代主义导演，代表作有《低俗小说》《无耻浑蛋》《被解救的姜戈》。

露易丝用手捂住了自己的嘴。玛丽娜的表情和我一样惊愕，原来他们是这么天真。就仿佛有人让他们相信会有一只恐龙过来吃午饭，而他们正考虑着要给恐龙准备哪道菜。

"我告诉他说虽然机会难得，但是我更想继续照顾老人们。"

所有的脸庞都露出了喜色。

"格雷戈，你真是好小伙。"皮埃尔肯定道。

"还是个明星。"吕西安娜补充道。

格雷戈骄傲得像只孔雀。

"趁我们大家都在这儿，你们难道就不想用格雷戈的名字来重新为桎柳命名吗？"玛丽娜笑着说道。

"干吗不？"古斯塔夫反驳道，"'格雷戈挤奶房'，这名字听着响亮。"

"不管怎样，亲爱的，我们都为你感到骄傲。"露易丝宣布道，"你能生活在这里，真是一个美丽的意外，而且我们也可以稍微和你一起分享。"

格雷戈冲着玛丽娜微微一笑：

"幸好还有些人为我感到骄傲……"

作为回应，玛丽娜捧起了他的脸，将自己的唇贴在他的唇上。老人们都大吃一惊：这是这对情侣第一次在公共场合公开自己的恋情。玛丽娜松开她的怀抱时，罗莎转过了身，一脸谨慎地看着我：

"我没完全明白……她也是演员吗？"

~ 77 ~

玛丽昂铺上了我最爱的床单——白色刺绣床单。

重新回到巴黎这间我生活过好几个月的公寓的感觉真奇怪。虽然我觉得那段时间完全属于另一种生活，但与此同时，我的各种无意识动作又重新回来了，仿佛它们从未间断过一般。我一如从前地坐到了沙发的左侧。

"所以呢？你想念巴黎了吗？"玛丽昂将一袋咖啡倒入机器中问道。

"说实话吗？一秒钟都没想过。我唯一怀念的就是星巴克，不过和大海比起来的话，这个也就不值一提了。"

她闭上了眼睛，将头往后仰。

"大海……看来我真的得去看看你了。不过，重新回这儿生活的话，你不会太难过吧？"

她的问题犹如一记耳光打在我脸上。

"什么都还没定呢。我甚至还没参加面试。"

"是没定，不过我已经把你卖出去了。我相信肯定会成功的。"

自从玛丽昂和我提起这个机会之后，我想了很久。有那么几次，我都抓起手机想让她取消了。可是每一次，我都会在"嘟"声响起前挂断。我不想回巴黎工作。但是如果有人建议我去罗马、波尔多或比亚里茨工作的话，我也不想。我所想的，就是继续留在柽柳。可是，安娜-马莉已经把话说得很清楚了：一个月后，合同终止。我没的选，另外，我觉得这次提供的工作也没那么讨厌。

"别高兴过头了。"玛丽昂一边把冒着热气的杯子递给我，一边嘟囔道。

"好的，好的，我向你保证，我很开心。唯一让我有点烦的就是我又得远离家人了……"

"行了，你把一切都告诉你母亲了吗？"

"还没有，不过，我觉得自己渐渐地准备好了。再开几把锁，就行了。所以，到时候我会说'嘿，妈。我在你身边几米远的地方待了八个月，可是没和你说，不过你现在知道了，我又得走了，拜拜'！"

"我相信她会理解的。"

"希望如此吧……"

她温柔地对我笑着。

"你愿意说说你回到比亚里茨的真正理由吗？"她小声问道。

我一言不发地耸了耸肩。她明白我会消极地回答，所以她毫无过渡地把话接了下去：

"我遇见了个男人。"

"不是吧？讲讲。"

玛丽昂咯咯地笑着，把她对伊萨的一见钟情讲给了我听。

"嚼三明治的时候我弄断了一颗牙。不是后面的一颗牙，要不然的话，就不会那么搞笑了，是前面的一颗牙。如果你当时看到我的话，估计会说我像《龅牙妻子》①里的女主角。事情的经过很简单：我的牙医不在，是替班医生救了我的命。他就是伊萨。在我认识他之前，他就已经知道了我口腔和鼻腔的内部构造，他永远都不会离开我。"

她笑了起来。我看着她，并且惊讶地意识到我并没有想过她。仿佛她是水印一般的存在，就像知道自己可以随时给她打电话一样，仿

① 法国的一部电视剧，女主角是龅牙。

佛只要她在，就等同于给她打过电话一样。

　　玛丽昂曾在一个晚上收留过我，当时我的手里拎着行李箱，之后的夜晚，她也收留了我。她没有问任何问题，她把白色刺绣床单铺在沙发上，并给我准备了我这辈子吃过的最恶心的面团。她既没问过我要待多长时间，也没让我感觉自己打扰了她。就算我在凌晨带着一身酒气和一夜情的气味回来，她也不会对我评头论足。她会把避孕套放进我的包里。当我母亲因为我的失联而担忧时，她会告诉她我过得很好。就算她舍不得我，但她依然鼓励我去比亚里茨。朋友，我送走过一个又一个。有的曾经也很重要。高中的姐妹淘、大学的闺密、一夜情的哥们儿。虽然经历过搬家、争吵、性格的变迁、观点的变迁，消息越来越少，记忆也越来越模糊。但是，对于玛丽昂，我深信，就算等到八十岁了，我们也会相互帮忙整理假发。

　　"那你呢？你准备孤独终老吗？"

　　我花了太长时间思考，这太可疑了。

　　"你！你遇到了个男人！"她十分高兴。

　　我摇了摇头，耸了耸肩，然后重复了两次"没有"。这些反应同样令人起疑。玛丽昂坐到我身旁，直直地盯着我看，嘲讽地笑着。这比让山羊舔我脚板还难受。我捧腹大笑了起来。

　　"我想知道一切。"她说道。

　　"没什么可说的。就是一个新来老人的外孙在勾引我，如果不是在这种情况下的话，我倒不反感。"

　　"什么情况？"她皱着眉说道。

　　"各种情况。我正处在重塑自我的阶段，我不能再次冒险，让自己受伤。不管怎样，离开马克之后，我觉得自己不会再相信别人了。再说了，他是我病人的外孙。另外，我去比亚里茨是为了重新找回自我，我不能让自己分心。还有……"

"理由清单够长的！说真的，茉莉亚，你知道我很喜欢你。但是我从来没听过有人会用这么傻的理由去拒绝别人。你还有什么理由？你让几大行星都排成一排岂不是更好？"

我耸了耸肩，十分恼火。

"我没有理由撒谎。我不明白为什么我要找借口？"

她用肩膀轻轻地撞了我一下。

"亲爱的，你是心理医生。可你好像觉得自己身上不会发生任何好事。你知道的，生活并不是全都由悲剧组成。"

有那么一刻，我呆若木鸡。她的最后一句话深深地刺痛了我。

她说得对。我在不知不觉中认为自己已经耗尽了幸福的额度，我父亲的死开启了等待着我去克服的磨难舞会。更糟糕的是，当一切进展顺利的时候，我的不安会变得史无前例地强烈。仿佛这一切必将付出代价。最近我脑海中之所以会经常浮现出帕尼奥尔《母亲的城堡》中的话语，也并非无缘无故，这段话曾经在我的童年中留下了深刻的印象——"人们的生活本是如此。欢乐很快便会被难以忘却的痛苦抹去。没必要和孩子们说这些。"

几小时之后，伴着巴黎夜晚的声音（我几乎要忘记这些声音了），我渐渐入睡了。很高兴重新找回了自己的朋友，也很担心明天的面试。此外，我感觉自己看不太清的眼睛上架上了一副眼镜。

~ 78 ~

雅克·马丁专心致志地打量着我，而我在服从他的请求——我正在用几句话介绍自己。我感觉自己就像一袋洗衣粉，我必须让顾客相信我比其他对手都要洗得干净。在头发诊所所长的等候室里，还有另外两人也在等着面试。刚走进他办公室的时候，我便已经丢分了：我确信自己在看到他秃顶的时候往后退了一步。

"您为什么想来头发诊所工作？"

因为我从小就喜欢头发，我甚至往心脏上移植了一绺头发。还有问题吗？

"我的专业是陪伴痛苦之人，而且我认为失去头发的人真的会因此而痛苦。您是通过移植头发在身体方面帮助他们，而我能通过倾听与理解在精神方面帮助他们，这两点也正是他们所需要的。"

他微笑着，双臂交叉。

"您的三个主要优点是什么？"

我会用圆柄刀保护自己，我能在做软体操的过程中卡住腰。另外，我是《生活是如此甜蜜》的百事通。

"我特别善于倾听别人，我很有耐心，做事也很有条理。"

他把我的答案写在了我简历的背面，然后继续问道：

"我们的客户通常都很赶时间，他们的日程很满。他们不可能和普通老百姓一样中规中矩地预约。您能接受在非常规时间工作吗？"

"非常规？"

"有时大清早工作，有时大半夜，有时周末。我们几乎不会提前知道客户的时间。诊所的口号是'适应'。您准备好了不计时间地弹性工作吗？"

您准备好了给我加工资，根据我的意愿随时结算工资吗？

"我喜欢的话就能适应。"

他笑了笑。他开始喜欢这袋洗衣粉了。

之后的面试内容都是常见问题：您最大的职业成就是什么？（我在 Scrabble 中赢了吕西安娜。）您十年之内打算要小孩吗？（想要十五个左右，如果有可能的话，最好一次搞定。）您的兴趣爱好是什么？（睡觉、抽烟的时候吞云吐雾、采访土拨鼠。）我在想我到底在这里干什么。完全像我刚到柽柳的那一天。这或者是个暗示。

雅克·马丁将圆珠笔的笔头弹了回去，然后将后背固定在办公椅的椅背上。面试似乎结束了。

"里米尼小姐，最后一个问题。您说您的合同马上就要到期了。我看到您以前在 Buttes（比特）整形医院工作过。为什么您要走呢？"

因为我父亲去世了，我的男朋友宁愿关心他的电脑也不关心自己可怜的女朋友，我的外婆中风之后也失踪了，在我把所有巴黎人和埃菲尔铁塔操完之前，我必须离开。

当我思索着最佳答案的时候，他把办公椅往后挪了挪，然后站了起来。

"感谢您抽空来见我，"他朝我伸出了手说道，"我决定好了会再联系您。"

我握了握他的手，然后朝门口走去，我感觉自己的血液都凝固在血管中了。

×的！我居然在思考最后一大段话的时候，把它大声说了出来。

~ *79* ~

发件人：拉斐尔·马林 – 贡萨尔维斯

主题：路过

茉莉亚：

　　你好！

　　这封邮件和以往的有点不同。现在是凌晨三点，我很累，我只是想和你说你不在栲柳的时候，我暂住的那几天便没那么有滋有味了。

　　希望我明天不会后悔写了这封邮件……

　　吻你。

拉斐

　　突然之间，我将这封邮件删除了。仿佛是为了让我的大脑在识别出快乐之前先短路。

　　可惜人的记忆没有回收站。

~ *80* ~

　　古斯塔夫的女儿——玛蒂娜找了个时间来短暂地拜访了一下我们。当我们就快结束员工每月例会的时候，她连门都没有敲就走进了食堂，手里挥舞着一张卡片。

"是长椅上的两位老人告诉我可以在这里找到你们。这是个什么玩笑?"她把卡片扔到桌上问道。

虽然卡片太远,我看不清,但是我知道上面写了什么,因为是我去打印的。

十月十一日,您要做什么?

露易丝和古斯塔夫,他们,要结婚了!

热情地邀请您来见证他们的幸福,典礼将于十三点在比亚里茨市政厅举行。

她双臂交叉地等着答案。

"您是谁?"玛丽娜问道。

"我是玛蒂娜·鲁蕾女士,古斯塔夫·尚帕涅的女儿。"

安娜-马莉给她指了指一张椅子。

"您请坐!"

"我不想坐。谁能给我解释解释?"

"您父亲肯定要比我们解释得更好。"我回答道,并尽量不让自己翘起嘴唇。

"我父亲老了,头脑不清醒了。我以为把他放这儿,我可以清净一些,可你们怎么能让他做出这么疯狂的一件事?"

格雷戈插了一句:

"您父亲知道自己在做什么,您真的应该和他谈谈,他们两个人很登对……"

"我根本不想看到我父亲玩青少年那一套,多谢。那位夫人没有弄错,她不是随便选中我父亲的……我告诉你们,我要求行使监护权,把他放到别的地方去。"

"马戏团来的玛蒂娜,她能安静点吗?"玛丽娜起身大喊道。

格雷戈抓着她的前臂,安娜–马莉瞪大了眼睛,古斯塔夫的女儿则满脸通红。

"您再说一遍?您是在和我说话吗?"

"不是,是在和您母亲说话。您意识到您在做什么吗?×的!您父亲那么讨人喜欢,您为什么要破坏他的幸福呢?"

"玛丽娜,请你别说了。"安娜–马莉插话道。

"那我能打她吗?"

桌子四周响起了一片咯咯的笑声。我克制着自己以免笑出来。安娜–马莉坚决地说道:"玛丽娜,请你坐下。夫人,"她朝着古斯塔夫女儿的方向继续说道,"对于您,我们无能为力。这件事您得和当事人一起解决,我们没有权利改变您父亲的决定。如果您想进一步讨论这件事的话,请约个时间,我们还有会要开,谢谢。"

玛蒂娜一言不发地离开了食堂。门砰的一声关上了,大家爆发出了笑声,反应也都完全一致。

"真是个泼妇!"

"可怜的古斯塔夫,他人还那么好……"

"你们真是孩子气……"

几分钟后,会议结束了。我和玛丽娜走出去抽烟。古斯塔夫在停车场里,正站在一辆汽车旁。车窗户半开着,他的女儿坐在车里和他说着话。露易丝一如往常地坐在长椅上,注视着这一幕。我们朝她走了过去。

"您已经遇到了您未来的继女吧？"我一脸嘲笑地问道。

"她不想和我打招呼。"露易丝伤心地回答道，"古斯塔夫常和我说起他的女儿，所以我很乐意认识她。他说他女儿以前不是这样的……"

"或许我们狠狠地揍她一顿，她就能变回从前的样子？"玛丽娜提议道。

汽车开走的时候，古斯塔夫还在说着话。有那么一刻，他独自一人留在原地，撑着他的步行器，看着车子渐渐地走远，之后，他向后一转，朝我们走来。就在他快走到我们身边的时候，汽车又倒了回来，重新出现在我们眼前。他女儿打开车窗，大喊道：

"爸爸，我告诉你，如果你这么做的话，就会失去我。"

他转过了身，用一种看破红尘的语气回答道：

"亲爱的，我从很久之前就失去你了。我爱你，并且会爱到我咽气为止，因为我一直记得小时候那个温柔、有趣、爱笑的你。不过，那个小女孩已经消失很久了。亲爱的，我知道你怨我，让你这么难过，我会一直后悔下去。虽然我已经原谅了自己好几十次，但是我不能强迫你来原谅我。我希望你幸福，这也是我活在世上最期盼的 件事，就算我看不到也没关系。我和你一样，我也有权利幸福，我不能让你破坏我的幸福。不管你愿不愿意，我都要和露易丝结婚，并且我会和她共度余生。如果你选择不再参与我的人生，我也接受。不管怎样，我想我的女儿已经想了很多年了。"

他沉默了下来。他的姿势中透露着一丝期盼，他那倚在步行器上的双手颤抖着。他的女儿无动于衷地看着他。车窗玻璃，慢慢地，升了起来，直到完全闭上。之后，我们听见启动声，汽车也渐行渐远了。

他耸了耸肩，转过了身，假装着一副满不在乎的样子。

"可以少付一个人的饭钱了！"

~ 81 ~

"您最近感觉怎么样？"

露易丝弯着腰在圆桌上为糖衣药丸缝制羊毛套，而我吹了吹她为我准备的热巧克力。我会无比想念这每周一次的惯例。

"我感觉出奇地好。我清楚地记得我第一次结婚时做的各种准备，那是我最幸福的时候。我以为我不会再经历那种感觉，我多么幸福呀！你呢？你最近怎么样？"

我和露易丝之间的会面不像心理咨询，而更像亲人之间的交谈。每次，她都会关心我，向我提问题，问我消息。她是唯一一个我偶尔会向其吐露心声的病人。这肯定是热巧克力带给我的副作用。

"我也一切都好。您知道自从上次以后，古斯塔夫有他女儿的消息了吗？"

"他没有跟我提过，我猜是没有。你呢？你有拉斐尔的消息吗？"

"拉斐尔？"我惊讶地重复道。

"噢，别装无辜了，茉莉亚。那天晚上，在菜园附近的时候，你们走了以后，我们就在打赌猜你们第一次接吻的日期。"

我甚至不知道该怎么回答。似乎全世界都知道有关我的某些事，而我自己一无所知。

"我向您保证，我和拉斐尔之间绝对什么都没发生。说实话，大家都在和我聊他，这让我开始有点烦了。就好像我们不能心无杂念地和某个人在一起待一会儿似的。"

她叹了口气。

"茱莉亚，你问我问题的时候，我都试着尽可能真诚地回答你。要不然的话，那就没任何意义了。你也能和我一样吗？"

我点了点头。

"你和拉斐尔之间发生了点什么，对吧？"

我从来没这么直接地问过自己这个问题。我需要几秒钟来思考一下怎么回答。

"我觉得……我不知道。我喜欢他，很喜欢，特别喜欢。不过这也让我感到害怕，所以我宁愿和他保持距离。"

她把针放了下来，抓起了我的手。

"你和我孙女一般大。我把你当成我孙女一样来聊天，可以吗？"

"可以。"我喉咙一紧，回答道。

"如果你是我孙女，我会告诉你恐惧是一种不可避免的情感，它可以帮助我们躲过某些危险。可是如果你让它占据太多空间的话，它也会让你陷入瘫痪。我不知道你身上发生了什么，茱莉亚，但是你在你的路上铺满了恐惧的小石子。如果你是我孙女，我会告诉你，你必须驯服这种恐惧感。它必须成为你的动力，而不是阻力。你最害怕的是什么？"

她的言语让我的思绪混乱了起来。仿佛她在我的大脑里徜徉了一番，仿佛她用一份惊人的准确性将我围了起来。

"我不知道。我觉得我害怕受伤。我感觉自己总是在保持警惕，就好像我猜到会有悲剧发生在自己身上一样。当一切就像这样毫无预警地发生了改变时，我很难受。就好像我的潜意识里一直在保持戒备状态，试图随时做好准备。"

"因为你相信自己。你最大的恐惧，就是自己。如果你是我孙女，我会告诉你，如果你能消除对自己的恐惧，那你就不会再害怕任何人。如果你能相信自己，那就再也没有人能伤害你。"

她的一言一语都让我感觉像自己身上的创可贴被人扯掉了一样。虽然很疼，但是橡皮膏下面的伤口已经开始愈合了。露易丝要比我自己更了解我的使用方法。

"虽然我忘记了我人生中的四十年时光，"她继续说道，"但这教会了我一件很重要的事，幸福的秘诀就是——生活，就在当下。就在此时、此地。对于昨天的生活，我们只应该保留积极的部分。对于明天的生活，我们不应该抱有任何期待。我们既不能改变过去，也不能了解未来。只可惜，这一点我是从玛丽琳那里学到的。亲爱的茱莉亚，把你的包袱放下吧！我们通常到了生命的终点才会去衡量当下的价值。你运气不错，身边能够拥有一群帮你开启慧眼的人。珍惜吧！"

她摩挲着我的手。我哭了。这都快要成为一种习惯了。我感觉在这里哭的时间要比笑的时间多。我很可能就是解决世界水资源匮乏的解药。

我结束了面谈，走了出来，整个人昏昏沉沉的。幸亏她是今天最后一位病人。我回到了房间，吃晚饭之前我还有些重要的事情要做。

我打开了电脑，将它放在我的膝盖上，然后在谷歌里输入了："如何消除自身的恐惧。"

~ 82 ~

拉斐尔坐在他外婆那一桌。我嚼着胡萝卜丝，尽量不去看他。他勉强地点了点头，算是和我打过招呼了。他更加冷淡了，就像个雪人一样。

我不知道他这周末要来。自从我上次没有回信以后，他就再也没有给我写过信了。刚才看到他的时候，我感觉自己的内心有点异样。不是坠入爱河的感觉，而更像有蝙蝠在我心里挠。

他在甜点上桌之前便出去了，手里拿着包烟。我等了几分钟，然后去找他。他坐在院子尽头的那张长椅上。

"嘿！"我语气欢快地说道，"我不知道你来，你待到什么时候？"

"我明天走。"他简练地回答道。

他直直地看着前方。他很生气。换了我是他，我也会生气。我不知道该和他说什么才能和解。虽然和玛丽昂以及露易丝的谈话并没有消除我的恐惧，但是让我下定决心去正视它。真正的危险是待在那个围困我数月之久的麻木状态中停滞不前。我想做的第一件事就是对拉斐尔敞开我的心扉。不一定是将心扉大大地敞开，也可以只是敞开一扇窗。一扇天窗。一个洞眼。他只是在我一扇小小的窗户前经过而已，怎么能让我如此难受？

"你的工作好些了吗？"我问道。

"还好。"

周末，聊完了。工作，聊完了。我聊起了天气。

"话说，今天天气很好，你运气不错，之前一周都在下雨。"

"我回去看我外婆。"

他将燃烧了一半的烟掐灭，站了起来，然后看都没看我一眼，便走了。

刚才关窗的时候，我碰了一鼻子灰。真疼！

~ 83 ~

当门被敲得咚咚直响时，我正准备躺在羽绒被下把周六晚上过完。我打开了门，伊丽莎白一脸慌乱地站在门框那儿。

"茱莉亚，赶紧来，我们需要你帮忙。"

我没有问任何问题。她爬上楼的这一事实足以让我相信事情的严重性。我在粉色兔子睡衣外面套了一件上衣，然后跟着她下了楼。她没说一个字，但是，当我挽着她的时候，我感觉到她的胳膊在颤抖。或者是我的在颤抖。

主楼里没有一点声音。夜幕降临了好一会儿，大家吃完晚饭后都回房间了。我跟着她走在走廊里，内心十分害怕。我会发现什么？她之所以宁愿来找我，也不去通知值班人员，肯定只能是重要的事情。我想过可能是他们之间的秘密小会议。我希望皮埃尔、露易丝或古斯塔夫别出什么事。

我们来到了食堂的双扇门前，她停了下来。

"亲爱的茱莉亚，你不能以任何借口把你看到的事情泄露出去。我们必须把秘密保守到底。"

"好。"我说道，我感觉自己的心跳声在全身上下回荡着。

"我必须蒙住你的眼睛。"

"什么？"我尖叫了起来，"您为什么要蒙住我的眼睛？"

"嘘，小点声。我必须谨慎一些。求你了，茉莉亚，别再问了。"

她的眼睛哀求着我。虽然这件事让人不能理解，但是，出于某个我没想到的理由，我还是让她用散发着古龙水臭味的丝巾蒙住了我的眼睛。

"我举了几根手指？"她问道。

"完全不知道，不过如果您就这样把我扔下的话，您一会儿就一根手指都没了。"

我听见了开门的声音、几声交头接耳的声音和几声呼吸声。我听见了一阵规律撞击地面的声音，就像步行器的声音。我感觉自己的双脚在一步一步地摸索着地面。我感觉伊丽莎白的手牵着我走向了未知。之后，她按住我的肩膀，轻声告诉我坐下。接着，出现了其他的响动、气味和脚步声。我很少会像现在这么不安，我的大脑飞速运转着，但我依然没找到任何蛛丝马迹。

"一，二，三。"一个男性嗓音说道。

丝巾被解开了，我重见光明了。虽然这一光亮很微弱，但我的眼睛仍需要一段时间才能适应。我的大脑则需要更多的时间才能破译出我看到的这一幕。

我坐在一张桌子前，桌子上面铺满了棉花球和一块插着两根生日蜡烛的面包。伊丽莎白、皮埃尔、露易丝、古斯塔夫和罗莎则围在我身边，摆出了一副满意的表情。我的对面，坐着拉斐尔，他看起来和我一样恍惚。

"我们没有玫瑰花瓣，也没有长蜡烛。"伊丽莎白说道，"我们就地取材，临时准备了一下。"

"这一切有什么深意吗？"拉斐尔问道。

"这个问题问得好。你们希望我们为你们做些什么？"

古斯塔夫摆出了一副只能说服自己的无辜表情：

"什么都不用做。我们只是想给你们精心准备一次晚餐，以感谢你们的善举。"

"可是我们已经吃过了。"我惊呼道。

"啧啧，"罗莎说道，"好东西总能找到位置的。我们走了，你们好好享受这个夜晚吧，如果你们有需要的话，我们就在厨房。"

他们笑着走远了。我不由自主地被今晚这群化身为少年的老人们感动了。当我的视线停留在拉斐尔那张令人琢磨不透的脸上时，我至少发现了他的一个缺点：他记仇。

"你还好吧？"我问道。

"还好。"

"你晚上也是被他们扰了清净吧？"

"嗯。"

我没有继续往下说了，我不想在他一脸便秘样的时候打扰他。

皮埃尔和罗莎给我们上了前菜——金岛白沙。我微笑着看着拉斐尔。

"金岛白沙也就是塔布雷沙拉①和面包片。祝你胃口好！"

"祝你胃口好！"

他没有动他那盘菜。对我来说，让我看着那些戴着白色厨师帽的

①一种用麦粉、番茄碎、洋葱、香芹加上橄榄油、柠檬汁等作料做成的黎巴嫩拌菜。

脑袋小心翼翼地在门缝中钻进钻出真是件难事。我们不能一整晚都这样待着。

"我可以问你个问题吗？"我问道。

"问吧。"

"就因为我没回邮件，你就板着张脸，你觉得这样正常吗？你知道这意味着什么吗？意味着如果我们没有完全按照你的意愿行事，就得受惩罚。意志是自由的，你知道吧？"

他看着我，一脸震惊。

"我没有对你板着脸。"

"那你就是模仿得很到位，干得漂亮！"

他笑了笑。

"关于邮件，我更多的是在怨自己。我是大半夜发的，当时我累坏了，第二天再看的时候，我觉得很羞愧。不过是别的事让我失去了理智，如果你误以为是因为你的话，我很抱歉。我只是在上飞机之前得知我的公司申请破产了。我没工作了。我要么得尽快找到下一份，要么就得离开我的房子和伦敦了。事实上，我有点受打击。"

这回轮到我羞愧了。幸好伊丽莎白和露易丝过来撤盘子、上菜了。

"野味片配金末。"她说道。

也就是白火腿配土豆泥。

"一切都还好吧？"露易丝小声地说道。

"很好，谢谢！"我回答道，"能给我们酒水单吗？"

这两位老妇人交换了一下眼神，然后一言不发地回到了厨房。几分钟后，古斯塔夫出现了，将一瓶朗姆酒放在了桌上。

"我在糕点柜里找到的。祝你们品酒愉快!"

瓶底还剩一点,足够我们放松了!吃甜点(小岛上的乳白之路,也就是香草酸奶)的时候,虽然拉斐尔还在不停地嘲笑着自己的遭遇,但是他没那么阴郁了。

"我什么都没和我外婆说,你也一个字都别说,好吗?"

"一言为定。你想留在伦敦吗?"

"我觉得我想。我喜欢那座城市,也喜欢英国人,但是我不确定自己想不想在那儿过一辈子。也许是时候做出选择了!那你呢?你要去哪儿?"

我和他讲了讲我的面试,当我告诉他我面试的时候都说了些什么时,他放声大笑了起来。

"好吧,我觉得自己表现中等。"我说道,"很有可能,他会喜欢我的坦率,然后把那个职位给我。"

露易丝、古斯塔夫、伊丽莎白、皮埃尔和罗莎回到了我们身边。

"先生、小姐,饭店马上要关门了。可以撤桌了吗?"

"这就要关门了?"拉斐尔诧异道。

"没错。"古斯塔夫狡黠地笑着,回答道,"十二点多了,员工们得去院子里开每周一次的例会了。"

我点了点头。拉斐尔瞪大了眼睛,对罗莎说道:

"外婆,你也要去开会?"

"是的。我这三个礼拜一次会都没错过。"

他摇了摇头,发出了一阵紧张不安的笑声。

"我真是过时了。我觉得我得去睡觉了。"

露易丝陪着我们走到了门口,然后紧紧地抓住我的胳膊,在我耳边小声地说了几个字。

"茱莉亚，别忘了：此时、此地。"

~ 84 ~

我们在宿舍楼门前抽着烟。天气很冷，也没有月亮。我们没有开灯，偶尔会听见院子里传来的笑声。

今晚，我无疑吃了一顿最恶心的饭，从人道主义角度来看，这顿饭勉强能够下咽。我对面的这个人有点生人勿近，有点心游他处。虽然我感觉自己有点尴尬、恼火和疲惫，但是我依然不希望今晚到此为止。为了将夜晚延长一些，我又点燃了第二支烟。

我们没说话。我只是在辨认着他那离我只有两步之远的侧影。这回，轮到他从烟盒中掏出了另一支烟。我点燃了打火机。他凑了过来，将嘴里吸着的烟伸入火苗中。他的眼睛紧盯着我的眼睛。烟着了，我熄灭了打火机。虽然我没有再看他，但我感觉他的眼神一直在我身上。我的呼吸变得急促起来。他的也是。我感觉我的体内蔓延着一股热气。不能逃跑。不能为了转移尴尬而说话。

此时、此地。

我咽了咽口水，朝他迈了一步。他没动。他每吸一口烟，都会照亮自己的脸。他用他的眼神轻抚着我。他到底在等什么才能用手轻抚我？

他又吐了一口烟。一口长长的烟。真是一次温柔的折磨！我体内的兴奋感继续上升着，我每一寸的肌肤都在等待着他的肌肤。他的眼睛里闪烁着欲望。我从来没有如此渴望过一个人。他的手抚摩着我的脸颊。轻轻地、温柔地抚摩着。我闭上了眼睛。他的手滑到了我的颈背，然后又往上滑进了我的发丝中。我浑身颤抖着。他的脸朝我的脸凑了过来，我的皮肤感觉到了他的呼吸。我的双腿颤抖着。他的唇，犹如一根羽毛一般，轻轻地摩挲着我的唇。之后，他的舌头。×的！他的舌头。他的舌头在我的嘴里嬉戏着，让我发出了一声呻吟声，我希望他和我做爱，就在这里，就现在，立刻。

我的手滑过他的后背，他的皮肤滚烫，我抱着他，让他紧压着我。他的呼吸越来越猛烈，我的手指甲嵌入了他的肌肉中，他亲吻着我的脖子，我要瘫倒了。

"跟我来。"他牵着我的手，用沙哑的嗓音小声对我说道。

我跟着他走进了他的房间，我的心脏猛敲着我的耳朵，他把门关上了，我站在黑暗中，双腿发软。他走到了我身后，撩起我的发丝，然后亲吻着我的颈背，深深地、慢慢地亲吻着。我靠在墙上，我希望这一切不要停。他抬起了我的胳膊，脱掉了我的上衣，他的嘴唇更加炙热了，沿着我的脊椎一路往下亲吻……

此时、此地。

~ 85 ~

我很久没有在男人的床上醒来过了。他还在睡。

以前，在陌生人的床上，我会突然惊醒，我会想自己在这里干什么，我会觉得自己很脏，因为我就像对待一件没有价值的东西一样把自己的身体给了别人。我的身体不再属于我。我会悄悄地离开，虽然我会将自己的内裤、内衣、连衣裙和包捡起来，但是我会试着将自己的不适留一些在那里。最终的结局永远都是不适感稍微膨胀了一些，于是我重蹈覆辙。

今天早上，我不想悄悄地离开。与此相反，我想制造许多动静，让他醒过来，让我们再来一次。

我咳嗽了一下。

他打了声鼾。

我在他脸上吹气。

他的鼻子皱了皱，但是没醒。

我踢了他胫骨一脚。

他惊醒了。

"你做噩梦了？"我问着他，一脸无辜地笑着。

他的眼睛里满是睡意。他把我拽了过去，我把头靠在他的胸膛上。

"睡得好吗？"我问道。

"虽然我有些失望，不过睡得很沉。"

我猛地坐了起来。我希望他不是在说我的技术。他掀开被子，看了一眼下面。

"嗯，真的很失望。"他继续说道，"我还以为我是在和绒绒睡呢……"

我们一整个早上都待在床上，之后我们的胃提醒我们该进行户外活动了。虽然我比他晚十分钟进食堂，但是瘾君子那桌并没有上当。

五张脸都微笑着看着我。幸好,玛丽娜去格雷戈那儿睡了,他们不在,要不然的话,我就得被揭穿了。

当我刚开始吃红菜头的时候,电话响了。是玛丽昂的短信。

"你好呀,美女。我等不及要告诉你,你明天会接到正式的录用电话,你要假装很震惊哟!我昨晚和雅克·马丁在一起,他想给你这个职位,欢迎回来巴黎,宝贝!"

~ 86 ~

我和玛丽娜懒洋洋地躺在她的长沙发上,一边看着电视真人秀节目,一边天南海北地闲聊着,突然,我看见它了。它就在我们头顶上,一动不动地趴在天花板上。它体形巨大,极其丑陋,特别恐怖。

我吓瘫了。就算没被吓瘫,也动不了了。它肯定会跳到我身上。

"玛丽娜,"我清晰地说道,"玛丽娜,我们头顶上有只蜘蛛。"

她抬起了头,发出了一声介于尖叫与抱怨之间的声音。

"嘘,它会听到你说话的。千万别动。"

她画了个十字。我们的视线没有离开过天花板。这个庞然大物正盯着我们看,我确信它在笑。

"好像一只狼蛛。"玛丽娜小声说道。

"好像一只黄道蟹。"

"你知道那句俗话吗?朝见蜘蛛预示痛苦,暮见蜘蛛大骂婊子。"

我们一声不吭地、一动不动地疯笑了起来。但愿蜘蛛们没有蠢话语录。

"好了，我们得动一动了。"玛丽娜说道，"如果我们待在这儿，它估计得躲到别的地方去了。我不能在明知家里有蜘蛛的情况下，继续待在这儿。"

"好吧，可是我们之后干什么呢？你觉得你能抓住它，然后把它放到外面去吗？"

她一动不动地看着我。我相信我在她的眼睛里觉察到了一丝怜悯。

"你真是有毛病，"她大叫着，"我们得把它弄死，就这样。你觉得吸尘器的手柄够长吗？"

我没有回答。

"你不是来真的吧！"她尖叫道，"我知道你畏惧死亡，可这是只蜘蛛。你肯定从出生开始就杀死过好几十只，这还只是你睡着的时候吞掉的数量。"

"它可能只是来给孩子找吃的……"

"那我就得在房间里放把火了，这样，它们就可以死在一起。"

蜘蛛可能听见我们说话了，因为我们头顶上的那片黑影正在挪动。既不是一只，也不是两只，我的身体从沙发上弹了出去，一直弹到了门口，然后我跑下了楼。当我跑到外面的时候，玛丽娜已经在那儿了。她耸了耸肩：

"不管怎样，我宁愿在室外待着。"

一小时之后，我们还是没有勇气回到楼上。我们身上既没有烟，也没有电话，更没有外套，也就是说我们离深渊的边缘不远了。

"茉莉亚，我想向你坦白件事。"玛丽娜一本正经地声明道。

"什么事？难道你已经弄死过一只蜘蛛？"我讥笑道。

"打住，这件事真的很不容易说出口。好吧，这也不是件什么严重的事，不过我每次想跟你提的时候，都想哭。"

"你吓到我了……"

她深吸了一口气，然后突然滔滔不绝地说了起来：

"我要去格雷戈那儿住了。我们想试一试，我会把东西放在这儿一段时间，但是我每天晚上都会去他那儿过夜。我希望我先走，而不是看着你走。再说了，你也见过他家的浴缸吧？"

她没有等我回答，就跳到了我的怀里。

她说得对。暮见蜘蛛大骂婊子。

~ 87 ~

我告诉她说我为她感到高兴，我祝她和格雷戈幸福。

我告诉她说不管怎样，在回巴黎之前，我在这儿只剩两周可待了。

我告诉她说不，不、我向你保证，我不难过。

我没告诉她我想哭。

我没告诉她我的大脑将剧终的日期设定在了十月十日，我没告诉她我还没准备好。

我没告诉她她的离开让我的离开变得真实了起来。

玛丽娜睡在我的沙发上。最后一晚，她宁愿和我在一起，也不愿和蜘蛛在一起。友谊呀！

我呢？我合不上眼。我脑中的思绪十分混乱，这让我睡意全无。

我又看见了我刚来这儿的时候，那时，我虽然很迷茫，但有件事十分确信——我肯定会孤独一人。我记得她，记得第一次见她的时候，她头发上的颜色。她和我认识的所有人都完全不一样。玛丽娜，她不会欺骗人，她不让自己被镊子、手套或其他过滤物品所困。她会直奔目标。起初的时候，她这一点让我感觉很不安稳。她这一点搅动了我内心所有的碎块。我又看见了我们在一起度过的夜晚，我们的疯笑、我们的恐惧和我们的坦诚。申请养老院职位的时候，我是来寻找安宁、寻找答案，甚至是来寻找一丝从容的。然而，我并没有料到自己会在这里找到友谊、信任，以及其他东西。

明天晚上，我将是这一层唯一的住户了。玛丽娜不会再待在墙的另一侧了；我不会在出去抽烟的时候，再看到她将臂肘支在阳台上了；我不会在她每天早上梳洗打扮的时候，再听见她唱歌跑调了；我不能在需要笑声的时候，再去敲她的门了。我觉得我倒宁愿她早点把这件事告诉我，这样的话，我就可以早做准备，我们就能够办个室友之夜，让我慢慢地告诉自己这是最后一次相聚，我应该把我们之间最后的记忆储存起来。

我听见沙发的弹簧咯吱作响。之后，是一声恼火的叹气声。再接着则是玛丽娜的声音。

"在你沙发上真是睡不着，它比我前男友的老二还软。"

或许这句话作为最后的回忆也不错。

~ 88 ~

发件人：拉斐尔·马林 – 贡萨尔维斯
主题：周六晚上

那晚很棒。我现在脑子里只想着那天晚上。我等不及要见你了。

吻你。

拉斐

我心里痒痒的。

发件人：茱莉亚·里米尼
主题：回复：周六晚上

是的，那晚真的很棒。我也等不及要见你。

我吻你，绒绒吻你。

茱莉亚

十月

悲伤的创痕在你身上刻得越深，你越能容纳更多的欢乐。

——哈利勒·纪伯伦[1]

October

---

[1] 黎巴嫩诗人、画家。

~ *89* ~

小巴每月一次地满载着头发花白的老人们朝市立游泳馆驶去。安排的课程是——水中体操。当格雷戈问我是否想陪他们一起去时，我咯咯地笑了。他是认真的。

"走吧，你得好好享受在这儿的最后一段时光。"他说道。

他可真狡猾。

虽然我本来打算更新一些紧急的资料，但是我还是接受了他的提议，只要不强迫我跟着上课就行。他问我接下来一个半小时会不会无聊，我反驳说我感觉自己完全可以漂浮在教练池的温水上，一动不动地待上三天而丝毫不觉得无聊。

而这也正是我现在所在做的事情。我漂浮着。池水不仅渗入了我的耳朵里，而且也压低了体操老师那荡漾在我周身的说话声。"拍打胳膊，对，就是这样，很好，动作再快一点，就像小狗一样，不，古斯塔夫，我们没必要学狗叫。"当我神情快要恍惚的时候，一只手压在了我的额头上。池水淹没了我的鼻子、嘴和眼睛，海啸来了！我咳嗽着，吐着痰，格雷戈则炫耀着自己的戒指，大笑着看着我。

"走，我们滑滑梯？"他向我提议道。

虽然我自己也不知道为什么，但是我那有点神经错乱的大脑驱使着我跟他走。我上到台阶高处的时候，才意识到泳池滑梯不是我们三岁时玩的那种可以反向往上爬的迷你滑梯。天哪！泳池滑梯是一条带弯道的蓝色长梯，最终的着陆点是儿童泳区。爬上来以后，我觉得冷，我就像一只患有哮喘的斗牛犬一样喘着气，另外我还头晕。

有两种解决办法：要么我重新走下去，这也意味着我的双腿不会再发抖；要么我直接跳到这条在我面前伸长了管子的滑梯上。而这也是格雷戈正在做的事，他的下滑带走了我仅剩的勇气。

我瞥了一眼老人们：他们停下了手中的动作，盯着我看。他们肯定保存了我唯一一次和他们一起上体育课的珍贵回忆。我必须行动起来，要不然的话，他们会认为我是个懦夫。

我站在滑梯的边上，整理了一下泳衣，然后深吸了一口气，接着，我把一只脚放了上去。我本以为自己会有时间摆好姿势，然而没有，脚下的水让我栽了个跟头，我就像湍流中的一截树干，只能顺水而下。每次转弯的时候，我都感觉大家以后得去冥王星找我了。我试图让自己挺直、坐正，但是在速度的作用下，我的后背只能紧贴着滑梯。我感觉我的腹肌和会阴就要咽气了。我甚至没力气尖叫。当我决定放弃反抗，接受这悲惨的命运时，我被弹出了这条长管。起初，我庆幸地感觉自己就像被大炮发射出来的小矮人。之后，我感觉自己掉进了黑洞中。最后，准确地说，我感觉自己掉进了马里亚纳海沟 [1]。

我睁开了眼。我还活着。老人们站在对面正仔细地观察着我。我感觉我在他们的眼睛里发现了一丝敬意。他们所看到的是一位毫不犹豫地深入危险之中而凯旋的勇敢女性。格雷戈建议我再玩一次，我拒绝了，

---

[1] 地球上已知的最深的海沟，位于西太平洋。

虽然玩滑梯太简单了，我也头朝上地从泳池里出来了，但我几乎是捂着胸口、双腿打战地走出来的，连我的泳衣都变成了丁字裤。

~ *90* ~

发件人：拉斐尔·马林 – 贡萨尔维斯
主题：消息

茉莉亚：

你好吗？

我这儿简直就是在赛跑，我参加了两次招聘面试，都没成功。另外，我的房东拒绝在我找工作期间降房租。我必须将所有的时间都用来找工作，所以这周末我并不能按照预订的计划回去了。对此，我很抱歉……我本来很想见你。

我意识到，下次南下的时候，你就不在那儿了。我想继续见你，我知道这一切并不容易，你在巴黎，而我在伦敦，可是如果你没问题的话，我们可以试一试？

除此之外，我外婆好吗？我不知道她是否想我，她从来不会聊这类事情，但是我，我很想她。

亲吻。

希望尽快见到你！

拉斐尔

发件人：茱莉亚·里米尼

主题：失望，我呼唤着你

拉斐尔：

你好！

我觉得你外婆特别想你，这周末见不到你的话，她会崩溃，因为她现在精神不济。你的出现肯定会让她振作起来，只可惜，到时候她要独自一人躲在床底流干全身的泪，而你在远方。

我希望你死在大街上，然后掉光所有的牙。

永别了！

茱莉亚

~ 91 ~

当我在安娜－马莉的办公室里解决有关我合同终止的一个行政细节问题时，玛丽娜来找我们了，说老人们要求见我们。

他们所有人都聚集在公共生活厅。他们就像被介绍给我的那天一样一排一排地坐着。当时，我还在想我要怎样才能记住他们所有人的名字。现在，我在想我要怎样才能忘记他们的名字。

起初，我以为他们就像之前每小时的那一千次一样，是想告诉我们关于古斯塔夫和露易丝婚礼的新想法。婚礼几天之后就要举行了，所有的老人都积极参与到了筹备之中。但是当我的视线落在他们挂在墙上的横幅上时，我明白他们要说的事情和婚礼无关了。

不许从我们身边夺走茱莉亚！

玛丽娜率先发言，她念着手中的一段文字。

"我们相聚于此是为了抗议柽柳养老院心理医生茱莉亚·里米尼的离开。原因如下。"

伊丽莎白从凳子上站了起来：

"因为她会花时间哄别人开心。"

她重新坐了下去，之后轮到皮埃尔站起了身：

"因为她并不只是点头附和，她真的关心我们。"

我的眼泪通知我说道："我们来了！"轮到吕西安娜发言了：

"因为她喜欢《生活是如此甜蜜》。"

之后是穆罕默德：

"因为当我们过得不好时，她能猜到。"

接着是阿莱特：

"因为她口齿清晰。"

我由笑转哭，我控制不了自己的情绪了。他们的关怀，他们的言语是如此地打动我。朱尔斯站了起来：

"因为她喜欢在冰水里游泳。"

之后轮到罗莎了：

"因为我外孙很喜欢她。"

我永远不会忘记这一刻。有的时候，我希望能有一台摄像机固定在我的额头上，这样的话，我就可以永远记住这些美丽的人生小片段，并且可以在心情低落的时候回看。老人们轮流解释着他们为什么不希望我走，甚至包括莱昂。

"因为我更不喜欢另一个心理医生。"

古斯塔夫接过话，说道：

"因为我从来没有遇见过比我讲笑话还烂的人。"

终于轮到露易丝了：

"因为她是我们大家都想拥有的孙女。"

我没有再哭了。我不知道最令我感动的是什么，或许是他们所说的有关我的言语，或许是我在几声说话声中察觉到的啜泣声，或许是他们为我组织了这场活动，或许是他们意识到我对他们很重要，就像他们对我很重要一样。

玛丽娜满脸是泪。她继续读着那段文字，声音发颤：

"鉴于上述所有理由，以及其他因长度问题而没有列出的理由，我们拒绝让茱莉亚离开。我们希望这件事能谈妥，要不然的话，我们不排除会通过早上不洗漱这一行动来抗议。"

所有目光都转向了一直站在我身边的安娜－马莉。她将铅笔从发环中取下。她紧张了。

"我听到了你们的请求，也请你们相信我理解这一请求。但是很抱歉，我无能为力。茱莉亚会在十月十日离开我们。"

我用毛线衫的袖子擦了擦鼻子。我想发表一篇长长的感言，想告诉他们我是多么感动，想告诉他们我是多么珍视他们每一个人。但是，我最终只说出了九个字：

"老伙计们，你们酷毙了！"

~ 92 ~

发件人：拉斐

主题：问

茉莉亚：

如果我没牙了，你还会一直要我吗？

拉斐

~ 93 ~

伊丽莎白、露易丝和罗莎不见了。我是最后一个看见她们的人。

今天早上，她们一如既往地坐在那张长椅上。我意识到罗莎在"奶奶帮"中找到了一席之地后笑了笑。当我问她们白天有什么打算的时候，她们提到了陶艺手工课，仅此而已。回想起来，我也没觉得有哪里不对劲，如果有的话，只能是露易丝膝盖上的运动包了。

全体工作人员都被动员起来去找她们了，其他老人则做后援。我们翻遍了养老院的每一个房间，我们仔细地搜索了整个后院，我们询问了皮埃尔、古斯塔夫和其他老人，我们开着车跑遍了整个比亚里茨。什么都没找到。她们从人间蒸发了。

天马上就要黑了，但三位老奶奶仍然毫无踪影。安娜－马莉打算按照人口失踪报警，我让她再等几分钟，然后便去找古斯塔夫和皮埃尔了，他们坐在他们另一半的长椅上。

"我确定你们知道她们在哪儿。"

他们摇了摇头，就像两个满脸都是巧克力残渣，但否认偷吃的小男孩一样。

"算了，我们必须通知她们的家人。她们的家人肯定会很担心……"我说完便准备走。

"等等。"皮埃尔叫住了我，"我告诉你她们在哪儿。"

古斯塔夫愤怒地看着他的同伙。

"幸好我们从来没有一起抢过银行……"

一小时后，在通知了安娜－马莉，并安慰了其他老人之后，我将车停在了圣母岩①前，然后踏上了栈桥。

这里没有别人，只有三位面朝大海、坐在折叠椅上的女人。虽然我看不见她们的脸，但是我看出她们一个是红发，一个是棕发，一个是金发，她们三人的头发都很长，所以不是我要找的老奶奶们。不过，我还是朝她们走了过去，谁知道呢？或许她们遇见过那三位。当我走到她们身旁时，金发女人转过了身。我发出了一声尖叫。另外两个人也将头转了过来，我差点要笑死了。真得好好看看这几位离家出走的女人，她们戴着假发，脸上挂着狡黠的笑容，眼神十分无辜。

"这是怎么回事？"我平复了心情，问道。

"这事呀，这是为了埋葬我少女生活的葬礼。"露易丝自豪地回答道。

我笑得更厉害了，她们也陪着我一起笑。

①比亚里茨著名的旅游景点。

"假发是用来干吗的？"

"我们不能假扮成护士，"伊丽莎白回答道，"所以只能扮成少女。"

"可是你们一整天都做了些什么？"

"除了去买三明治，我们就没离开过这儿。"露易丝说道，"我们本来想去夜店转一圈，但是我们觉得一整天都面朝大海更合适。"

"为什么你们不说一声？你们有权外出呀！"

"是肾上腺素搞的鬼。"罗莎回答道，"策划一次短暂的离家出走，想象着你们在找我们，这让我们感觉自己很'少女'。"

我点了点头。

"好了，淘气鬼们，现在该回家了。天马上就要冷了。我送你们回父母家？"

"不行！我们带了外套……不管怎样，你都不能让我们错过日落。"

她们是三个人，而我是一个人，我不想挨顿揍。我坐在她们旁边的一块岩石上。太阳几乎就要触碰到海平线了。

罗莎从口袋里掏出了她的钱包，然后从钱包里抽出了一张老照片。照片上，一位妇女和一个小男孩站在圣母岩的落日前。

"这是我和我的拉斐尔，很久以前的事了。我们以前经常来这儿，这是我们的老地方。他总是不停地问我：'外婆，我们去看岩石上的圣母吗？'他很可爱，对吧？"

我拿起了照片。

"他特别可爱。如果我和他同班的话，我估计就把自己的下午茶点心塞给他了。"

三位奶奶咯咯地笑了起来。露易丝说道：

"现在也不晚……"

"茱莉亚，"罗莎说道，"我相信你就是拉斐尔那个对的人。"

我放声大笑了起来。可是她们不喜欢我这样，她们看着我，仿佛我刚才亵渎神明了。

"如果玛丽娜在的话，估计她会说你们疯了。"我反驳道，"我和拉斐尔才刚认识，我甚至不确定他是不是真的想和我在一起……"

"那你呢？"露易丝打断了我，"你确定自己不想和他在一起吗？"

这几个女人疯了！

"我不知道。想……不想……我也不知道。我喜欢和他在一起，他不在的时候，我会想他，可这也不能说明我就想和他共度余生。你们太讨厌了，你们居然让我谈自己的感情生活，这可不是我的习惯。"

"那我们就和你谈谈我们的，"伊丽莎白插话道，"再过几天，你就要走了，我们就没机会和你分享我们的经历了。"

其他两人点了点头。真是一群奶奶级的精神导师！

"你不需要往后退就能意识到自己的感情。"露易丝说道，"我们可是观察了你好几个月。如果你错过这段缘分的话，那绝对会是个错误。"

"我要坦白，"罗莎说道，"这当中有我一部分的私心。我宁愿他在你的怀里，也不愿他在那个伤过他心的讨人厌的英国女人怀里。"

仿佛提起前女友就能让我有所反应似的。

我没有反应。没有反应。

"求你了，真的，"露易丝说道，"别让他走。你不能对爱情不理不睬。"

"可是我没有对任何东西不理不睬。我没太大感觉，仅此而已。你们别忘了他住在伦敦，而我马上要去巴黎了，这对一段恋情来说并不是什么好的开始。"

"我们早就聊过这个话题了。"伊丽莎白回应道,"两人的生活,就是一条布满了各种陷阱的小路。但这值得一试。如果这个年轻人是那个对的人的话,那你就能克服一切,等你到我们这个年纪的时候,你就可以十分确信地给晚辈们建议了。"

"这样的话,我就可以安详地走了。"罗莎的话猛击了我一下,而她一脸云淡风轻。

太阳开始了它的征程,我们眼前只剩下最后一小片正在消失的橙色斑块。我永远都不会厌倦这幅画面。

"总有一天,我们、你、我们认识的所有人,我们大家都会消失……"露易丝对我说道,"太阳依旧会使人们愉悦,可我们不在了。时间流逝着,我们也跟着消失了。当我们意识到自己虚度光阴的时候,往往太晚了。亲爱的茉莉亚,你不要错过机会。"

"我们和你说这些,不是为了烦你。"伊丽莎白补充说道,"恰恰相反,是因为我们很珍惜你。"

我站了起来,拍了拍手。

"好了,我们走吧。要不然我就跳海了。谢谢你们的这段欢乐小插曲,我现在感觉好多了。"

三位老妇人站起了身,将椅子折叠了起来,然后让我夹在胳膊下。我走在最后,看着她们戴着假发穿过栈桥,她们迈着不太坚定的小碎步走在金属构架上。我突然意识到这是我最后几次见她们了。但愿她们不会转过身。

~ 94 ~

今天朱尔斯庆祝他的九十九岁生日。

趁此机会，他的家人和老人们齐聚在公共生活厅，围在他身边。他本来想等到明年，为自己的百岁生日举办一次隆重的聚会，但是他后来改变了主意。"我们这个年纪，就得像庆祝最后一个生日一样庆祝每一个生日。我们甚至应该庆祝每一天。"

朱尔斯虽然是柽柳年龄最大的老人，但他看起来反而像最年轻的那一个。他不戴老花镜，走路不需要搀扶，他的思维甚至和年轻人一样活跃，不过他和其他老人一样，有时说话也颠三倒四。

"快一百岁了，他肯定花了不少勇气才能熬这么多年……"吕西安娜低声说道。

"没错，"米娜回应道，"对他这个年纪来说，他还很精神，真好！"

我意识到朱尔斯只比她们大十岁，但她们认为朱尔斯要比她们大很多，对此，我笑了笑。我们所有人在别人眼里都是长者。我第一次被别人叫夫人的时候，才二十三岁。那一天，我差点就把自己生活的乐趣给埋葬了。

格雷戈将蜡烛插在巧克力蛋糕上。朱尔斯每年的生日蛋糕都是使用的他母亲的配方。

"蜡烛的数量比蛋糕还多。"古斯塔夫开着玩笑。

我们本来可以在巧克力蛋糕上放两个蜂蜡所做的九，但是从象征意义来看，我们觉得插上蜡烛更好看，毕竟每一根蜡烛都代表着活过的一年。朱尔斯细腻的脸颊鼓了起来，然后他朝火苗吹了口气，接着又吹了好几次，他的唾沫稍微有点四溅，之后，他叫来了曾孙增援自己，最后蜡烛全部熄灭了。九十九根蜡烛。九十九年。一场生活。

"致辞！致辞！致辞！"伊丽莎白拍着手大喊道。

她朝我俯下了身。

"他每年给我们讲的几乎都一样。不过，他长得那么帅，所以我们会要求他再讲一次。"

老先生站了起来，清了清嗓子。他的身体因激动而颤抖着，仿佛一座随时会倒塌的脆弱的纸牌城堡，然而，当他女儿示意他坐下时，他却视而不见。他坚持站着。

"昨晚睡觉的时候，我才二十岁。今天早上醒来的时候，我就九十九岁了。即使生命很久远，但它看起来依然很短暂。小的时候，我觉得我奶奶特别老，可她其实比我现在的年纪还要小，她总是不停地和我说：'小宝贝，生命短暂，并且只有一次，必须将时间花在值得去做的事情上。'我视如珍宝地将这个建议记在了脑中，并且记了一辈子。我们没有足够的时间去完成生活中出现的所有事情。所以，我们必须做出选择。我应该工作至上还是爱情至上？应该子女至上还是自我娱乐至上？阅读至上还是钓鱼至上？到底什么事情才是真正值得我们去做的？有些答案显而易见，有些却不是。我不可避免地也犯过错，但是我总是试着听从自己的内心去行事，而不是理智。"

他顿了顿，喝了口水。所有人都在听他致辞，仿佛这是他第一次致辞。

"我这一生，"他继续说道，"总是会经常问自己假如生命就此结束，我是否会感到满意。所以，这就是秘诀——问问自己少年时的自己是否会满意今天的自己。我这个年纪已经不能再规划人生了，但是我可以总结人生。当我看到身边人的微笑时，当我看到挚爱之人的微笑时，我便再无任何遗憾。我知道我做的选择是对的。"

在他说出最后一个字之前，掌声便响了起来。很明显，他不是唯一一个熟知自己致辞内容的人。所有的宾客都依次拥抱了朱尔斯，并祝他生日快乐。他凹陷的脸颊碰撞着我的脸颊，他对我笑了笑，然后接待了下一位宾客，他并没有对自己刚才给我上的那一课产生疑虑。

我不想被恐惧牵着鼻子走，然后在悔恨中走到生命的尽头。这并不是我小时候的打算。是时候做出正确的选择了。

~ 95 ~

黑色出租车将我放在了罗莎所给的伦敦伊斯灵顿区的某个地址前。我在这栋小小的建筑门前站了几分钟，不知道自己是该按门铃，还是该逃走。如果大家认为我在这里除了拉斐尔谁也不认识的话，那么第一个解决方案看起来最明智。

我没有通知他。我是一时头脑发热做的决定。最初的时候，我觉得突然到访是个特别好的主意，嘿，是我，鉴于你不能来，所以我告诉自己我要给你个惊喜，但是在飞机上的时候，我的疑虑开始浮出水面，在出租车上的时候，疑虑最终占据了我的整个大脑。要是他不在呢？要是他不想看见我呢？要是他和他妻子、三个孩子，以及他们的鹦鹉生活在一起呢？

我按响了对讲机。咔嗒一声，门开了。我上了楼，寻找着 2B 房间。我站在门前，微微汗湿的手紧握着行李箱的把手，然后敲了敲门。

是一位红发高个男人开的门。要么就是拉斐尔变化太大，要么就是这个人不是他……

"你好。"他说道。

"你好，我想找下拉斐尔。"我回答道，我的口音让人丝毫怀疑不了我的国籍。

"啊，你是法国人。我是他的室友洛朗。你进来吧，我去找他。"

当他走到一条走廊，敲响了一扇门时，我则待在门厅里。我希望不要等太长时间，我正在精疲力竭地想象着拉斐尔的反应。

"茱莉亚？"

拉斐尔突然出现在我面前，一脸担忧。

"我外婆出事了？"

"没有，没有，她什么事都没有。是我出了点事，我觉得我完全疯了。我告诉自己来这儿给你个惊喜应该还不错，我应该给你打电话的……"

他笑了笑。

"你做得很好。看见你，我真的很高兴。这是给我的礼物吗？"他指着我手里拿着的一个包装小盒，问道。

我点了点头，把盒子递给了他。他的室友正倚着门框看着我们，在他室友的注视下，他把盒子拆开了。把东西拿出来的时候，他哈哈大笑了起来。

"像这样的话，就算你没了牙齿，我还是会喜欢你。"我说道。

他假装要把假牙放进自己的嘴里，洛朗一脸意味深长地点了点头。

"关于她，你对我说了假话。她不是酷，而是超酷。"

我被验证合格了。作为回报，这两只法国斗牛犬让我进了客厅，并帮我脱下了大衣。我扫视了一眼房间。

"你喜欢这个装修吗？"洛朗问我。

"装修得很有品位。"

我没有说谎，装修得的确很有品位。十岁小孩的品位。这两位男主人明显心满意足了，他们拉着我，让我坐到黑色皮质沙发上，我坐在了一个展示乐高宇宙飞船和微型汽车的玻璃柜中间。我真应该穿上我的猫头鞋。

~ 96 ~

周末的时候，我们参观了伦敦。我们迈着奔跑的步伐游览了白金汉宫、威斯敏斯特大教堂、杜莎夫人蜡像馆、大英博物馆和伦敦之眼，我们只有在吃汉堡或喝咖啡的时候才会稍事歇息。

如果有人让我和他讲讲我在伦敦的日子，我会把这些都告诉他。然而，真相是我整个周末都没有从床上踏下过一步。洛朗提议让我们留在公寓，他则去他的女朋友那儿待两天。我们假装拒绝："不用，不用，你人真好，但是你不用这么做。"他坚持自己的提议，我们则更加委婉地拒绝："哦，不用，这让我们很难为情。"他收拾了行李，走了，并建议我们用厨房那张舒适的桌子。

我们呢？更喜欢床。准确地说，应该是铺在地上的床垫。洛朗刚把门关上，拉斐尔便扑到我身上，吻着我，仿佛他刚从监狱出来。我的衬衣丢在了沙发上，我的内衣丢在了客厅中央，我的牛仔裤丢在了走廊，我的内裤丢在了卧室门口，我的头则丢在了床上。整个周末，我们做了好几次，以便确认我们没有自欺欺人，而这一切也是真的令人难以置信。事实的确如此。我们也交谈了，谈了很多。

我们做爱，他和我聊他的工作；我们做爱，我坦言我父亲的事；我们做爱，他提及了他的计划；我们做爱，我也分享了我的计划。他真的在倾听。以前，我和马克交谈的时候，经常有种不愉快的感觉，我感觉他在等着我结束，以便讨论他的。说实话，他也并没有一直等过我结束。我只是他的镜子而已。拉斐尔则关心我，会问我问题，同情我。

"嘿，我有个想法。"当我们吃着冰柜里最后一块比萨的时候，他大声说道，"通常大家认识的时候，都会试着给别人留下个好印象。如果我们反其道而行之呢？"

"要怎么做？"

"列一张缺点清单怎么样？这么做的话，我们以后就不会惊讶，我们会猜到一切。"

我咯咯地笑着，以为他是在开玩笑。然而，他是认真的。

"你知道吗？要我列出自己所有缺点的话，一个周末远远不够。"我说道。

"我有的是时间。"

于是我开始列着。

吃完比萨的时候，他就知道了我很懒，爱发牢骚，喜欢《人物》杂志，是拖延症世界冠军，我的两条腿不一样长，两只耳朵不一样高（或许我两条腿不一样长就解释了为什么两只耳朵不一样高），我晕车，我喜欢上面只铺满了奶酪的蔬菜，我的头发喜欢堵塞浴缸的排水口，我抽烟很凶，我喜欢自己说了算，我爱乱花钱，我喜欢在自己讲笑话的时候笑，我有罗拉·菲比安①所有的唱片，我出门之前总想去厕所，我不是每晚都卸妆，我喜欢剧透，还喜欢透露两三件其他事情，不过事后，我才明白这可能会对我造成伤害。

他呢？他则告诉我他有时言而无信，每天早上都口臭。啊！有的时候，他还打鼾。

"就这些吗？"

"就这些。"

"我觉得你忘了谦虚。"

他把我拽向了他，然后吻着我。我根本不想再立马知道他的缺点了。

"我们试试厨房的桌子？"

周日晚上，他送我去机场，坐在出租车里的时候，他没松开过我的手。我闭着眼睛，将头靠在他的肩膀上。或许玛丽昂说得对。或许我身上除了悲剧，也真的能发生点别的事。

~ 97 ~

贝尔纳黛特是位理发师。她每周会来为老人理次发。今天，她剪刀下的人却是我。

---

① 著名比利时裔法语歌后。

320

今天早上，"奶奶帮"成员和往常一样依然是我第一批打招呼的人。这三位女人坐在长椅上，一如既往地温柔地迎接了我。

"你上周末在伦敦的时候肯定没怎么休息好。"伊丽莎白开口说道。

"她的头发看着尤其疲惫。"罗莎补充说道。

"你不会打算就用这么个发型来参加我的婚礼吧？"露易丝担心道。

三天后，我的合同就到期了。四天后，露易丝和古斯塔夫就要结婚了，而我要离开住处，前往巴黎。今天，我要打理一下头发。

罗莎陪着我。贝尔纳黛特头顶着黑色染发剂，问我喜欢什么样的发型。我向她解释说我只是想让她修一下发梢，千万不要剪太短，剪到肩膀这里最好。"不用，谢谢，我不想烫发，不用，谢谢，我不想染发，不用，谢谢，我不需要挑染，不，一处都不用，不用，谢谢，别碰我的刘海儿，要不然，我弄死你。"

"白头发也不用做任何处理吗？"她检查着我的发根问道。

贝尔纳黛特，她可真讨人厌。

"我没有白头发。"

"啊，有，有。而且不止一根，就算您看不见，别人也能看见。要处理一下发根吗？"

我依然沉浸在噩耗的打击中，我在思索着。罗莎插了一句：

"我相信挑染一下很适合你。"

"没错。"贝尔纳黛特慵懒无力地说道，"您褐色的头发看着有点阴郁，挑染可以起到提亮的作用。"

你再这样说，就该轮到你阴郁了。

"您看看，"她从包里掏出了一本资料，锲而不舍地说道，"我觉得您做这一款好看。"

照片上，一位年轻女人正在炫耀着她那看着既自然又富有光泽的齐平长发。

"您能给我做成这样？"

"当然能，我可是理发师。"

当她在我头顶忙活的时候，我的视线就没离开过镜子。

"罗莎，"我问道，"您还在上 gogole 吗？"

"你是想说 google 吗？我每天都上。"

"您上网？"贝尔纳黛特钦佩地问道，"我吧，我就完全不懂这个，我儿子试着给我解释过，但是我放弃了。您上网干吗？"

"找男人。"

贝尔纳黛特愣了几秒。我问她是否还好，我希望她尽量不要割坏我的头发。她点了点头，继续干活。

"然后呢？您找到真爱了吗？"我问道。

"一直都没有，可是我找到一件特别宝贵的东西，就是陪伴。没有什么比孤独更糟了。我认识了好几个男人，他们也在逃避孤独，他们也除了简单交流，不再期待别的。"

"可是他们并不是真实存在。"贝尔纳黛特惊呼道，"所以，他们并不等同于真人。"

"那我呢？我也不存在？我向您保证屏幕后面有真人。这对您来说或许很奇怪，但是当我身边的人都回到自己房间的时候，我觉得很孤单。和那些对我感兴趣的人交流让我好受了许多。您知道吗？我丈夫去世以后，我试过将自己孤立起来，但是这根本没用。其他人的存在很重要，我们最好向他们敞开大门，而不是将他们拒之门外。"

罗莎继续争论着，而我的思绪飘向了我的母亲。我把她拒之门外了。真的是这样。从回家那个周末以后，我们会定期通电话，我后来又回去过两次，我们恢复了从前的母女关系。某个周六，我妹妹和我的教子来了。我们四人一起做饭，一起欢笑，一起散步，一起看照片，我们甚至没有哭，那天我感觉到了幸福的味道、家的味道。而在此之前，我以为我的家不在了。我妹妹希望我利用那一刻把真相告诉我母亲。但是我做不到。我还没准备好。罗莎的话语让我明白我现在已经准备好了。我要向我母亲敞开大门。只剩下找个好时机了，希望她能原谅我。

"您满意吗？"她问我，然后抓起了吹风机。

我看了看自己。又看了看照片上的女人。我又看了看自己。我完全没看出来我和之前有什么区别，完全没看到我想要的样子。但是我很有礼貌，所以我很高兴地付了钱，给了小费。作为回报，贝尔纳黛特送了我最后一次甜言蜜语。

"可惜您要走了，您得在巴黎找个人帮您打理打理白头发。"

~ 98 ~

这是我在柽柳工作的最后一天。

这是我最后一个早上坐在这个阳台上，面朝大海，喝着咖啡。

这是我最后一次在下楼的时候，想着如何安排接下来的咨询。

这是我最后一次停下脚步，和"奶奶帮"聊天了。

这是我最后一次在敲这些门的时候，想着门的另一侧，有人正等着向我吐露自己的感受。

这是我最后一次在看到今日菜单的时候叹气了。

这是我最后一次看见这些熟悉的墙，熟悉的走廊，熟悉的家具，熟悉的窗户，熟悉的树和熟悉的面孔了。

八个月前，刚来到这里的时候，我从来都不认为这里有一天会变成我的家。

白昼就这么溜走了，仿佛时间希望能够尽快了结自我一样。我最后一次用钥匙将办公室锁上了。十六点了，下班了！今天下班比较早，因为有一场小型的告别酒会。

"茱莉亚，"玛丽娜在走廊的尽头呼喊着我，"走吧，大家都等着你呢！"

他们所有人都在食堂等着我。我从今天早上开始便在找借口逃避这场酒会。我不想来，但是我没太多选择，所以我往自己的脸上粘贴了一个不太自然的笑容，然后走进了这片寂静无声的沉默中。我对面的他们都满脸愁容。我感觉我在出席自己的葬礼。

古斯塔夫忠于自己的内心，问我："你还好吗？丽兹。"我夸张地大笑了起来，其他人则跟着我笑了起来，大家都知道这并不好笑，但是如果我们不笑，就会哭。我们不能让场面变得混乱。

所有人都依次走来和我说话。他们和我聊了些平淡无奇的事情——你看到了吗？今天天气还是很好，明天，我们就要庆祝了，花色小蛋糕很好吃——但是他们的言语并不像往常那般掷地有声。他们说话的时候很温柔，也会停顿；他们说话的时候要么注视着我，要么抓着我的前臂；他们的言语中饱含着感情。

桌上有个盒子，我必须打开。

"这份小礼物是为了让你不要忘记我们准备的。"

仿佛我有可能把他们忘记似的。

盒子里面装满了拍立得相纸。每位老人各拍一张，每位同事各拍一张。他们摆好了姿势，或严肃，或搞怪，或拘谨，这样的话，我便能将他们的一小部分带走。每个人都在自己的照片后面写了只言片语。

"感谢你所做的一切。"

"很高兴认识你。"

"希望你能过上你应得的那份美好生活。"

"你带给了我许多。"

"我会想你的。"

看着这一排排的文字，我的视线模糊了。他们的话语让我所做的努力都白费了，我快要崩溃了。他们所有人都凝视着我，观察着我的反应。

"要来一小段发言吗？"伊莎贝拉说道。

我又想到了第一天自我介绍时所做的发言，那次的发言既冷淡又职业。我当时觉得自己克服不了自己。今天的情况则更甚。说到底，还是在自己不认识的人面前发言更简单。我咳嗽了一下，清了清嗓子。我的下巴在发抖。

"刚到柽柳的那一天，我不停地问自己我来这里干什么。今天，我知道了，我来这里是为了遇见你们。你们说我带给了你们许多东西。我很欣慰，但事实上，是你们带给了我特别多的东西。你们让我真正地成长了起来。古斯塔夫，您用您那讨厌的笑话；伊丽莎白，您用您的智慧……"

我的喉咙发紧，我深吸了一大口气，然后继续说道：

"露易丝，您用您的温柔；吕西安娜，您用您的幽默；朱尔斯，您用您看待生活的美丽方式；玛丽娜，你用你的坦率、你的友谊；安娜－马莉，您用您的宽容；伊莎贝拉，你用你的纯真；格雷戈，你用你的善意……你们所有人都用这些丰富了我的人生。我在这里上了人生的一课。桎柳，并不是一家养老院，而是一个有故事、有哲理、有个性、有过人之处的人所生活的地方。我会十分想念你们……"

有些眼睛开始亮了起来。如果真的是这样的话，那我就再也控制不了自己了。我抽噎着，泪水流了下来，我将我这张因悲伤而扭曲的脸作为离别礼物送给了他们。一只手放到了我肩上。是古斯塔夫。

"哭吧，这样你就不用尿太多。"他温柔地对我说道。

格雷戈凑了过来。

"我们为你的最后一天准备了一个小小的活动。去拿泳衣，然后去停车场找我们。"

一小时之后，大部分的老人和工作人员都在瑟瑟发抖，他们将自己近乎全裸的身体献给了十月的凉风。

"你们有病吧。"我说道。

"我们怎么开的头，就得怎么结尾。"伊丽莎白回答道。

"没错，但是这回你们不许抛下我。"

出发的时候，我们排成了长长的一队，然后手牵着手，一起冲进了海浪中。海水冰冷刺骨，虽然我们尖叫了起来，但是我们依然往前行，直至海水没过了我们的腰部。

"他×的！太冷了！"玛丽娜脱口而出。

"你说得没错，他×的！"伊丽莎白在她丈夫惊恐的目光下附和说道。

"亲爱的，你中风了？"

我们笑着，相互泼着水，寒冷吞噬了一切，吞噬了我们的四肢，以及痛苦。我在心里将这一刻拍了下来：古斯塔夫紧紧地拥抱着露易丝；伊莎贝拉建议我们大家用尿为海水升温；莱昂在离我们几米远的地方游着泳；格雷戈将玛丽娜扔进了海浪里；罗莎像个小女孩一样笑着，伊丽莎白向她天上的朋友——玛丽琳问了声好；吕西安娜跳进了海浪里。我永远不会忘记这一刻。

~ 99 ~

我在准备明天的服装：一条深蓝连衣裙加一双黄色薄底浅口皮鞋。我将我的洗漱用品及化妆品留在了浴室。剩余的物品则已经打包好了，有些甚至已经放到车里了。明天，婚礼过后，我便出发去巴黎。

我把照片从墙上取了下来，我把衣服放在袋子底部，我把不需要的东西都扔了，我把一切将这个地方装扮成我家的东西都收了起来，这些事做起来都并不容易。所以，为了让自己心理平衡，我列出了回到巴黎后的优点：

玛丽昂家的沙发很舒服。虽然没这里的床舒服，但是肯定比人行道舒服。

我去上班只需要花一小时。虽然比这里要多花六十倍的时间，但是比那些花三小时通勤的人强。

民族广场的风景不错。虽然比这里的海景差一些，但是也比看一面墙好多了。

我正艰难地寻找着第四个优点时，有人没敲门便进来了。玛丽娜和格雷戈出现了，他们手里抱着一堆糖果、蛋糕、蜜饯和酒。

"你不会觉得我们会不办最后一次室友之夜，就放你走吧？"玛丽娜说道。

看见他们我是如此开心，以至就算他们提议办个淫乱聚会，我也会说好。

"哇！都空了！"格雷戈检查着我的房间说道，"还好吧？不会太难过吧？"

"有点，但是还好。我会回来看你们的。"

"希望如此。"玛丽娜回嘴说道，"千万不要以为你可以就这样摆脱我们。"

我们强迫自己吃零食、玩乐，仿佛这次室友之夜和其他几次毫无区别。他们给我讲了他们的二人世界，考问了我有关拉斐尔的事，我则提及了我在巴黎的计划：如果我们的好心情没有敲错门的话，那么就不会有什么事可以让别人认为这是我们的最后一次室友之夜。

他们离开的时候，大约十二点。玛丽娜赶走了一切表象，她哭着将我紧紧地拥抱在怀里，就这样静静地待了很长一段时间。

"我真的很喜欢你。"她悄悄对我说道。

"我也是。"我在两次吸气的间隙中说道。

格雷戈眼中泛着泪。我告诉他说他在广告里演得更好。他抱住了我。

"我们会想你的。"

他们消失在楼梯中，我默默地关上了门。沮丧之情舒舒服服地在我脑海中安家落户了。我很消沉，我感觉这个第一次让我认为是家的地方被别人夺走了。我不想去巴黎，我不想和那些只会跟我谈论头发的人一起工作，我什么都不想。即使是明天的婚礼也抚慰不了我的心情。我来到了阳台，点燃了一支烟。×的！我到底在做什么？好吧，所以抽烟也无济于事。我又将自己蜷缩在舒适区里，咒骂着即将到来的世界，紧盯着消极的一面。这几个月里，我觉得这些在暴风雨中前行却依然保持着微笑的人，这些能透过云层发现阳光的人十分令人钦佩。或许是时候向他们学习了。

虽然我很忧伤，他们也会令我无比思念，但我是何其有幸才能够在人生的道路上遇见他们。

~ 100 ~

当我将烟熄灭的时候，他们的笑声传了过来。他们肯定想在结婚前放松一下。真巧，我也想放松一下。

古斯塔夫、露易丝、伊丽莎白、皮埃尔、罗莎和另一位客人围坐在院子里的桌子前。莱昂猛吸了一口用烟叶卷的烟。当他看见我的时候，他慌得将烟扔到了罗莎身上。其他人则十分守规矩。

"我向你保证，我们可以把一切事情解释给你听，"古斯塔夫说道，

"是莱昂强迫我们。"

被告人满脸通红，他吞吞吐吐地说道：

"根本不是这样，我什么都没做。我才第二次来，可他们会定期聚。"

"古斯塔夫说的是实话。"伊丽莎白说道，"莱昂威胁我们，如果我们不来抽古斯塔夫种在菜园里的烟叶，他就要对我们施暴。"

莱昂的眼珠都要从眼眶里掉出来了。他看着他的同伴们，试图找出一丝怜悯。我决定结束他的痛苦——我抓起用烟叶卷的烟吸了一口，然后喷出长长的一缕烟。

"莱昂，您不用担心，如果您经常吸的话，别人会知道的。因为您到时候肯定会变得更酷。"

其他五人大笑了起来。莱昂也笑了，却只笑了一小会儿。我和他们坐在一起，将烟扣了下来。我真的很需要它们，只有这样，我才能入睡。

"对了，莱昂，"罗莎问道，"关于明天的事，你改变主意了吗？"

"完全没有。我不会去的。"

没人再坚持了。他将自己孤立在自己的尖酸刻薄中，这一点让我很难受。

"真可惜，"我说道，"这次机会本来可以让您向其他人稍微敞开一下心扉。我真是不懂您……您身边有那么多可爱的人，但您的所作所为好像想让自己孤独终老。"

他沉默了几秒钟，我吸了一口烟，然后递给了伊丽莎白。

"你总是这么天真……所以你不要再以为我的内心深处藏着一丝亲切了，这样的话，大家也可以消停了。我不在乎其他人，我也不在乎自己是不是孤独终老，我现在这样很好，我不会改变的。如果你不懂我，那我建议你接着去上学。话就说到这儿，祝你们晚安。"

他站了起来，走了。罗莎耸了耸肩。

"他真是和个税通知一样可爱，真可惜！他本来可以再可爱一点。"

我们决定回去睡觉的时候，已经凌晨两点了。

"别忘了，明天有场婚礼，"露易丝说道，"我俩的婚礼。"

其他人都直接回去了，古斯塔夫则坚持送我到宿舍楼门口。我感觉自己飘浮在一朵云上。

"我女儿给我打电话了。"他说道。

"啊？她明天来吗？"

"不，她不来。她做了一个很极端的决定，她以后再也不想见我了。她固执地给我解释了她的理由，从某种程度上来讲，这让我觉得很欣慰。她特别难受。我不会去评论她，毕竟她有她的理由。"

"她的理由？"我大叫道，"我不明白她有什么好指责您的，您可是有着深入骨子里的善良。"

"我也犯过错，我不是完全清白。我有个错是她绝对不会原谅的。我理解她，我自己也原谅不了那个错。"

"但是您对她做了什么，让她怨您到这种程度？"

他叹了口气。

"我儿子出车祸的时候，她才二十岁。她刚和她未婚夫一家人去度假。我儿子去世之前昏迷了三天。我太太希望通知我女儿，但是我不忍心破坏她的假期。因为我，她没能和我儿子说声再见。"

"古斯塔夫，我不知道该对您说些什么。您只是做了您当时认为最好的决定……"

"如果一切能重来，我不会再那么做。我会立刻把真相告诉她。我们的挚爱之人有权知道真相。"

他撑着步行器，俯身向前倾，在我的脸颊上留下了一记响亮的吻。

"茉莉亚，晚安。明天大日子的时候见！"

我勉勉强强地登上了台阶，我的双腿犹如踩在棉花里，我的脑子里也满是棉花。唯一萦绕在我脑海中的一件事便是——我们的挚爱之人有权知道真相。

还没回到房间，我便迫不及待地编辑了一条短信。

"我准备好坦白一切了。明天早上十点在停车场见。吻你！"

之后我发给了我妹妹。

~ 101 ~

发件人：拉斐尔·马林－贡萨尔维斯
主题：今天

茉莉亚：

我一整天都在想你，我希望你一切都进展得很顺利。我等不及要把你抱在怀里了。

我特别想你。

吻你。

拉斐尔

发件人：茱莉亚·里米尼

主题：回复：今天

拉斐尔：

谢谢你，你的支持让我非常感动。

这一切虽然很艰难，但和明天等着我的事比起来根本不算什么。你知道的，就是上次我和你说过的那件事……我决定了，我要把所有的事情都告诉她们。我是如此地希望你能陪在我身边。

下个月赶紧到，这样我就可以见到你了。

深深地吻你。

茱莉亚

~ 102 ~

我必须睡觉了。明天十点的时候，我需要打起精神。但是即便如此，我还是睡不着。

我在床上辗转反侧了好几分钟，好几小时。我尝试着专心致志地调整呼吸、放松身体、数绵羊，但是一切都无济于事，我的思考能力不请自来，我的想法强行安营扎寨。于是，我起床了，我抓起了一张纸和一支笔，然后任由墨水将我的思绪释放出来。

写给八十岁的我

亲爱的八十岁的茱莉亚：

我是三十二岁的茱莉亚。我不知道你有一天是否能看到这封信，如果能的话，我可以想象到你正微笑地回忆着自己穿着毛绒睡衣，思绪亢奋地写这封信的那个夜晚。我不敢相信自己有一天能活到八十岁，即便心存疑虑，我依然想对你说几句话。

我希望你一切都好。我试图去想象你的样子，然而这并不容易……你是否和爸爸一样，嘴边也爬满了皱纹？还是和妈妈一样长满了鱼尾纹？你是否放弃了打理发根？另外，那具被我用烟和垃圾食品糟蹋过的身体是否还好？说实话，这一切我也不在乎。我唯一在乎的，也是我为此而睡不着觉的事，就是你幸福吗？

我希望你幸福。我希望你能心怀感激地回看过去，能满怀激情地憧憬未来。我希望我这几个月所学到的东西陪伴了你的一生。

我希望你在面朝大海的时候，在看见微笑的儿童的时候，在看见云的形状的时候，或者在看一部电影的时候依然发出惊叹之声。

我希望你生活在一个你喜欢的地方。不管你是生活在自己家，还是别处，只要你感觉舒服就好。如果桎柳还在的话，八号房间的视野很棒，虽然那儿曾经住过一个抱怨鬼……

我希望你身边有许多亲朋好友。我真心希望你有孩子，希望你的孩子们都过得好，希望他们今天在你的身旁。有的时候，我只是想跳到几分钟之后的未来，然后再回到现实。最令我担忧的便是我对未来一无所知。我希望你亲爱的妹妹一直陪伴在你身边，希望你们能和玛丽娜还有玛丽昂共度闺密之夜。如果你们愿意的话，柽柳的菜园里还有一些不错的植物。

我希望你经历过真爱。他可能是你一直期待的高个男人，也可能是拉斐尔，还可能是别的人。只愿你每晚睡觉的时候能够感激自己何其有幸遇见了他。这一切都是很久以前，一位名叫皮埃尔的高个男人教给我的。

我希望你抛弃你对自己的恐惧，我希望你变得更加从容。你知道吗？这是我一直努力的方向，但是我现在还远远不能不去预测、不去恐慌。我希望你在人生道路上，早已将恐惧抛在了身后。

我希望你能将自己的回忆视若珍宝。我会尝试着每天都为你创造一些美好回忆。

今天是二〇一五年十月十日，我处于人生的十字路口。我希望我不会选错路。我希望有一天你能告诉我说我的选择是正确的。

吻你，照顾好自己。再会！

茱莉亚

我放下了笔，将纸折好，然后放进我的钱包里，我钻进了被窝，睡着了，仿佛有人将我打晕了一般。

~ *103* ~

十点了。我来了！

我推迟了将近一年的那一刻终于到了。

卡萝尔在宿舍楼的门前等着我。我拖着她来到了院子尽头，我们面朝着大海，坐在长椅上。大海好似一匹脱缰野马，而我，也不远了。

"你确定你今天想这么做？"她问我。

"我觉得是的。"

"会进展顺利的。"

"希望如此。我害怕。"

"你害怕什么？"

"害怕她不会理解我的理由。害怕她失望。"

"虽然有可能会让事情失去平衡，不过我一点都不担心。几分钟之后，你就会完全心安地待在你爱的人怀里。我们走吗？"

"走。"

我们沿着走廊一直走到了蓝色房门前。我的心跳得如此快以至我感觉不到它的存在了。说实话，我什么都感觉不到了。

卡萝尔敲了敲门。

"请进！"

她打开了门。

我母亲站在起居室中间，张大了嘴看着我，她的一只胳膊静止在空中，手里拿着头纱。

"你在这里干什么？"她清晰地说道。

我没能回答她。露易丝站在我母亲身旁，她穿着美丽的白色婚纱对着我微笑。我扑进了她的怀抱，眼泪涌了出来。

"噢！外婆！"

我将脸埋进了她的脖颈之间，闻着有一股香奈儿5号以及我童年的味道。她用颤抖的手轻抚着我的头发。

"亲爱的，你好！你真是花了不少心思……"

~ 104 ~

我母亲悄悄地走了，被卡萝尔拖走了。"茱莉亚一会儿会向你解释。"卡萝尔对她说道。我感激地看了她一眼——我需要和外婆单独待一会儿。

我大声地、肆意地哭了起来，我的后背如抽筋一般地抖动着，仿佛我又回到了五岁那年。虽然我对面的外婆要比我更端庄一些，但她也满脸是泪。

"幸好我还没化妆。"她说道，企图缓解气氛，"要我给你准备一杯热巧克力吗？"

我摇了摇头。我咽不下。

"你之前就知道我是谁吗？"我在抽噎的间隙中问道。

她牵着我朝沙发走去，我们坐了下来，之后她握着我的手。

"我没有立刻就认出你。你到的那天，我只是觉得你的名字和我另一个外孙女的名字一样，仅此而已。你用了你父亲的姓，但是我忘了这个姓，而你母亲用的又是出嫁前的姓，所以我就没有对比过。"

她温柔地抚摩着我的手。

"每次见到你的时候，我都有种奇怪的感觉。"她继续说道，"我很信任你，我看出来了你也一样信任我。但是我以为那只是我们意气相投而已。另外，我有张照片……"

"别告诉我说，你是在那张全家福上认出的我。"我用下巴指了指冷餐台上的相框，"我那年才十七岁，比现在轻十公斤，另外我的头发是黑色的，一直垂到了腰。我是不可能被认出来的。"

她笑了笑。我的眼泪开始干涸了。现在，我克制着自己，不让自己蜷缩在这令我如此想念的怀抱里。

"不是这张，"她回答道，"你还记得你来这里看我那次吗？那会儿，我正准备去参加我儿子，也就是你舅舅的六十大寿。"

"我当然记得。你戴上了所有的首饰，全身珠光宝气！我本来也特别想去，但是我不能去，因为这会让所有事情都泡汤。我和平常一样，拒绝了那次邀请，我说我得留在巴黎工作。"

她点了点头。

"你母亲想趁那次机会送给她弟弟一份有特色的礼物，"她回答道，"她需要每一位家人的照片。她记得我有一张你的靓照。很明显，我忘了这回事，但是按照你母亲说的，那张照片是我两三年前在沙滩上拍的。"

我记得那一次。我南下回到父母家过周末，我想趁着阴雨绵绵中难得的晴天和外婆去沙滩上走走。当她带着她的一次性相机出门时，我还嘲笑了她。正当我哈哈大笑的时候，她按下了快门。我从来没见过那张照片的成品。

她继续讲着她的故事。我可以听上好几小时，就仿佛她是在我午睡之前给我讲童话故事一般。外婆，求你了，再讲个故事吧！

"你母亲在我的相册里找到了那张照片。我有好几本相册，都放在冷餐台里。出事以后，我就一直没勇气看。她把那张照片撕下来给我看的时候，我差点要晕过去了。是你，茉莉亚！你是我的外孙女。"

我的眼泪再次溢了出来。

"你活泼可爱的外孙女……妈妈什么都没有发现吗？"

"我很快就明白了她并不知情，所以我什么都没说。这件事不该我告诉她。我对自己说你有你的理由，那一刻也终归会到……"

我更加用力地握着她的手。

"我知道她每周日来看你，所以那天我都尽量不引人注目。我一直都害怕在走廊遇见她。我一会儿会和她聊聊。不过，我得先和你解释一下我为什么要这么做。"

于是，我向她解释。

一年前，我母亲给我打电话告诉我外婆中风的时候，我当机立断，决定南下，直到她告诉我外婆失去了四十年的记忆。那些天，我一直在思考；那些夜晚，我一直都没睡，我点击了上百次"预订机票"，之后却又取消了。事实上，我害怕得要死。我和外婆共同的回忆是我最珍视的一部分。而她忘记了我们在一起的所有时光，忘记了我们在一起的每一个周三，忘记了我们之间的亲密无间，她甚至还忘记了我，这一切对我来说太残忍了。我试图从我父亲身上得到慰藉，我的痛苦暂时减轻了，但我害怕痛苦复发。

"我不想成为你眼里的陌生人。"我在流泪的间隙中说道，"也不能成为。之后，我看到那则招聘启事，在你这家养老院里有个心理医生的岗位。我没有犹豫，我也不太知道自己做得是否对。我太想你了，而这个机会能让我和你在一起，只是不是以外孙女的身份而已。"

她笑了笑，我是如此喜欢她的这个笑容。我不能自已：我蜷缩在她的怀里，紧紧地靠着她，我之前是如此害怕失去她。她一脸惊喜。

"以前我去看你的时候，我们总是这么亲密，这是我们每周三的惯例。"

她用手臂环绕着我，将我紧紧地搂向她的心房。

"亲爱的，我相信你会让我想起我们所有的回忆。另外，我们也会创造许多其他的回忆。"

我们保持着这个姿势待了好几分钟，突然，有人敲门了。

"请进。"外婆大喊道，她和我一样，完全不想松开我们的怀抱。

古斯塔夫出现了，他穿着他的灰色西服，十分优雅，前襟饰孔上别着一朵玫瑰花。

"我未来的妻子准备好了吗？"他问道，之后才瞥见了我们。

"小可爱最终还是坦白了自己的秘密。"外婆对他说道。

他微笑着点了点头。

"啊！她到底还是这么做了。那她终于可以叫我外公了。"

~ *105* ~

我母亲将车开到了市政厅。我穿着我的薄底浅口单鞋坐在了乘客座椅上。

"妈妈，你怪我吗？"

"不怪……我觉得我需要一点时间来消化。你之前跟我说你不能来参加你外婆的婚礼，所以看到你，我很惊讶。卡萝尔向我解释说你这段时间一直都在那里……"

她试图隐藏自己的忧伤，但我还是从她的声音中听出来了。我低下了头。我伤害了她。

"对不起，妈妈，这不是在针对你。我之前需要一个人独处，我需要找回自己，我需要和以前一样待在外婆的身边。另外，我不想让你担心。我之前一直晕头转向。我希望你能原谅我……"

"亲爱的，我没怪你。你按照你自己的能力应对了一切。我们大家也都按照各自的能力应对了一切。这些都无可指摘。最重要的是，你好多了。我伤心，只是因为不能在你走之前和你多待会儿。"

"我向你保证，我会经常来看你。另外，你也可以来看我，我们一起在巴黎走走，会很棒的。"

沉默的气氛持续了很长一段时间。我好几次从眼角看见她正转头看我。有一次，我甚至看见她张开了嘴，又合上了。我知道她想和我说什么。她的话语堵在喉咙里，虽然这肯定会让她的喉咙产生灼烧感，但她又说不出来。

我又想到了外婆的话语。此时、此地。

不要总是等待时机才将那三个字说给重要的人听。

是时候了！

我张开了嘴，用不太自信的声音，将那三个字说给了比一切都还重要的那个人听。

"我爱你，妈咪。"

我直直地盯着前方的路。她不要突然问我为什么。

~ *106* ~

市政厅里人山人海。

外婆全家人，也就是我全家人，都在：我母亲、我妹妹、我的教子、我的舅舅姨妈们，以及我的表兄弟姐妹们。古斯塔夫从未如此严肃过，仿佛他再也不需要穿上他的小丑服装了。他在去市长办公室的路上，经过了我身旁，他在我的耳边小声说道：

"有很多人都欢迎我加入你的家庭中。这虽然让我有点晕头转向，但我已经喜欢上了你的家人。我以前以为我不会再有家人了……"

我母亲没有松开过我的手。妈妈，我不会再逃跑了。刚才，她帮我整理了头发，之后直直地盯着我看了好一会儿。而我妹妹恰好在这一刻将我们拍进了照片中，之后，我的教子抢走了相机。他用他那稚嫩的声音说道："我给你们三个拍张照！"他拍了四张照片，要么拍得很模糊，要么取景比例不对，虽然拍得并不完美，但是很真实。总有一天，我会用我那皱巴巴的手拿着这些照片，然后回忆起我母亲、我妹妹和我，我们三个人，以及我们每人背负着的爸爸的影子聚在一起的这一美妙时刻。

养老院的老人们，除了莱昂和米娜（因为他们觉得不自在），也都在。他们翻出了本以为没有机会再穿的礼服裙和西装，他们都去理了发，或者修了胡子，他们很自豪地告诉别人他们受邀参加婚礼了。他们的眼中夹杂着自豪、幸福与疲惫，而这无疑是重大时刻的专属特性。他们坐在后面几排，以免抢占了家人的位置。然而……他们中的每个人姓氏都不一样，也没有共同的亲人，更没有共同的久远回忆，即便如此，在我看来，市政厅后面坐着的却无疑是一家人。

养老院的工作人员也都在，他们本以为永远都看不到这一幕——在柽柳举行婚礼，而这无疑是一次新颖的活动。玛丽娜和格雷戈相互交换着意味深长的眼神，如果不久之后，我受邀参加另一场婚礼的话，我一点也不会觉得惊讶。但愿DJ不会播"辣身舞"。

市政厅里响起了音乐，伊莎贝拉鼓起了掌。弗兰克·迈克尔开始唱着歌。吕西安娜变得十分激动：

"是他最美的一首歌，《总是有关爱情》，他人在哪儿？"

"他在上班。"玛丽娜的回答粉碎了她所有的幻想。

所有的目光都转向了门口。露易丝必须挽着我舅舅的胳膊从那里走进来。当市长问他们是想要一个简便的仪式还是想要一个带音乐、带布景的传统仪式时，他们迅速达成了一致："我们都想要。"

我先看到了我舅舅。之后看到了外婆那几乎要被长长的白色头纱所掩盖的纤弱身影。她迈着坚定的步伐走在过道上，她湿润的眼睛望向了激动不已的古斯塔夫。我的眼泪流了下来。我之前以为她消失了，我之前坚信没有了回忆，她只不过是一个躲在我外婆皮囊里的陌生人。当我不再以外孙女的身份生活在她身边时，我学会了从另一个角度了解她。我认识了她本来的样子。我发现了露易丝。虽然这是一个不同的外婆，虽然这是一段全新的关系，但是她依然活生生地、幸福地出现在了这里。我可以蜷缩在她的怀里，我可以聆听她的声音，我可以喝她准备的热巧克力。我们之间的回忆可以由我一人来承载。现在，我们即将创造新的共同回忆。

"露易丝·玛格丽特·杜迪斯，您是否愿意嫁给古斯塔夫·马里乌斯·尚帕涅为妻？"

"我愿意。"

"古斯塔夫·马里乌斯·尚帕涅，您是否愿意娶露易丝·玛格丽特·杜迪斯为妻？"

"是的，我愿意娶她为妻直到死亡将我们分开。不过，我先告诉你，我不想要孩子。"

"我宣布你们正式结为夫妻。你们可以接吻了。"

他们毫不掩饰喜悦之情地接吻了，掌声响了起来。接着，所有的宾客们都祝福并拥抱这对新人。轮到我的时候，外婆久久地将我搂在怀里，之后她往后挪了挪，凝视着我。

"拥有你这样一个既宽厚又勇敢的外孙女，我觉得很自豪。我活泼可爱的外孙女……"

我暗自庆幸我涂的睫毛膏防水。

外婆和古斯塔夫最后在玫瑰花瓣和相机快门的祝福下走了出来。我往后退了退，以便用手机将每一幕都拍下来。屏幕上出现了一条短信。是拉斐尔。

"你觉得我外婆想我了吗？"

我笑了笑。我猜对了，里面暗藏着小绒球的影子。

"我确信她想你。她希望你能在这儿。"

一条新短信。

"让她看看对面的人行道。"

~ *107* ~

"你来了……"

"我当然要来。我本来想今天早上到这里，见证那重要的一刻，可是没有更早的航班了。一切进展得都顺利吗？"

"比顺利还要好一些。谢谢你来……"

他把我抱在怀里，我吻着他。

"你什么时候去巴黎？"

"今天晚上，招待会结束以后。"

"你车里还有空位吗？"

"有一些，怎么了？"

"我星期一在巴黎有个面试，我想着我可以给你当副驾驶。万一碰到了鲨鱼……"

我不知道除了傻笑，还可以怎么回应他。他肯定会很高兴看见面前有个海绵宝宝。

"好了，你要把你的家人介绍给我吗？"

我抓着他的手，我们穿过了马路，朝欢腾的人群走去。我的心脏正跳着喜悦的舞蹈。

我还是得去 google 上核实一下人会不会因为过度幸福而损害身体健康。

尾声 / 六个月之后

April

　　"爸爸，你好！

　　"我给你带了一枝新的兰花，之前那枝已经完全枯萎了。

　　"很抱歉，上个月没来看你，我没有南下，所以妈妈和卡萝尔就去巴黎看我了。我们过了一个很棒的周末，你肯定看到我们三个人扮成游客参观了凯旋门和香榭丽舍大街，我们还坐了苍蝇船……一切都很完美，直到妈妈要参观埃菲尔铁塔。我们试着去打消她的这个念头，但是你了解她的。刚到塔顶的时候，她就告诉我们说我们刚才是对的。之后，她就立刻因为恐高而变得焦虑不安。

　　"虽然你一直和我们在一起，但我们还是很想你。我们谈论过你，而且谈论得越来越频繁了，我们甚至会在回忆的时候，大笑起来。就比如，那次你问邻居布罗卡夫人她怀了几胞胎，而她给你的回答是'十公斤脂肪'。

　　"你知道吗？爸爸，最令我想念的回忆就是我们不曾有过的回忆。不过，我向你保证，我会继续前行。

　　"我的工作一直都不太有意思，但是同事都很好，而且工资也不少。我很怀念柽柳，尤其怀念那些老人……我很高兴自己可以每个月至少南下一次，每次他们招待我的时候，就仿佛我是他们所有人的外孙女一样。我不知道我有没有和你说过，他们做了一次请愿活动，要求我回来，而我的前任蕾雅正好撞到了这件事。她不太能接受，她大概威胁着要再生个孩子。所以，老人们送了她一盒早孕试纸。当他们一脸无辜地告诉我这件事时，我都笑哭了。我希望她能早点用上那东西。

"对了，外婆搬去和古斯塔夫一起住了。整改工程持续了好几个礼拜，不过这一切都值得，他们最后拥有了一个全新的单间大套房。养老院另一对夫妻，伊丽莎白和皮埃尔十分喜欢外婆他们的房间，以至院长提议让他们把自己的房间也完全翻新一下。我让你猜猜其他所有老人的反应……你肯定已经猜到了，整个柽柳都要翻新了。不过费用太高，所以老人们提议由他们分担这次费用。但愿他们不要碰菜园，如果碰了的话，我知道有五个人会很伤心。

"今晚，我要去格雷戈和玛丽娜家吃饭。你知道吗？我这两个朋友要结婚了。他们收养了一只小狗，他们肯定希望我过去看看。是一只斗牛犬，它好像总是板着一张脸。所以，他们叫它让－莱昂。我都等不及要见他们了。

"不过，在此之前，我想给你介绍个人——我的拉斐尔。他从我和你说话开始，便坐在车里等我的指示……这对我来说并非毫无意义，我想确认一下。我之前花了一些时间将我所有的心锁都打开，不过现在好了，我没有任何疑虑了。我为他疯狂。我们已经开始看房子了，不过现在还没有看到喜欢的。虽然我很喜欢玛丽昂，但是我得赶紧撤离她的沙发，让她安安静静地和伊萨喁喁私语。另外，拉斐尔也受不了他的用人房了。我相信你会喜欢他的。瞧！他来了。

"你记得吗？以前你总是和我说'等你长大了就会懂'，这句话让当时的我很生气。不过，爸爸，你说得很对。我希望你能以我为傲。我相信我已经长大了。"